A Dama do Cachorrinho
e outros contos

ANTON TCHEKHOV

A Dama do Cachorrinho
e outros contos

Tradução
Ciro Mioranza

Lafonte
2021 - Brasil

Título original: *Lady with the dog*
Copyright da tradução © Editora Lafonte Ltda., 2021

Todos os direitos reservados.
Nenhuma parte deste livro pode ser reproduzida por quaisquer meios existentes sem autorização por escrito dos editores.

Direção Editorial	Ethel Santaella

Tradução	Ciro Mioranza
Preparação e Revisão de textos	Beluga Editorial
Revisão capas	Rita del Monaco
Textos de capa	Dida Bessana
Projeto Gráfico e Diagramação	Estúdio Dupla Ideia Design
Fotos e Ilustrações	(KathyGold e Kuznetsov Alexey) Shutterstock.com

Dados Internacionais de Catalogação na Publicação (CIP)
(Câmara Brasileira do Livro, SP, Brasil)

Tchekhov, Anton Pavlovitch, 1860-1904
A dama do cachorrinho e outras histórias /
Anton Tchekhov ; [tradução Constance Garnett, Ciro
Mioranza]. -- São Paulo : Lafonte, 2021.

Título original: The lady with the dog and other stories
ISBN 978-65-5870-066-1

1. Contos russos I. Título.

21-57640 CDD-891.73

Índices para catálogo sistemático:

1. Contos : Literatura russa   891.73

Cibele Maria Dias - Bibliotecária - CRB-8/9427

Editora Lafonte
Av. Profª. Ida Kolb, 551, Casa Verde, CEP 02518-000 São Paulo-SP, Brasil -
Tel.: (+55) 11 3855-2100 - Atendimento ao leitor (+55) 11 3855-2286
(+55) 11 3855-2213 - atendimento@editoralafonte.com.br
Venda de livros avulsos (+55) 11 3855-2216 - vendas@editoralafonte.com.br
Venda de livros no atacado (+55) 11 3855-2275 - atacado@escala.com.br

Sumário

A DAMA DO CACHORRINHO	08
UMA CONSULTA MÉDICA	28
O BROCHE ROUBADO	42
IONITCH	52
O PAI DE FAMÍLIA	74
O MONGE NEGRO	80
VOLÓDIA	116
UMA HISTÓRIA ANÔNIMA	132
O MARIDO	218

A Dama do Cachorrinho

I

Comentava-se que uma nova pessoa aparecera na orla marítima: uma dama com um cachorrinho. Dmitri Dmitritch Gurov, que estava há quinze dias em Ialta e já havia se acostumado ao lugar, começara a desenvolver certo interesse por recém-chegados. Sentado no pavilhão de Verney, viu, caminhando à beira-mar, uma jovem dama loira, de estatura mediana e de boina; um cãozinho branco, um lulu-da-pomerânia, corria atrás dela.

Depois disso ele a encontrou, várias vezes ao dia, nos jardins públicos e na praça. Caminhava sozinha, sempre com a mesma boina e sempre com o mesmo cachorrinho branco; ninguém sabia quem era e todos a chamavam simplesmente de "a dama do cachorrinho".

"Se está sozinha por aqui, sem marido ou sem amigos, não seria inconveniente tentar conhecê-la", pensou Gurov.

Ele ainda não havia completado 40 anos, mas já tinha uma filha de doze e dois filhos na escola. Havia se casado jovem, quando ainda era estudante do segundo ano, e agora a esposa parecia ter o dobro da idade dele. Mulher alta e esbelta, de sobrancelhas escuras, era séria e respeitável e, como ela dizia de si mesma, intelectual. Lia muito, ao escrever dispensava sinais gráficos obsoletos, chamava o marido não de Dmitri, mas de Dimitri; e ele, secretamente, a considerava pouco inteligente, limitada, deselegante; tinha medo dela e não gostava de ficar em casa. Começara a traí-la havia muito tempo – tinha-a traído muitas vezes e, provavelmente por causa disso, quase sempre falava mal das mulheres; e quando outros falavam delas em sua presença, costumava chamá-las de "a raça inferior".

Parecia-lhe que tinha aprendido tanto por amargas experiências que podia chamá-las como quisesse, mas, mesmo assim, não conseguia viver dois dias seguidos sem "a raça inferior". Na companhia dos homens, sentia-se aborrecido e estranho, era frio e pouco comunicativo; mas, na companhia de mulheres, sentia-se livre, sabia o que dizer e como se comportar; e ficava à vontade na presença delas, mesmo quando permanecia em silêncio. Em sua aparência, em seu caráter, em todos os seus modos, havia algo de atraente e sedutor, que fascinava as mulheres e as atraía; ele sabia disso e alguma força o impelia para elas também.

Sua ampla experiência, na verdade uma experiência amarga, há muito tempo lhe havia ensinado que, com gente correta, especialmente moscovitas – sempre lentos para agir e indecisos –, toda intimidade, que a princípio diversifica a vida tão agradavelmente, fazendo parecer uma aventura leve e encantadora, inevitavelmente se transforma num problema de extrema complexidade e, a longo prazo, a situação se torna intolerável. Mas, a cada novo encontro com uma mulher interessante, essa experiência parecia desaparecer de sua memória e ele se sentia ávido por vida, e tudo parecia simples e divertido.

Certa tarde, quando ele estava jantando no jardim, a dama com sua boina se aproximou lentamente para ocupar a mesa ao lado. Sua expressão, seu andar, seu vestido e seu penteado, tudo lhe dizia que ela era uma senhora da sociedade, casada, que estava em Ialta pela primeira vez, sozinha, e que se sentia deslocada ali... As histórias contadas sobre a imoralidade em lugares como Ialta são, em grande parte, falsas; ele as desprezava e sabia que esses relatos eram, em sua maioria, inventados por pessoas que de bom grado pecariam, se pudessem fazê-lo. Mas quando a dama se sentou à mesa ao lado, a três passos dele, lembrou-se dessas histórias de conquistas fáceis, de passeios pelas montanhas, e o pensamento tentador de um caso de amor rápido, fugaz, de um romance com uma mulher desconhecida, cujo nome nem sabia, de repente tomou conta dele.

Ele acenou com insistência para o cãozinho e, quando este se aproximou, Gurov sacudiu o dedo, em sinal de reprovação. O cachorrinho rosnou; ele repetiu o gesto repreendedor.

A dama olhou para Gurov e baixou os olhos imediatamente.
— Ele não morde — disse ela, enrubescendo.
— Posso dar um osso ao cãozinho? — indagou ele; e quando a mulher assentiu, perguntou-lhe educadamente: — Faz muito tempo que está em Ialta?
— Há uns cinco dias.
— E eu já ando me arrastando por aqui faz quinze dias.
Houve um breve silêncio.
— O tempo passa depressa, mas aqui é tão monótono! — disse ela, sem olhar para ele.
—É um hábito dizer que aqui é entediante. Um provinciano pode viver em Beliov ou em Jizdra e não achar nada enfadonho; mas quando chega aqui só sabe dizer "Oh, que tédio! Oh, quanta poeira!" Pode-se até pensar que ele veio de Granada.

Ela riu. Então os dois continuaram comendo em silêncio, como estranhos; mas depois da refeição, saíram a caminhar lado a lado, e entabularam uma conversa leve e bem-humorada, de pessoas livres e felizes, que não se importam para onde estão indo ou sobre o que vão falar. Caminharam e conversaram sobre a estranha luminosidade do mar: a água era de um tom lilás suave e cálido, e por sobre ela se estendia uma faixa dourada de luar. Falaram de como era abafado depois de um dia de calor. Gurov contou-lhe que vinha de Moscou, que se havia formado em artes, mas trabalhava num banco; que uma vez tinha tentado a carreira de cantor de ópera, mas havia desistido; que possuía duas casas em Moscou... E dela ficou sabendo que tinha crescido em Petersburgo, mas morava em S... desde seu casamento, dois anos antes; que ficaria mais um mês em Ialta e que seu marido talvez viesse passar uns dias com ela, por também precisar de férias.

Ela não tinha certeza se o marido ocupava um cargo no governo da província ou no Conselho provincial — e ela mesma achou isso divertido. E Gurov ainda ficou sabendo que ela se chamava Anna Sergeievna.

Mais tarde, no quarto do hotel, ficou pensando nela... Imaginava que certamente haveriam de se encontrar no dia seguinte; sem dúvida, era o que tinha de acontecer. Ao se deitar, refletiu em como ela, pouco tempo atrás, era uma menina na escola, fazendo as lições assim como a filha dele; e lembrou-se da timidez, da falta de jeito que ainda se manifestava em seu riso e em sua maneira de conversar com um estranho. Essa deve ter sido a primeira vez na vida dela em que se encontrava sozinha num ambiente onde pessoas a seguiam, a olhavam e falavam dela com um único objetivo secreto, que ela dificilmente poderia deixar de adivinhar. Ele lembrou-se do seu pescoço delgado e delicado e de seus lindos olhos cinzentos.

"De qualquer maneira, há algo de patético nela", pensou. E adormeceu.

II

Uma semana já se havia passado desde o dia em que se conheceram. Era um feriado. Estava abafado dentro de casa, enquanto na rua o vento levantava a poeira em redemoinhos e fazia voar os chapéus das pessoas. Durante o dia inteiro, a sede era um verdadeiro tormento; Gurov ia frequentemente até o pavilhão e oferecia a Anna Sergeievna um refresco de xarope com água ou um sorvete. Ninguém sabia o que fazer para se aliviar.

Ao anoitecer, quando o vento diminuiu um pouco, os dois se dirigiram até o cais para ver o navio atracar. Havia muitas pessoas passeando pelo porto; elas vinham para receber alguém, trazendo ramalhetes de flores. E duas peculiaridades chamavam a atenção na elegante multidão de Ialta: as senhoras de meia-idade se vestiam como jovens e havia um grande número de generais.

Por causa do mar revolto, o navio a vapor chegou tarde, depois do pôr do sol, e ficou muito tempo manobrando antes de se aproximar do cais. Anna Sergeievna olhava com seu pequeno binóculo para o navio e para os passageiros, como se procurasse conhecidos; quando se virava para Gurov, os olhos dela brilhavam. Falava muito e fazia perguntas desconexas, esquecendo logo em seguida o que havia perguntado; depois deixou cair seu binóculo no meio das pessoas que se acotovelavam.

A multidão festiva começou a se dispersar; estava escuro demais para ver os rostos das pessoas, o vento havia cessado por completo, mas Gurov e Anna Sergeievna continuavam parados, como se esperassem ver mais alguém saindo do navio. Anna Sergeievna, calada, cheirava as flores, sem olhar para Gurov.

— O tempo agora à noite está bem melhor — disse ele. — Para onde vamos? Não seria bom irmos para algum lugar?

Ela não respondeu.

Então ele a olhou atentamente e, de repente, envolveu-a com o braço em torno da cintura e a beijou nos lábios, aspirando a umidade e a fragrância das flores; mas logo olhou em volta, perguntando-se assustado se alguém os teria visto.

— Vamos para o seu hotel — disse ele, suavemente.

E ambos apressaram o passo.

O quarto estava abafado e cheirava ao perfume que ela havia comprado numa loja japonesa. Gurov a fitava e pensava: "Que pessoas tão diferentes a gente encontra na vida!" Do passado, ele guardava lembranças de mulheres despreocupadas, afáveis, que amavam com alegria e ficavam gratas pela felicidade que ele lhes proporcionava, por mais breve que fosse; e também de mulheres, como sua esposa, que amavam sem sinceridade, com frases supérfluas, afetadas, histéricas, com uma expressão que sugeria que não era amor nem paixão, mas algo mais significativo; e ainda de duas ou três outras, muito bonitas e frias, em cujos rostos tinha captado um vislumbre de uma expressão voraz — um desejo obstinado de arrancar da vida mais do que ela poderia dar; e essas mulheres eram caprichosas, irrefletidas, dominadoras, pouco inteligentes, que não estavam mais na primeira juventude; e quando Gurov perdia o interesse nelas, a beleza que ostentavam despertava ódio nele, e as rendas das roupas íntimas delas lhe pareciam escamas.

Mas, nesse caso, ainda havia o acanhamento, a aspereza da juventude inexperiente, a sensação de embaraço e de consternação, como se alguém tivesse batido repentinamente à porta. Anna Sergeievna — "a dama do cachorrinho" — reagiu ao que acontecera de forma um tanto peculiar, muito grave, como se isso significasse sua queda — era a impressão que dava, o que era estranho e inapropriado. Seu rosto descaiu e murchou e, nos dois lados, os longos cabelos pendiam tristemente; ficou pensativa, numa atitude de abatimento, como se fosse "a mulher pecadora" de um quadro antigo.

— Está tudo errado — disse ela. — Agora, você será o primeiro a me desprezar.

Sobre a mesa havia uma melancia. Gurov cortou uma fatia e começou a degustá-la sem pressa. Seguiu-se pelo menos meia hora de silêncio.

Anna Sergeievna era uma figura tocante; havia nela a pureza da mulher boa e simples, que pouco tinha visto da vida. A vela solitária, acesa sobre a mesa, mal iluminava seu rosto, mas era visível que ela se sentia infeliz.

— Como é que eu poderia desprezá-la? — perguntou Gurov. — Você não sabe o que está dizendo.

— Que Deus me perdoe! — disse ela, e seus olhos se encheram de lágrimas. — É horrível.

— Parece que está sentindo que precisa ser perdoada.

— Perdoada? Não. Eu sou uma mulher má e baixa. Eu me desprezo e não tento me justificar. Não enganei meu marido, mas a mim mesma. E não apenas agora; venho me enganando há muito tempo. Meu marido pode ser um homem bom e honesto, mas é um lacaio! Não sei o que ele faz, qual é o trabalho dele, mas sei que é um lacaio! Eu tinha vinte anos quando me casei com ele. Fui atormentada pela curiosidade; queria algo melhor. "Deve haver um tipo diferente de vida", dizia a mim mesma. Eu queria viver! Viver, viver!... Estava dominada pela curiosidade... Você não entende, mas juro por Deus, não conseguia me controlar; algo aconteceu comigo, não podia ser contida. Então disse a meu marido que eu estava doente e vim para cá... E aqui fiquei andando à toa, como se estivesse atordoada, como uma louca... E agora me tornei uma mulher vulgar, abjeta, que qualquer um pode desprezar.

Gurov já começava a se sentir aborrecido de ouvir aquilo. Ficou irritado pelo tom de voz ingênuo, pelo remorso, tão inesperado e inoportuno; mas, se não fosse pelas lágrimas nos olhos dela, poderia ter pensado que ela estava brincando ou fazendo cena.

– Não entendo – disse ele suavemente. – O que é que você quer?
Ela escondeu o rosto no peito dele e assim ficou, agarrada a ele.
– Acredite, acredite em mim, eu imploro... – disse ela. – Eu amo uma vida pura e honesta, e o pecado é algo repugnante para mim. Não sei o que estou fazendo. As pessoas simples costumam dizer: "O demônio me enganou." E agora posso dizer de mim mesma que o diabo me enganou.
– Chega, chega!... – murmurou ele.

Olhou para os olhos imóveis e assustados dela, beijou-a, conversou suave e carinhosamente e, aos poucos, ela foi se recompondo, sua alegria voltou e os dois se puseram a rir.

Mais tarde, quando saíram, não havia ninguém à beira-mar. A cidade, com seus ciprestes, parecia morta, mas o mar ainda quebrava ruidosamente na praia; uma barcaça solitária balançava sobre as ondas e, nela, uma lanterna piscava sonolenta.

Tomaram uma charrete e se dirigiram para Oreanda.

– Descobri seu sobrenome na portaria, agora há pouco: estava escrito no quadro... Von Diderits – disse Gurov. – Seu marido é alemão?

– Não; acredito que o avô dele era alemão, mas meu marido é um russo ortodoxo.

Em Oreanda, sentaram-se num banco não muito longe da igreja. Olhavam para o mar e ficaram em silêncio. Mal conseguiam ver Ialta através da névoa matinal; nuvens brancas pairavam imóveis sobre o cume das montanhas. Nas árvores, as folhas não se mexiam, as cigarras chiavam e o rumor surdo e monótono do mar, vindo de baixo, insinuava a paz, o sono eterno que nos aguarda. Assim deve ter soado quando não existiam nem Ialta, nem Oreanda; assim ressoa agora e haverá de continuar ressoando, indiferente e monótono, quando todos nós não existirmos mais. E nessa constância, nessa completa indiferença pela vida e pela morte de cada um de nós, está oculta, talvez, uma promessa de nossa salvação eterna, do incessante movimento da vida na terra, do contínuo progresso em direção à perfeição. Sentado ao lado de uma jovem mulher que, ao amanhecer, parecia tão adorável, tranquilizado e fascinado nesse ambiente mágico – o mar, as montanhas, as nuvens, o céu aberto –, Gurov pensava em como, na realidade, tudo é fantástico neste mundo; tudo, exceto o que pensamos ou fazemos quando esquecemos nossa dignidade humana e os objetivos mais elevados de nossa existência.

Um homem veio caminhando até eles – provavelmente um guarda –, fitou-os e seguiu adiante. Esse detalhe também lhe pareceu misterioso e belo. Viram um navio, vindo de Teodósia, com suas luzes apagadas, destacando-se no brilho da aurora.

– Há orvalho na grama – disse Anna Sergeievna, quebrando o silêncio.

– Sim. Está na hora de irmos para casa.

Voltaram para a cidade.

Daí em diante passaram a se encontrar sempre ao meio-dia, à beira do mar; almoçavam e jantavam juntos, passeavam, admiravam o mar. Ela se queixava de que dormia mal, de que seu coração palpitava ferozmente e fazia as mesmas perguntas, ora perturbada pelo ciúme, ora pelo medo de que ele não a respeitasse como devia. Muitas vezes, na praça ou nos jardins, quando não havia ninguém por perto, de repente ele a puxava para si e a beijava apaixonadamente. A completa ociosidade, os beijos em plena luz do dia, enquanto ele olhava em volta com medo de que alguém os visse, o calor, o cheiro do mar e o contínuo vaivém de pessoas ociosas, bem vestidas e bem alimentadas, fizeram dele um novo homem. Ele dizia a Anna Sergeievna quão linda e fascinante ela era, estava impacientemente apaixonado, não conseguia se afastar dela o mínimo que fosse; ao passo que ela ficava muitas vezes pensativa e o incitava continuamente a confessar que não a respeitava, não a amava nem um pouco e pensava nela como uma mulher ordinária. Quase todas as noites, bastante tarde, , eles se dirigiam para algum lugar fora da cidade, para Oreanda ou para a cachoeira; e o passeio era sempre um sucesso, o cenário invariavelmente os impressionava como algo grandioso e belo.

Eles esperavam que o marido dela viesse, mas chegou uma carta dele dizendo que havia algo errado com seus olhos e implorando à esposa que voltasse para casa o mais rápido possível. Anna Sergeievna apressou-se em partir.

— É melhor que eu vá embora — disse ela a Gurov. — É um sinal do destino!

Ela tomou uma carruagem e ele a acompanhou. Viajaram o dia inteiro. Quando entrou num compartimento do trem expresso e o segundo sinal de partida soou, ela disse:

— Deixe-me olhar para você mais uma vez... Mais uma vez. Assim. Ela não derramou uma lágrima, mas estava tão triste que parecia doente, e seu rosto tremia.

— Vou me lembrar de você... Pensar em você — disse ela. — Fique com Deus; seja feliz. Não pense mal de mim. Estamos nos separando para sempre... Precisa ser assim, pois nunca deveríamos ter nos encontrado. Bem, fique com Deus!

O trem partiu rapidamente, suas luzes logo sumiram de vista e, um minuto depois, não se ouvia mais qualquer rumor dele, como se tudo tivesse conspirado para terminar o mais rápido possível com aquele doce delírio, com aquela loucura. Deixado sozinho na plataforma e olhando para a distância escura, Gurov ouvia o cricrilar dos grilos e o zumbido dos fios do telégrafo, sentindo-se como se tivesse acabado de acordar. Refletiu sobre como houvera em sua vida outro episódio ou aventura que também tinha tido um fim, nada restando além de uma lembrança... Estava emocionado, triste, sentia um leve remorso. Essa jovem mulher, que nunca mais haveria de encontrar, não tinha sido feliz com ele; tinha sido genuinamente cordial e afetuoso para com ela, mas ainda assim nos modos, no tom e nas carícias, ele deixara transparecer uma sombra de leve ironia, a arrogância um tanto rude de um homem feliz que tinha, além do mais, quase o dobro da idade dela. O tempo todo ela o tinha chamado de gentil, excepcional, superior; obviamente ele lhe parecia diferente do que realmente era e, portanto, ele, sem querer, a tinha traído...

Na estação já se sentia a fragrância do outono; era uma noite fria.

"Está na hora de voltar para o norte", pensou Gurov, ao deixar a plataforma. "Está mais do que na hora!"

III

Em casa, em Moscou, tudo seguia a rotina do inverno; acendia-se o foo e, de manhã, ainda estava tão escuro quando as crianças tomavam o café e se arrumavam para seguir para a escola que a criada acendia as luzes por algum tempo. As geadas já haviam começado a cobrir o solo. Quando a primeira neve cai, no primeiro dia em que se anda de trenó, é agradável ver o chão e os telhados brancos, respirar suave e deliciosamente; a estação reaviva a lembrança dos tempos de nossa juventude. As velhas limeiras e bétulas, cobertas de geada, são a imagem da benevolência; estão mais perto do coração do que ciprestes e palmeiras e, perto delas, não se tem vontade de pensar no mar e nas montanhas.

Gurov era natural de Moscou. Retornou à cidade num belo dia de frio intenso e, depois de vestir o casaco de pele e calçar luvas quentes, se pôs a caminhar pela rua Petrovka; quando, na noite de sábado, ouviu o repicar dos sinos, sua recente viagem e os lugares que havia visto perderam para ele todo o encanto. Aos poucos, foi ficando absorvido pela vida de Moscou; lia avidamente três jornais por dia e declarava que, por princípio, não lia os jornais de Moscou! Já tinha vontade de ir a restaurantes, clubes, jantares, comemorações de aniversário e se sentia lisonjeado em receber ilustres advogados e artistas e jogar cartas com um professor do clube dos médicos. Tinha já disposição para comer um prato inteiro de peixe salgado e repolho.

Dentro de mais um mês, imaginava ele, a imagem de Anna Sergeievna estaria envolta numa névoa em sua memória, e só de vez em quando essa imagem o visitaria em sonhos, com um sorriso tocante, como as outras faziam. Mais de um mês, porém, se passou; o verdadeiro inverno havia chegado e tudo ainda estava claro em sua memória, como se tivesse se separado de Anna Sergeievna apenas no dia anterior. E suas lembranças se tornavam cada vez mais vívidas. Quando, na quietude da noite, ouvia de seu escritório as vozes dos filhos preparando as lições, ou quando escutava uma canção ou o órgão no restaurante, ou quando a tempestade ressoava pela chaminé, subitamente tudo ressurgia em sua memória: o que havia acontecido no cais, as primeiras horas da manhã com a névoa cobrindo as montanhas, o navio chegando de Teodósia e os beijos. Ficava longo tempo andando pelo quarto, relembrando tudo e sorrindo; então suas lembranças se transformavam em sonhos e, em sua fantasia, o passado se misturava com o que ainda estava por vir. Anna Sergeievna não o visitava em sonhos, mas o seguia por toda parte como uma sombra, e o perseguia. Quando fechava os olhos, ele a via como se estivesse viva diante dele, e lhe parecia mais fascinante, mais jovem, mais terna do que era; e ele se imaginava bem mais atraente do que em Ialta. À noite, ela o espreitava da estante, da lareira, do canto... Ele a ouvia respirando, ouvia o gracioso farfalhar de seu vestido. Na rua, observava as mulheres, procurando por alguma parecida com ela.

Estava atormentado por um intenso desejo de confiar suas memórias a alguém. Mas em casa era impossível falar de seu amor e fora dela também não lhe ocorria ninguém; não podia falar com seus inquilinos nem com alguém no banco. E do que tinha que falar? Será que estava realmente apaixonado? Será que havia algo de belo, poético, edificante ou simplesmente interessante em suas relações com Anna Sergeievna? Não havia outra saída para ele a não ser falar vagamente de amor, de mulheres, e ninguém haveria de adivinhar o que isso significava; só sua mulher contraiu as negras sobrancelhas e disse:

– O papel de mulherengo não combina nem um pouco com você, Dimitri.

Certa noite, saindo do clube dos médicos na companhia de um dirigente com quem estivera jogando cartas, não se conteve e disse:

– Se soubesse que mulher fascinante conheci em Ialta!

O dirigente subiu no trenó e estava partindo, quando voltou-se subitamente e gritou:

– Dmitri Dmitritch!

– O quê?

– Você tinha razão essa noite: o esturjão estava com gosto forte demais!

Essas palavras, tão corriqueiras, por algum motivo levaram Gurov à indignação e ele as considerou degradantes e sujas. Que modos selvagens, que gente! Que noites sem sentido, que dias desinteressantes e monótonos! A mania do jogo de cartas, comilanças, embriaguez, a contínua conversa sempre sobre o mesmo assunto! Atividades inúteis e discussões sempre sobre as mesmas coisas tomam a melhor parte de nosso tempo, a melhor parte de nossas forças e, no final, sobra apenas uma vida degradante e limitada, inútil e trivial, e não há como escapar ou fugir dela – exatamente como se estivéssemos num hospício ou numa prisão.

Gurov não dormiu naquela noite; estava profundamente indignado, e uma dor de cabeça o atormentou durante todo o dia posterior. Nas noites seguintes, dormiu muito mal; ficava sentado na cama, pensando, ou andava de um canto a outro do quarto. Estava farto dos filhos, farto do banco; não tinha vontade de ir a lugar algum nem de falar do que quer que fosse.

Nos feriados de dezembro, preparou-se para uma viagem e disse à esposa que iria a Petersburgo fazer algo em favor de um jovem amigo – e partiu para S... Para quê? Ele mesmo não sabia muito bem. Queria ver Anna Sergeievna, falar com ela e, se possível, marcar um encontro.

Chegou a S... de manhã e alugou o melhor quarto do hotel. O assoalho era coberto com um tecido cinzento, igual ao dos sobretudos militares, e sobre a mesa havia um tinteiro empoeirado e adornado com uma figura a cavalo, de chapéu na mão e sem cabeça. O porteiro do hotel lhe deu as informações necessárias: Von Diderits morava em casa própria na rua Velha Gontchárnaia – não ficava longe do hotel. Era rico, vivia em grande estilo e tinha carruagem e cavalos próprios. Todos na cidade o conheciam. O porteiro pronunciava o nome como "Dridirits".

Gurov foi, sem pressa, até a rua indicada e encontrou a casa. Bem em frente se estendia uma longa cerca cinzenta, coberta de pregos.

"Qualquer um pensaria em fugir de uma cerca como essa", pensou Gurov, olhando da cerca para as janelas da casa e de volta para a cerca.

Ponderou: "Hoje é feriado e o marido provavelmente está em casa. De qualquer forma, seria falta de tato entrar na casa e deixar a mulher desnorteada. Se lhe enviasse um bilhete, poderia cair nas mãos do marido e estragar tudo. O melhor é confiar no acaso". E continuou subindo e descendo a rua, ao lado da cerca, esperando por uma chance. Viu um mendigo entrar pelo portão e ser enxotado por cães. Uma hora depois, ouviu sons fracos e indistintos de um piano. Provavelmente era Anna Sergeievna que estava tocando. A porta da frente se abriu de repente e uma senhora idosa saiu, seguida pelo familiar lulu branco. Gurov quis chamar o cãozinho, mas seu coração começou a bater desordenadamente e, em sua excitação, não conseguiu se lembrar do nome do animal.

Caminhava para cima e para baixo, odiando cada vez mais a cerca cinzenta. Nesse momento, já irritado, começava a pensar que Anna Sergeievna o teria esquecido; talvez já estivesse se divertindo com outro, o que seria muito natural a uma jovem mulher que não tinha nada para olhar, de manhã à noite, a não ser aquela maldita cerca. Voltou para o quarto do hotel e ficou um bom tempo sentado no sofá, sem saber o que fazer; depois almoçou e tirou uma longa soneca.

"Como tudo isso é patético e irritante!", pensou ele quando acordou e olhou para as janelas escuras; já era noite. "Por algum motivo, dormi demais. O que vou fazer nesta noite?"

Sentou-se na cama, sobre a qual se estendia um cobertor cinza barato, como se vê nos hospitais e, em sua irritação, passou a zombar de si mesmo:

"Tudo isso por causa da dama do cachorrinho... Tudo isso por uma aventura... Você está numa bela enrascada..."

Naquela manhã, na estação, um cartaz em letras garrafais tinha chamado sua atenção – "A Gueixa" seria apresentada pela primeira vez. Lembrou-se disso e decidiu ir ao teatro.

"É bem provável que ela vá à estreia", pensou ele.

O teatro estava lotado. Como em todos os teatros de província, havia uma espécie de névoa acima do lustre, e a galeria era barulhenta e agitada. Antes do início da apresentação, os dândis locais ficavam de pé, na primeira fila, com as mãos para trás; no camarote do governador, sentada no banco da frente, estava sua filha, usando um boá, enquanto ele mesmo se escondia discretamente atrás da cortina, deixando à mostra apenas as mãos; a orquestra levou muito tempo afinando os instrumentos; a cortina do palco balançava. Durante todo o tempo em que o público entrava e tomava assento, Gurov olhava ansiosamente para todos.

Anna Sergeievna também entrou e se sentou na terceira fila. Quando Gurov olhou para ela, sentiu um aperto no coração. Entendeu claramente que para ele não havia, no mundo todo, nenhuma criatura tão próxima, preciosa e importante. Ela, essa pequena mulher, nada notável, perdida no meio de uma multidão provinciana, com um binóculo vulgar na mão, preenchia agora toda a vida dele; ela era sua tristeza, sua alegria, a única felicidade que agora desejava para si; ao som daquela humilde orquestra, daqueles violinos provincianos mal tocados, pensava em como ela era adorável. Pensava e sonhava.

Um jovem com costeletas diminutas, alto e curvado, que havia entrado com Anna Sergeieva, sentou-se ao lado dela; baixava a cabeça a cada passo e parecia estar continuamente fazendo reverências. Muito provavelmente era o marido que, em Ialta, num ímpeto de amargura, ela havia chamado de lacaio. Realmente, em seu perfil longilíneo, em suas costeletas e na pequena manifestação de calvície havia algo da subserviência de um lacaio; de sorriso discreto, trazia na lapela do paletó um emblema de distinção parecido com uma plaqueta afixada no uniforme de um serviçal.

Durante o primeiro intervalo, o marido saiu para fumar; ela permaneceu sozinha em seu lugar. Gurov, que também estava sentado nas poltronas da plateia, aproximou-se dela e disse, com voz trêmula e um sorriso forçado:

– Boa noite.

Ela olhou para ele e empalideceu; depois olhou de novo, com pavor, incapaz de acreditar em seus próprios olhos; agarrou firmemente o leque e o binóculo, evidentemente lutando consigo mesma para não desmaiar. Ambos ficaram em silêncio. Ela estava sentada e ele, de pé; assustado com o estado de confusão da mulher, não se arriscou a sentar-se ao lado dela. Os violinos e a flauta começaram a ser afinados. De repente, ele ficou com medo; parecia-lhe que todas as pessoas nos camarotes estavam olhando para eles. Ela se levantou e foi rapidamente para a porta; ele a seguiu, e os dois caminharam sem rumo ao longo de corredores, subindo e descendo escadas, e figuras em trajes jurídicos, acadêmicos e de funcionalismo público, todas usando distintivos, passavam velozmente diante dos olhos de ambos. Viam de relance mulheres, casacos de pele dependurados em cabides; as correntes de ar traziam um cheiro de tabaco das pontas de charutos e cigarros. E Gurov, cujo coração batia acelerado, pensou:

"Oh, céus! Por que essas pessoas aqui e essa orquestra!..."

Naquele instante, lembrou-se de como, ao ter visto Anna Sergeievna na estação, tinha pensado que tudo havia acabado e que nunca mais haveriam de se encontrar. Mas como estavam longe ainda do fim!

Em uma escada estreita e sombria, acima da qual estava escrito "Para o anfiteatro", ela parou.

– Como você me assustou! – disse ela, respirando com dificuldade, ainda pálida e atordoada. – Oh, que susto você me deu! Estou como morta. Por que é que você veio? Para quê?

– Mas, por favor, entenda, Anna, entenda... – disse ele apressadamente, em voz baixa. – Imploro para que me entenda...

Ela olhava para ele com pavor, com súplica, com amor; olhava atentamente, para guardar as feições dele de forma mais distinta na memória.

– Sou uma infeliz! – continuou ela, sem dar atenção a ele. – Não pensei em nada a não ser em você o tempo todo; vivo pensando somente em você. E eu queria esquecer, esquecê-lo; mas por que, oh, por que é que você veio?

No patamar acima deles, dois alunos fumavam e olhavam para baixo, mas Gurov não se importou; puxou Anna Sergeievna para junto de si e começou a beijar sua testa, seu rosto e suas mãos.

– O que está fazendo, o que está fazendo! – exclamava ela, horrorizada, empurrando-o. – Somos uns loucos. Vá embora hoje; vá embora imediatamente... Eu lhe suplico por tudo o que há de sagrado, imploro... Há gente vindo para esse lado!

Alguém estava subindo as escadas.

– Você deve ir embora – continuou Anna Sergeievna, em sussurros.

— Está me ouvindo, Dmitri Dmitritch? Eu irei vê-lo em Moscou. Nunca fui feliz; sou totalmente infeliz agora e nunca, nunca serei feliz, nunca! Não me faça sofrer ainda mais! Juro que irei a Moscou. Mas agora vamos nos separar. Meu querido, meu bom amigo, meu amado, temos de nos separar!

Ela apertou a mão dele e começou a descer rapidamente as escadas, voltando o olhar para ele; e, pelos olhos, ele pôde ver que ela estava realmente infeliz. Gurov ficou parado um breve momento, atento; então, quando tudo se aquietou, apanhou seu casaco e saiu do teatro.

IV

E Anna Sergeievna passou a visitá-lo regularmente em Moscou. Uma vez a cada dois ou três meses, ela deixava S..., dizendo ao marido que ia consultar um médico por causa de um problema ginecológico — o marido acreditava e não acreditava nela. Em Moscou, hospedava-se no hotel Slavianski Bazaar e imediatamente mandava a Gurov um mensageiro de gorro vermelho. Gurov ia vê-la e ninguém em Moscou sabia disso.

Uma vez, numa manhã de inverno, ia lhe fazer uma visita (o mensageiro tinha vindo na noite anterior, quando ele estava fora). Levava consigo a filha, para deixá-la na escola; era a caminho. A neve caía em grandes flocos.

— Está três graus acima de zero e mesmo assim está nevando — disse Gurov à filha. — Este aquecimento ocorre apenas na superfície da terra; há uma temperatura bem diferente nas camadas superiores da atmosfera.

— E por que não há trovoadas no inverno, pai?

Ele explicou isso também. Falava, pensando o tempo todo em seu encontro, que ninguém sabia disso e que, provavelmente, jamais alguém haveria de saber. Ele tinha duas vidas: uma, transparente, vista e conhecida por todos que quisessem saber, cheia de verdades e falsidades convencionais, exatamente como a vida dos amigos e conhecidos dele;

e outra vida seguindo seu curso em segredo. E por alguma combinação estranha, talvez acidental, de circunstâncias, tudo o que era relevante, de real interesse e valor para ele, tudo em que era sincero, sem ludibriar a si mesmo, tudo o que constituía o cerne de sua vida estava oculto das outras pessoas; e tudo o que era falso nele, o invólucro em que se escondia para ocultar a verdade – por exemplo, seu trabalho no banco, suas discussões no clube, sua "raça inferior", o comparecimento com a esposa nas festividades de aniversário –, tudo isso estava às claras. E ele julgava os outros por si mesmo, não acreditando no que via, e sempre supondo que todo homem tenha sua vida real e mais interessante sob o manto do segredo e sob o disfarce da noite. Que toda a vida pessoal depende do sigilo e que possivelmente parte disso explica por que o homem civilizado sempre exige tão avidamente respeito à sua privacidade.

Depois de deixar a filha na escola, Gurov foi para o hotel Slavianski Bazaar. Tirou o casaco de pele na portaria, subiu as escadas e bateu suavemente na porta. Anna Sergeievna, em seu vestido cinza favorito, exausta pela viagem e pela angustiante espera, aguardava-o desde a noite anterior. Estava pálida; olhou para ele e não sorriu; mal ele havia entrado, se jogou em seus braços. O beijo foi lento e prolongado, como se não se encontrassem há mais de dois anos.

– Então, como é que está passando? – perguntou ele. – Quais as novidades?

– Espere; já vou dizê-lo... Não consigo falar.

Não conseguia falar; estava chorando. Ela se afastou e pressionou o lenço contra os olhos.

"Que chore à vontade. Vou me sentar e esperar", pensou ele, e sentou-se numa poltrona.

Então ele tocou a campainha e pediu que lhe trouxessem chá. Enquanto tomava seu chá, ela permaneceu de pé junto à janela, de costas para ele. Chorava de emoção, com a triste percepção de que a vida era extremamente difícil para eles, pois só podiam se encontrar em segredo, escondendo-se das pessoas, como se fossem ladrões! A vida deles não estava despedaçada?

– Vamos lá, pare, por favor! – disse ele.

Era evidente para ele que esse amor não haveria de terminar tão cedo; ele não podia ver seu fim. Anna Sergeievna foi ficando cada vez mais apegada a ele. Ela o adorava e era impensável dizer-lhe que algum dia isso haveria de acabar; além disso, ela não acreditaria!

Ele se aproximou e pôs as mãos nos seus ombros, para dizer algo afetuoso e animador; naquele momento, viu-se no espelho.

Seu cabelo já estava começando a ficar grisalho. Parecia-lhe estranho que estivesse tão envelhecido e que sua aparência tivesse decaído tanto nos últimos anos. Os ombros sobre os quais suas mãos pousavam estavam quentes e trêmulos. Sentiu compaixão por essa vida, ainda tão calorosa e adorável, mas provavelmente já não muito longe de começar a fenecer e murchar como a dele. Por que ela o amava tanto? Ele sempre parecera às mulheres diferente do que era, e o que elas amavam nele não era ele próprio, mas o homem criado pela imaginação delas, o homem que elas tinham andado à procura ansiosamente por toda a vida; e mais tarde, ao perceberem seu erro, continuavam a amá-lo da mesma forma. E nenhuma delas tinha sido feliz com ele. O tempo passava, ele as conhecia, desenvolvia uma relação com elas, se separava, mas nunca chegara a amá-las; era qualquer coisa de que você gosta, mas não ama.

E só agora, quando sua cabeça estava grisalha, ele havia se apaixonado verdadeira e sinceramente — pela primeira vez na vida.

Anna Sergeievna e ele se amavam como pessoas muito próximas e íntimas, como marido e mulher, como ternos amigos; parecia-lhes que o próprio destino os havia feito um para o outro, e não podiam entender por que ele tinha uma esposa e ela um marido; e era como se fossem um par de aves migratórias, capturadas e forçadas a viver em gaiolas separadas. Eles perdoaram um ao outro por aquilo de que se envergonhavam de seu passado, perdoaram tudo no presente e sentiram que esse amor os havia mudado.

No passado, em momentos de tristeza, ele se consolava com todo e qualquer argumento que lhe viesse à cabeça, mas agora não se importava mais com argumentos; sentia uma profunda compaixão, queria ser sincero e terno...

– Não chore, minha querida – disse ele. – Já chorou bastante; chega... Vamos conversar, vamos pensar em algum plano.

Então eles passaram longo tempo aconselhando-se, conversando sobre como evitar a necessidade de se esconder, de enganar, de viver em cidades diferentes e não poderem se ver por muito tempo. Como poderiam ficar livres dessa escravidão intolerável?

– Como? Como? – perguntava ele, com as mãos na cabeça. – Como?

E parecia que a solução seria encontrada em breve e então uma nova e esplêndida vida começaria; e estava claro para os dois que ainda tinham um longo, longo caminho pela frente e que a parte mais complicada e difícil estava apenas começando.

Uma Consulta Médica

O professor recebeu um telegrama da fábrica dos Lialikov; era instado a se apresentar o mais rápido possível. A filha de uma tal senhora Lialikov, aparentemente a proprietária da fábrica, estava doente, e isso era tudo o que se podia deduzir do longo e mal redigido telegrama. Mas o professor não foi pessoalmente; em vez disso, mandou seu assistente, Koroliov.

O local ficava a duas estações de Moscou e depois ainda havia uma distância de três milhas a percorrer. Quando Koroliov desceu do trem, já havia uma carruagem esperando por ele, atrelada a três cavalos; o condutor usava um chapéu com uma pena de pavão e a todas as perguntas respondia com a voz vibrante de um soldado: "Não, senhor!", "Certamente, senhor!"

Era sábado, em um final de tarde; o sol estava se pondo, os trabalhadores saíam em densos grupos da fábrica, caminhando em direção à estação, e faziam reverência à carruagem em que ia Koroliov. Ele estava encantado com o anoitecer, com as casas de fazenda e mansões à beira da estrada, com as bétulas e a atmosfera tranquila nos arredores, quando os campos, os bosques e o sol pareciam se preparar, assim como os trabalhadores nesta na véspera do feriado, para descansar e talvez para orar...

Nascido e criado em Moscou, Koroliov não conhecia o interior do país e nunca havia se interessado por fábricas, tampouco havia entrado em uma delas, mas já havia lido a respeito desses estabelecimentos e esteve em casas de donos de fábricas e conversou com eles. E toda vez que via uma fábrica, de longe ou de perto, sempre pensava em como era tranquila e pacífica por fora, mas por dentro certamente devia haver, da parte dos donos, uma impenetrável ignorância e um grossseiro egoísmo, e, da parte dos operários, trabalho cansativo e insalubre, além de brigas, insetos, vodca. E agora, quando os trabalhadores, tímida e respeitosamente, abriam caminho para a carruagem, em seus rostos, em seus gorros, em seus passos, via sujeira, embriaguez, exaustão nervosa, confusão.

Entraram pelos portões da fábrica. De cada lado, via de relance as casinhas de trabalhadores, rostos de mulheres, colchas e roupas nas balaustradas. "Cuidado!", gritava o condutor, sem puxar os cavalos. Ali havia um grande pátio sem vegetação alguma, com cinco imensos blocos de edifícios a pouca distância uns dos outros e com altas chaminés, almoxarifados e barracas, e sobre todas essas coisas havia uma espécie de camada cinzenta, como se fosse poeira. Aqui e acolá, como um oásis no deserto, havia pequenos jardins mal cuidados e os telhados verdes e vermelhos das casas em que viviam os administradores e os funcionários. Subitamente, o condutor puxou os cavalos e a carruagem parou na frente da casa, que tinha sido recentemente pintada de cinza. Ali havia um jardim de flores com um arbusto de lilases, coberto de pó, e nos degraus amarelos da porta da frente havia um forte cheiro de tinta.

– Por favor, entre, doutor – disseram vozes femininas na escadaria e na entrada; ao mesmo tempo, ouviu suspiros e sussurros. – Por favor, entre... Estivemos esperando pelo senhor há muito tempo... Estamos com sérios problemas. Aqui, por aqui.

A senhora Lialikov – mulher idosa e robusta, usando um vestido preto de seda com elegantes mangas, mas, a julgar pelo rosto, uma pessoa simples e sem instrução – olhou para o médico, extremamente agitada, e não se sentia em condições de lhe estender a mão; ela não ousava fazê-lo. Ao lado dela estava uma senhora de cabelo curto e com um pincenê; vestia uma blusa estampada, era muito magra e não era mais tão jovem. Os servos a chamavam de Cristina Dmitrievna, e Koroliov supôs que fosse a governanta. Provavelmente, sendo a pessoa mais instruída da casa, tinha sido encarregada de receber e acompanhar o médico, pois começou imediatamente, com muita pressa, a expor as causas da doença, dando detalhes triviais e enfadonhos, mas sem dizer quem estava doente ou qual era o problema.

O médico e a governanta estavam sentados conversando, enquanto a dona da casa permanecia de pé e imóvel na porta, aguardando. Pela conversa, Koroliov ficou sabendo que a paciente era filha única e herdeira da senhora Lialikov: uma moça de vinte anos, chamada Liza; estava doente havia muito tempo e tinha consultado vários médicos. Durante toda a noite anterior, tinha sofrido de palpitações tão violentas no coração que ninguém na casa havia dormido e todos receavam que viesse a morrer.

— Ela tem estado doente, pode-se dizer, desde criança — disse Cristina Dmitrievna, numa voz melodiosa, limpando continuamente os lábios com a mão. — Os médicos dizem que são os nervos abalados; quando era garotinha, foi acometida de escrófula, e os médicos acreditam que isso acabou afetando sua mente; acho que pode ser por causa disso.

Foram ver a enferma. Era moça feita, rechonchuda e alta, mas feia como a mãe, com os mesmos olhinhos e com a parte inferior do rosto desproporcionalmente larga. Ao vê-la deitada, com o cabelo em desordem, coberta até o queixo, a primeira impressão de Koroliov foi a de uma criatura pobre e indigente, abrigada e cuidada por pura piedade; e mal podia acreditar que essa era a herdeira dos cinco enormes edifícios.

— Sou médico e vim ver você — disse Koroliov. — Boa tarde.

Disse o nome dele e apertou a mão da moça, mão grande, fria e feia; ela se sentou e, evidentemente acostumada com médicos, deixou que a examinasse, sem demonstrar a menor preocupação por deixar ombros e peito descobertos.

— Tenho palpitações no coração — disse ela. — A noite toda foi tão terrível... Quase morri de medo! Por favor, receite-me alguma coisa.

— Sim, sim, vou lhe receitar um remédio; não se preocupe.

Koroliov a examinou e deu de ombros.

— O coração está bem — disse ele. — Tudo está funcionando satisfatoriamente; tudo está em ordem. Seus nervos devem estar lhe pregando peças, de leve, mas isso é muito comum. A crise já passou, pelo visto; deite-se e procure dormir.

Naquele momento, trouxeram uma lamparina para o quarto. Diante da luz, a paciente apertou os olhos e subitamente pôs as mãos na cabeça e começou a soluçar. E a impressão de uma criatura indigente e feia desapareceu; Koroliov não notou mais os olhinhos ou a acentuada proeminência da parte inferior do rosto. Viu uma expressão meiga e sofredora, que lhe parecia sensível e comovente: via nela, enfim, uma criatura graciosa, feminina e simples; e ansiava por acalmá-la, não com medicamentos, não com conselhos, mas com simples e afáveis palavras. A mãe pôs os braços em volta do pescoço da filha e a abraçou. Que desespero, que tristeza havia no rosto da velha senhora! Ela, a mãe, a havia criado e educado, não havia poupado nada e tinha devotado toda a sua vida para que a filha aprendesse francês, dança e música; havia contratado uma dúzia de professores; tinha consultado os melhores médicos e tinha mantido uma governanta. E agora não conseguia entender a razão dessas lágrimas, por que havia todo esse sofrimento; não conseguia entender e estava desnorteada, e tinha uma expressão agitada, desesperada, de culpa, como se tivesse omitido algo muito importante, como se tivesse deixado algo por fazer, como se tivesse esquecido de chamar alguém... Mas ela não sabia quem.

– Lizanka, você está chorando de novo... De novo – disse ela, apertando a filha contra si. – Minha querida, minha filha, diga-me o que é! Tenha piedade de mim! Fale!

Ambas choraram amargamente. Koroliov sentou-se ao lado da cama e tomou a mão de Liza.

– Vamos lá, pare; não adianta chorar – disse ele, gentilmente. – Ora, não há nada no mundo que valha essas lágrimas. Vamos, não devemos chorar; isso não resolve nada...

E em seu íntimo pensou:

"Já está na hora de ela se casar..."

– Nosso médico aqui da fábrica lhe receitou brometo de sódio – disse a governanta –, mas noto que só a faz piorar. Eu havia pensado que, se alguma coisa tivesse de ser ministrada para o coração, deveria ser gotas de... Agora me foge o nome... Convalarina, não é?

Seguiram-se então todos os tipos de detalhes. Ela interrompia o médico, impedindo-o de falar, e havia uma expressão de esforço em seu rosto, como se imaginasse que, por ser a mulher mais instruída da casa, tinha o dever de manter uma conversa com o médico, e sobre nenhum outro assunto que não fosse medicina.

Koroliov se sentia entediado.

— Não vejo nada de especial no caso — disse ele, dirigindo-se à mãe, ao sair do quarto. — Se sua filha está sendo atendida pelo médico da fábrica, deixe que ele continue a assisti-la. O tratamento até agora tem sido perfeitamente correto, e não vejo razão para mudar de médico. Por que mudar? É um problema tão comum; não há nada de seriamente grave.

Falou deliberadamente no momento em que calçava as luvas, enquanto a senhora Lialikov permanecia imóvel e olhava para ele com os olhos marejados de lágrimas.

— Tenho meia hora para tomar o trem das dez horas — disse ele. — Espero não chegar tarde demais.

— O senhor não pode ficar? — perguntou ela, e as lágrimas escorreram por seu rosto novamente. — Me sinto constrangida por incomodá-lo, mas se tivesse a bondade... Pelo amor de Deus — continuou ela, baixinho, olhando para a porta —, fique essa noite conosco, eu lhe imploro! Ela é tudo o que tenho... Minha única filha... Ela me assustou ontem à noite; não sei se posso aguentar... Não vá embora, pelo amor de Deus!...

Ele queria lhe dizer que tinha muito trabalho em Moscou, que a família o esperava em casa; era desagradável para ele passar o final do dia e a noite toda numa casa estranha, sem necessidade; mas olhou para o rosto dela, deu um suspiro e começou a tirar as luvas, sem dizer palavra.

Todas as lamparinas e velas foram acesas, em sua homenagem, na sala de estar e de jantar. Ele se sentou ao piano e começou a folhear partituras de música. Então olhou para os quadros nas paredes, para os retratos. Os quadros, pinturas a óleo em molduras douradas, continham paisagens da Crimeia... Um mar tempestuoso com um navio, um monge católico com uma taça de vinho; eram todas pinturas grosseiras e lânguidas, sem qualquer traço de talento. Não havia um único rosto atraente entre os retratos, nada além de maçãs do rosto desmesuradas e olhos atônitos. Lialikov, pai de Liza, tinha uma testa baixa e uma expressão de autossatisfação; o uniforme lhe caía como um saco em seu volumoso perfil de plebeu; pendia-lhe do peito uma medalha e um distintivo da Cruz Vermelha. Havia poucos sinais de cultura e o luxo era aleatório, sem sentido e tão inadequado como aquele uniforme. O assoalho, com aquele polimento brilhante, o irritava; os lustres do candelabro o enfastiavam e, por algum motivo, lembrou-se da história do mercador que costumava ir aos banhos com uma medalha no pescoço...

Ele ouviu um sussurro na entrada. Alguém estava roncando suavemente. E repentinamente vieram, do lado de fora, sons ásperos, abruptos e metálicos, como Koroliov nunca tinha ouvido antes, e os quais ele não compreendia; os sons despertaram ecos estranhos e desagradáveis em sua alma.

"Creio que nada haveria de me convencer a morar aqui...", pensou e voltou às partituras de música.

– Doutor, por favor, venha jantar! – chamou-o a governanta, em voz baixa.

Ele foi. A mesa era grande e estava posta com variadas iguarias e vinhos, mas havia apenas duas pessoas no jantar: ele e Cristina Dmitrievna. Ela bebeu vinho Madeira, comeu rapidamente e falou, olhando para ele através do pincenê:

– Nossos operários estão muito contentes. Todos os invernos, temos espetáculos na fábrica; os próprios operários atuam. Fazem palestras com uma lanterna mágica, contam com um salão de chá esplêndido e com tudo o que desejam. São muito apegados a nós e, quando ficaram sabendo que Lizanka estava pior, se prontificaram a entoar uma série de canções para ela. Embora não tenham instrução, têm sentimentos.

– Aparentemente não há nenhum homem nessa casa – disse Koroliov.

– Nenhum. Piotr Nikanoritch morreu há um ano e meio e nos deixou sozinhas. Assim, somos só nós três. No verão, vivemos aqui e, no inverno, em Moscou, em Polianka. Estou morando aqui há onze anos... Como um membro da família.

No jantar serviram esturjão, almôndegas de frango e compota de frutas; como bebida, vinhos franceses caros.

– Por favor, não faça cerimônia, doutor – disse Cristina Dmitrievna, comendo e limpando a boca com o punho; era evidente que ela se comprazia de sua vida aqui. – Por favor, coma um pouco mais.

Depois do jantar, o médico foi conduzido ao quarto, onde uma cama havia sido preparada; mas ele não estava com sono. O quarto era abafado e cheirava a tinta. Vestiu o casaco e saiu.

Era muito agradável ao ar livre. Já se avistava pouvo de luz da aurora e todos os cinco blocos de edifícios, com suas altas chaminés, barracas e almoxarifados, estavam claramente delineados contra o ar úmido. Como era feriado, não havia ninguém trabalhando e as janelas estavam escuras; somente em um dos edifícios havia uma fornalha acesa; duas janelas pareciam vermelhas e fogo misturado com fumaça saía de vez em quando da chaminé. Bem longe, além do pátio, as rãs coaxavam e os rouxinóis cantavam.

Olhando para os edifícios da fábrica e para as barracas onde os operários dormiam, pensou novamente naquilo que sempre pensava quando via uma fábrica. Eles podem oferecer espetáculos aos trabalhadores, lanternas mágicas, médicos de fábrica e melhorias de todos os tipos, mas, mesmo assim, os trabalhadores que encontrou naquele dia a caminho da estação não pareciam em nada diferentes daqueles que tinha conhecido havia muito tempo em sua infância, antes que houvesse espetáculos e melhorias. Como médico, conhecedor das afecções crônicas, cuja causa inicial é, não raro, incompreensível e incurável, via as fábricas como algo desconcertante, cuja causa também era obscura e imutável; e considerava todas as melhorias na vida dos trabalhadores da fábrica não supérfluas, mas comparáveis ao tratamento de doenças incuráveis.

"Há algo de desconcertante nisso, é claro...", pensou, olhando para as janelas vermelhas. "Mil e quinhentos ou dois mil operários estão trabalhando sem descanso em ambientes insalubres, fazendo produtos de algodão de baixa qualidade, passando fome e só escapando desse pesadelo em raros intervalos na taverna; uma centena de pessoas atua como supervisores e toda a vida dessa centena de indivíduos se concentra na imposição de multas, abusos, injustiças, e somente dois ou três dos assim chamados proprietários desfrutam dos lucros, embora não trabalhem e desprezem o miserável algodão. Mas quais são os lucros e como eles os aproveitam? A senhora Lialikov e sua filha são infelizes – chega a dar pena olhar para elas; a única que desfruta de sua vida é Cristina Dmitrievna, uma tola solteirona de meia-idade com seu pincenê. E assim parece que todos esses cinco blocos de edifícios estão funcionando, sendo o algodão inferior vendido nos mercados do leste, simplesmente para que Cristina Dmitrievna possa comer esturjão e beber vinho Madeira."

De repente, ouviu-se um ruído estranho, o mesmo que Koroliov ouvira antes do jantar. Alguém estava golpeando uma folha de metal perto de um dos edifícios; ele apertou uma tecla e, pelo som da nota, imediatamente verificou as vibrações, de modo que sons curtos, abruptos e discordantes foram produzidos, como "tec... tec... tec..." Houve, então, meio minuto de silêncio e, de outro edifício, vinham sons igualmente abruptos e desagradáveis, com notas mais graves: "tic... tic... tic..." Onze vezes. Evidentemente, era o vigia batendo a hora. Perto do terceiro edifício, ouviu: "tuc... tuc... tuc...." E assim soava perto de todos os edifícios, depois atrás das barracas e além dos portões. Na quietude da noite, parecia que esses sons eram proferidos por um monstro de olhos vermelhos – o próprio demônio, que controlava os proprietários e os trabalhadores igualmente, e estava enganando a uns e a outros.

Koroliov saiu do pátio para o campo aberto.

– Quem é que vem aí? – chamou alguém dos portões, com voz abrupta.

"É exatamente como estar na prisão", pensou ele, sem responder.

Aqui se podia ouvir com mais nitidez os rouxinóis e as rãs e era perceptível que se tratava de uma noite de maio. Da estação chegava o ruído de um trem; em algum lugar distante, galos sonolentos cantavam; mas, mesmo assim, a noite estava quieta, o mundo dormia tranquilamente. Num campo não muito longe da fábrica, podia-se ver a silhueta de uma casa e pilhas de material de construção.

Koroliov sentou-se nas tábuas e continuou pensando.

"A única pessoa que se sente feliz aqui é a governanta, e os operários trabalham para a satisfação dela. Mas isso é só aparência: ela é apenas a representante visível. O verdadeiro patrão, para quem tudo está sendo feito, é o demônio."

UMA CONSULTA MÉDICA

Ele pensou no diabo, em quem não acreditava. Olhou em volta para as duas janelas onde as fogueiras brilhavam. Parecia-lhe que, através daqueles olhos vermelhos, o próprio demônio o observava... Aquela força desconhecida que havia engendrado a relação mútua entre fortes e fracos, aquele rude equívoco que nunca se poderia corrigir. O forte deve impedir o fraco de viver... Essa era a lei da natureza, mas somente num artigo de jornal ou num livro de escola isso era inteligível e facilmente aceito. Na confusão que era a vida cotidiana, no emaranhado de trivialidades em que se teciam as relações humanas, isso não era mais uma lei, mas um absurdo lógico, no qual o forte e o fraco eram igualmente vítimas de suas relações mútuas, e se submetiam involuntariamente a alguma força dirigente, desconhecida, fora da vida, separada do homem.

Assim pensava Koroliov, sentado sobre as tábuas, e aos poucos foi acometido por uma sensação de que essa desconhecida e misteriosa força estava realmente muito próxima, observando-o. Enquanto isso, o poente empalidecia, o tempo passava rapidamente; quando não havia ninguém por perto, como se tudo estivesse morto, os cinco edifícios e suas chaminés, contra o fundo cinzento da madrugada, tinham uma aparência peculiar — não a mesma que tinham durante o dia; passava despercebido o fato de que lá dentro havia motores a vapor, eletricidade, telefones, e vinham à mente palafitas, a idade da pedra, a presença de uma força bruta e inconsciente...

E novamente ecoou o som: "tec... tec... tec... tec...", doze vezes. Então houve silêncio, silêncio por meio minuto, e do outro lado do pátio soou:

"Tic... tic... tic...."

"Horrivelmente desagradável", pensou Koroliov.

"Tuc... tuc..." ressoou de um terceiro lugar, abruptamente, nitidamente, como se com aborrecimento... "tuc... tuc..."

E demorou quatro minutos para bater doze. Então houve um silêncio, e novamente a sensação de que tudo estava morto.

Koroliov ficou sentado um pouco mais; depois foi para a casa, mas ficou acordado ainda por um bom tempo. Nas salas adjacentes ouviam-se sussurros, havia um som de chinelos se arrastando e de pés descalços.

"Será que ela está sofrendo outra crise?", pensou Koroliov.

Saiu para dar uma olhada na paciente. A essa altura, havia bastante luz nos quartos, e um tênue raio de sol, atravessando a névoa da manhã, oscilava no assoalho e na parede da sala de estar. A porta do quarto de Liza estava aberta e ela estava sentada numa cadeira baixa ao lado da cama, com o cabelo solto, vestindo um roupão e enrolada num xale. As cortinas estavam fechadas.

– Como está se sentindo? – perguntou Koroliov.

– Bem, obrigada.

Tomou o pulso dela e depois arrumou-lhe o cabelo, que tinha caído sobre a testa.

– Você não está dormindo – disse ele. – Está um tempo lindo lá fora. É primavera. Os rouxinóis estão cantando, e você fica aí sentada no escuro, pensando em qualquer coisa.

Ela escutou e olhou para o rosto dele; tinha os olhos tristes e inteligentes, e era evidente que queria lhe dizer alguma coisa.

– Isso lhe acontece com frequência? – perguntou ele.

Ela moveu os lábios e respondeu:

– Frequentemente; sinto-me péssima quase todas as noites.

Naquele momento, o vigia do pátio começou a bater as duas horas. Eles ouviram: "tec... tec...", e ela estremeceu.

– Essas batidas a incomodam? – perguntou ele.

– Não sei. Tudo aqui me aborrece – respondeu ela, ponderando. – Tudo me aborrece. Sinto simpatia em sua voz; pareceu-me, assim que o vi, que poderia lhe contar qualquer coisa a respeito disso.

– Diga-me tudo, eu lhe imploro.

– Quero lhe dar minha opinião. Ao que parece, não tenho doença alguma, mas estou cansada e assustada, porque assim tem de ser e não pode ser de outra forma. Mesmo a pessoa mais saudável não pode deixar de ficar apreensiva se, por exemplo, um ladrão está se movendo sob sua janela. Estou sendo constantemente medicada – continuou ela, olhando para os joelhos, e esboçou um tímido sorriso. – Fico muito agradecida, é claro, e não nego que o tratamento é benéfico; mas gostaria de conversar, não com um médico, mas com algum amigo íntimo que me compreendesse e me convencesse de que estou certa ou errada.

— Você não tem amigos? — perguntou Koroliov.

— Sou solitária. Tenho uma mãe; eu a amo, mas, mesmo assim, estou sozinha. É desse jeito que vivo... Pessoas solitárias leem muito, mas falam pouco e ouvem pouco. A vida para elas é misteriosa; elas são místicas e frequentemente veem o diabo onde ele não está. A Tamara de Lermontov[1] vivia sozinha e via o demônio.

— Você lê muito?

— Sim. Veja bem, todo o meu tempo é livre, da manhã à noite. Leio de dia e, à noite, minha cabeça fica vazia; em vez de ideias, só há nela sombras.

— Você vê alguma coisa à noite? — perguntou Koroliov.

— Não, mas sinto...

Ela sorriu de novo, ergueu os olhos para o médico e o fitou com profunda tristeza e inteligência; a moça parecia confiar nele, parecia querer falar com toda a franqueza e dizer que pensava o mesmo que ele. Mas ficou em silêncio, talvez esperando que ele falasse.

Ele sabia o que dizer. Estava claro para ele que a moça precisava, o mais rápido possível, desistir dos cinco edifícios e do milhão que porventura tivesse — deixar aquele demônio que assomava à noite; estava claro também que ela mesma pensava assim e estava apenas esperando que alguém, em quem confiasse, pudesse respaldá-la.

Mas ele não sabia como dizê-lo. Como? Temos receio de perguntar a homens sentenciados por que foram condenados; da mesma forma, é deselegante perguntar a pessoas muito abastadas para que querem tanto dinheiro, por que fazem tão mau uso de sua riqueza, por que não renunciam a ela, mesmo quando veem nela sua própria infelicidade; e, se elas próprias iniciam essa conversa, geralmente ela é uma embaraçosa, desajeitada e longa.

"Como é que se pode dizer isso?", perguntava-se Koroliov. "E será que é preciso falar?"

---

(1) Referência ao poema *O Demônio* de Mikhail Iurevitch Lermontov (1814-1841), poeta e romancista russo; Tamara, protagonista desse poema, via o demônio em sonhos (N.T.).

E lhe disse o que pretendia expor, de forma indireta:

– Você, na posição de proprietária de uma fábrica e de herdeira de uma fortuna, está insatisfeita. Você não acredita em seu direito a tudo isso; e então não consegue dormir. Claro que isso é melhor do que se você estivesse satisfeita, dormisse tranquilamente e pensasse que tudo estava a pleno contento. A insônia lhe dá crédito; em todo caso, é um bom sinal. Na realidade, uma conversa como essa entre nós, agora, teria sido impensável para nossos pais. À noite, eles não falavam, mas dormiam profundamente; nós, da nossa geração, dormimos mal, ficamos impacientes, mas conversamos muito e estamos sempre tentando determinar se estamos certos ou não. Para nossos filhos ou netos, essa questão – estejam certos ou não – terá sido resolvida. As coisas serão mais claras para eles do que para nós. A vida será boa daqui a cinquenta anos; é uma pena que não possamos viver até lá. Seria interessante pensar um pouco nisso.

– O que nossos filhos e netos farão? – perguntou Liza.

– Não sei... Suponho que vão abandonar tudo e ir embora.

– Ir para onde?

– Onde?... Ora, para onde eles quiserem – disse Koroliov, e riu. – Há inúmeros lugares para onde uma pessoa boa e inteligente pode ir.

Olhou para o relógio.

– O sol já nasceu – disse ele. – A essa hora você deveria estar dormindo. Dispa-se e durma tranquilamente. Muito prazer em conhecê-la – continuou ele, apertando a mão dela. – Você é uma mulher boa e interessante. Boa noite!

Ele foi para seu quarto e se deitou na cama.

De manhã, quando a carruagem chegou, todos foram até a escada para se despedir dele. Liza, pálida e exausta, usava um vestido branco, como se fosse dia santo, e trazia uma flor no cabelo; olhava para ele, como ontem, com tristeza e inteligência, sorria e falava, e tudo com uma expressão como se quisesse dizer algo especial, importante, só para ele. E eles podiam ouvir o trinado das cotovias e o repicar dos sinos da igreja. As janelas dos edifícios da fábrica brilhavam alegremente e, avançando pelo pátio e depois ao longo da estrada para a estação, Koroliov não pensava nos trabalhadores, nem nas palafitas, nem no diabo, mas pensava no tempo, talvez já bem próximo, quando a vida seria tão brilhante e alegre como aquela tranquila manhã de domingo; e pensava como era agradável, numa manhã de primavera, viajar numa boa carruagem puxada por três cavalos e desfrutar do sol.

O Broche
Roubado

Mashenka Pavletski, uma jovem que recentemente terminara seus estudos em um colégio interno, voltava de uma caminhada até a casa dos Kushkin, onde residia como governanta, e encontrou a residência numa terrível confusão. Mihailo, o porteiro que lhe abriu a porta, estava exasperado e avermelhado como um caranguejo.

Podia-se ouvir vozes altas no andar de cima.

"Provavelmente a senhora Kushkin está em crise, ou então brigou com o marido", pensou Mashenka.

No vestíbulo e no corredor, encontrou algumas criadas. Uma delas estava chorando. Então Mashenka viu sair correndo do quarto dela o próprio dono da casa, Nikolai Sergeitch, homenzinho de semblante flácido e cabeça calva, embora não fosse velho. De rosto corado e contorcendo-se todo, passou pela governanta sem notá-la e, levantando os braços, exclamou:

— Oh, que horror! Que falta de tato! Como isso é estúpido, bárbaro! Abominável!

Mashenka entrou no quarto e então, pela primeira vez na vida, foi sua vez de experimentar, em profundidade, o sentimento que é tão familiar às pessoas em posições subalternas, que comem o pão dos ricos e poderosos e não podem dizer o que pensam. Havia uma busca em andamento em seu quarto. A dona da casa, Fedósia Vassilievna, mulher corpulenta, de ombros largos e rude, sobrancelhas espessas e negras, bigode vagamente perceptível e mãos avermelhadas, que no rosto e nas maneiras era exatamente como uma cozinheira comum e analfabeta, estava de pé, sem a touca, ao lado da mesa, repondo, na bolsa de trabalho de Mashenka, novelos de lã, restos de material e pedaços de papel...

Evidentemente, a chegada da governanta a apanhou de surpresa, pois, ao olhar em volta e ver o rosto pálido e atônito da moça, recuou um pouco e murmurou:

— Perdão... Eu... Eu a derrubei acidentalmente... Minha manga ficou presa nela...

E, dizendo mais qualquer coisa, a senhora Kushkin saiu, agitando suas longas saias. Mashenka percorreu com os olhos todo o quarto, estupefata e incapaz de entender; sem saber o que pensar, encolheu os ombros e gelou de assombro. O que Fedósia Vassilievna estava procurando em sua bolsa de trabalho? Se realmente tivesse, como disse, prendido nela a manga e a entornado, por que Nikolai Sergeitch saiu correndo do quarto dela tão alterado e com rosto corado? Por que uma gaveta da mesa estava entreaberta? O pequeno cofre, em que a governanta guardava dez copeques e selos antigos, estava aberto. Deram um jeito de abri-lo, mas não conseguiram fechá-lo, embora tivessem riscado toda a fechadura. A estante de livros, as coisas sobre a mesa, a cama... Tudo trazia vestígios recentes de uma busca. Sua cesta de roupas também. A roupa tinha sido cuidadosamente dobrada, mas não estava na mesma ordem em que Mashenka a deixara quando saiu. A busca, portanto, tinha sido completa, mais que completa. Mas para quê? Por quê? O que tinha acontecido? Mashenka lembrou-se do exasperado porteiro, da confusão geral que ainda reinava, da criada chorosa; será que tudo isso não tinha alguma conexão com a busca que acabara de ser feita em seu quarto? Será que ela estava envolvida em alguma coisa terrível? Mashenka empalideceu e, sentindo um frio percorrendo todo o seu corpo, deixou-se cair sobre a cesta de roupas.

Uma criada entrou no quarto.

— Liza, você não saberia por que andaram revirando meu quarto? — perguntou-lhe a governanta.

— A patroa perdeu um broche no valor de dois mil — respondeu Liza.

— Sim, mas por que andaram vasculhando meu quarto?

— Estiveram revistando um por um, senhorita. Reviraram todas as minhas coisas também. Chegaram a nos despir para nos revistar... Deus sabe, senhorita, nunca cheguei perto do toucador dela, muito menos me atrevi a tocar no broche. Vou dizer o mesmo na delegacia.

– Mas... Por que andaram vasculhando aqui? – a governanta ainda se perguntava.

– É o que lhe estou dizendo, um broche foi roubado. A patroa andou revirando tudo com as próprias mãos. Chegou até a revistar Mihailo, o porteiro. É uma desgraça perfeita! Nikolai Sergeitch simplesmente fica olhando e gargalhando como uma galinha. Mas você não precisa tremer assim, senhorita. Eles não encontraram nada aqui. Você não tem nada a temer, caso não tenha apanhado o broche.

– Mas, Liza, isso é abjeto... É um insulto – exclamou Mashenka, sem fôlego pela indignação. – É tão mesquinho, tão baixo! Que direito tinha ela de suspeitar de mim e revirar minhas coisas?

– Você está morando com estranhos, senhorita – suspirou Liza. – Embora você seja uma jovem dama, ainda é. – por assim dizer – uma criada... Não é como morar com os próprios pais.

Mashenka se jogou na cama e soluçou amargamente. Nunca em sua vida tinha sido submetida a semelhante ultraje, nunca tinha sido tão profundamente insultada... Ela, bem-educada, refinada, filha de um professor, era suspeita de roubo; tinha sido revistada como uma indigente! Não podia imaginar insulto maior. E a esse ressentimento somou-se um pavor opressivo do que poderia vir em seguida. Todos os tipos de ideias absurdas surgiram em sua mente. Se podiam considerá-la suspeita de roubo, poderiam prendê-la, despi-la e revistá-la, depois conduzi-la pela rua com uma escolta de soldados, jogá-la numa cela fria e escura com ratos e piolhos, exatamente como a masmorra em que a princesa Tarakanov[1] foi aprisionada. Quem iria defendê-la? Seus pais moravam longe, no interior; não tinham recursos para ir até ela. Na capital, encontrava-se tão solitária como num deserto, sem amigos ou parentes. Eles poderiam fazer o que bem quisessem dela.

---

(1) Pretendente ao trono, a princesa Tarakanova(c. 1745- 1775) se dizia filha da imperatriz Elisabeth da Rússia, mas seu nome verdadeiro é desconhecido, bem como seu local de nascimento. Presa quando viajava pela Itália, foi reconduzida à Rússia e encerrada na prisão, onde morreu de tuberculose (N.T.).

"Vou apelar a todos os tribunais, a todos os advogados", pensou Mashenka, tremendo. "Vou explicar tudo a eles, vou fazer um juramento... Vão acreditar que eu não poderia ser uma ladra!"

Mashenka lembrou-se de que, embaixo dos lençóis, em uma cesta, guardava alguns doces que, seguindo os hábitos dos tempos de escola, punha no bolso na hora do jantar e levava para o quarto. Sentiu calor pelo corpo inteiro e ficou envergonhada ao pensar que seu pequeno segredo se tornara conhecido da dona de casa; e todo esse terror, essa vergonha, esse ressentimento, provocaram um ataque de palpitações em seu coração, que resultou num latejar das têmporas, do coração e do estômago.

– O jantar está pronto – disse o criado, chamando Mashenka.

"Devo ir, ou não?"

Mashenka penteou os cabelos, enxugou o rosto com uma toalha úmida e foi para a sala de jantar. Eles já haviam começado a se servir. Numa das pontas da mesa, estava Fedósia Vassilievna com um rosto tolo, solene e sério; na outra ponta, Nikolai Sergeitch. Nas laterais, os visitantes e as crianças. Os pratos eram servidos por dois lacaios de libré e luvas brancas. Todos sabiam que houvera confusão na casa, que a senhora Kushkin estava em apuros, e todos mantinham silêncio. Nada se ouvia a não ser o som de mastigação e o tilintar de talheres nos pratos.

A dona da casa foi a primeira a falar.

– Qual é o terceiro prato? – perguntou ela ao lacaio, com uma voz cansada e ofendida.

– Esturjão à moda russa – respondeu o lacaio.

– Fui eu que o pedi, Fênia – apressou-se a observar Nikolai Sergeitch. – Eu queria um pouco de peixe. Se não gostar, minha querida, não deixe que o sirvam. Eu acabei de pedir...

Fedósia Vassilievna não apreciava pratos que ela mesma não tivesse pedido; e seus olhos se encheram de lágrimas.

– Por favor, não vamos nos agitar – observou Mamikov, o médico da casa, com uma voz doce, mal tocando o braço dela, e um sorriso meloso. – Já estamos todos suficientemente nervosos, como se percebe. Esqueçamo-nos broche! A saúde vale mais do que dois mil rublos!

— Não são os dois mil que lamento — respondeu a dama, derramando uma grande lágrima. — É o próprio fato que me revolta! Não posso aturar ladrões em minha casa. Não lamento... Não me lamento de nada, mas roubar de mim é uma ingratidão inominável! É assim que retribuem toda a minha bondade...

Todos olharam para os próprios pratos, mas Mashenka imaginou, depois das palavras da senhora, que todos a encaravam. Um nó subiu em sua garganta; começou a chorar e levou o lenço aos lábios.

— Perdão — murmurou ela. — Não consigo evitar. Minha cabeça dói. Vou me retirar.

Levantou-se da mesa, arrastando a cadeira sem jeito, e saiu rapidamente, ainda mais confusa.

— Isso já foi longe demais! — disse Nikolai Sergeitch, franzindo a testa. — Que necessidade havia de revistar o quarto dela? E como ficou em desordem!

— Não digo que ela se apoderou do broche — disse Fedósia Vassilievna —, mas você pode responder por ela? Para dizer a verdade, não tenho muita confiança nesses indigentes instruídos.

— Na realidade, foi de todo inconveniente, Fênia... Perdoe-me, Fênia, mas você não tem o direito legal de fazer uma busca.

— Não sei absolutamente nada sobre suas leis. Tudo o que sei é que perdi meu broche. E ainda vou encontrá-lo! — Colocou o garfo no prato com estrépito e seus olhos brilharam de raiva. — E quanto a você, coma e não interfira no que não lhe diz respeito!

Nikolai Sergeitch baixou os olhos, rendido, e suspirou. Enquanto isso, Mashenka, chegando ao quarto, se atirou na cama. Agora, não se sentia alarmada nem envergonhada, mas sentia um intenso desejo de esbofetear o rosto dessa severa, arrogante, estúpida e próspera mulher.

Deitada em sua cama, respirou com o rosto afundado no travesseiro e sonhou como seria bom se pudesse comprar o broche mais caro e atirá-lo na cara dessa mulher tirânica. Se ao menos fosse a vontade de Deus que Fedósia Vassilievna caísse em ruína, passasse a vagar por aí mendigando, experimentasse todos os horrores da pobreza e da dependência, e que Mashenka, a quem ela havia insultado, pudesse lhe dar esmolas! Oh, se pelo menos pudesse fazer fortuna, se pudesse comprar uma carruagem e passar com estrépito diante das janelas para ser invejada por aquela mulher!

Mas tudo isso eram apenas sonhos; na realidade, só havia uma coisa a fazer: fugir o mais rápido possível, para não ficar sequer mais uma hora nesse lugar. De fato era terrível perder o seu lugar, voltar para a casa de seus pais, que não tinham nada; mas o que se podia fazer? Mashenka não podia mais suportar a visão da dona da casa nem de seu quartinho; sentia-se sufocada e deprimida neste lugar. Estava tão aborrecida com Fedósia Vassilievna, que era tão obcecada por suas enfermidades e sua suposta posição aristocrática, que tudo parecia ter se tornado grosseiro e sem atrativos neste mundo, justamente porque essa mulher vivia nele. Mashenka pulou da cama e começou a fazer as malas.

– Posso entrar? – perguntou Nikolai Sergeitch, encostado na porta; tinha vindo silenciosamente e falou com uma voz suave e contida. – Posso?

– Entre.

Entrou e ficou parado próximo à porta. Seus olhos pareciam obscurecidos e seu narizinho avermelhado reluzia. Depois do jantar, costumava beber cerveja, o que era perceptível em seu andar e nas mãos fracas e flácidas.

– O que está havendo? – perguntou ele, apontando para a cesta.

– Estou fazendo as malas. Perdoe-me, Nikolai Sergeitch, mas não posso permanecer em sua casa. Sinto-me profundamente insultada por essa busca!

– Compreendo... Mas você está equivocada em partir. Por que deveria? Revistaram suas coisas, mas você... Que importância tem isso para você? Não vai ficar pior por isso.

Mashenka ficou em silêncio e continuou arrumando as malas. Nikolai Sergeitch beliscou o bigode, como se estivesse se perguntando o que deveria dizer em seguida, e prosseguiu com uma voz agradável:

– Compreendo, é claro, mas você deve fazer concessões. Você sabe que minha esposa é apreensiva, teimosa; não deve julgá-la com tamanha severidade.

Mashenka não falou.

— Se você está tão ofendida — continuou Nikolai Sergeitch —, bem, se desejar, estou pronto para desculpar-me. Peço-lhe perdão.

Mashenka não respondeu; somente se abaixou sobre sua caixa. Esse homem exausto e irresoluto não tinha absolutamente nenhuma relevância na casa. Estava na lamentável posição de dependente e parasita, mesmo considerando os criados, e seu pedido de desculpas também não significava nada.

— Hum!... Você não diz nada! Isso não basta para você. Nesse caso, vou me desculpar por minha esposa. Em nome de minha esposa... Ela se comportou sem tato, admito-o como um cavalheiro...

Nikolai Sergeitch caminhou pelo quarto, suspirou e continuou:

— Então você quer que esse acontecimento me torture aqui, sob o meu coração... Quer que minha consciência me atormente...

— Sei que não é culpa sua, Nikolai Sergeitch — disse Mashenka, olhando-o com firmeza no rosto, com seus grandes olhos manchados de lágrimas. — Por que você haveria de se preocupar?

— É claro, não... Mas ainda assim, não... Não vá embora. Eu lhe imploro.

Mashenka meneou a cabeça. Nikolai Sergeitch parou junto da janela e tamborilou no vidro com as pontas dos dedos.

— Esses mal-entendidos são simplesmente uma tortura para mim — disse ele. — Ora, quer que eu me ajoelhe diante de você, ou o quê? Seu orgulho está ferido, e aqui está você chorando e fazendo as malas para ir embora; mas eu também tenho orgulho e você não o poupa! Ou quer que lhe diga o que eu não diria nem como confissão? Quer? Escute. Quer que lhe diga o que não direi ao padre nem em meu leito de morte?

Mashenka não respondeu.

— Fui eu que peguei o broche de minha esposa — disse apressadamente Nikolai Sergeitch. — Isso lhe basta agora? Está satisfeita? Sim, eu... O peguei... Mas, naturalmente, conto com sua discrição... Pelo amor de Deus, nem uma palavra, nem meia sugestão para quem quer que seja!

Mashenka, surpresa e assustada, continuou fazendo as malas; apanhou suas coisas, amassou-as e jogou-as de qualquer maneira na caixa e na cesta. Agora, depois dessa sincera confissão da parte de Nikolai Sergeitch, ela não poderia permanecer ali nem mais um minuto e não conseguia entender como pôde continuar vivendo naquela casa.

— E não é de surpreender — continuou Nikolai Sergeitch, depois de uma pausa. — É uma história habitual! Preciso de dinheiro e ela... Não me dá nada. Foi o dinheiro de meu pai que comprou essa casa e tudo o que há nela, se quiser saber! É tudo meu, e o broche era de minha mãe, e... É tudo meu! E ela o tomou, como tomou posse de tudo... Não posso ir à justiça contra ela, você entende... Imploro com a maior sinceridade, esqueça tudo isso... Fique! *Tout comprendre, tout pardonner*[2]. Você vai ficar?

— Não! — disse Mashenka, resolutamente, começando a tremer. — Deixe-me em paz, eu lhe suplico!

— Bem, que Deus a abençoe! — suspirou Nikolai Sergeitch, sentando-se no tamborete perto da caixa. — Devo reconhecer que gosto de pessoas que ainda podem sentir ressentimento, desprezo e assim por diante. Eu poderia ficar sentado aqui para sempre e olhando para o seu rosto indignado... Não vai ficar então? Entendo... Deve ser assim... Sim, é claro... Está tudo bem para você, mas para mim... Oh-o-o-o!... Não posso dar um passo para fora desse porão. Poderia ir para uma de nossas propriedades, mas em cada uma delas há alguns dos patifes empregados de minha mulher... Mordomos, técnicos, malditos sejam todos eles! Eles se metem e se impõem em tudo... Não se pode pescar, deve-se manter fora dos gramados, não se deve danificar as árvores.

— Nikolai Sergeitch! — a voz da esposa chamou da sala de estar. — Ágnia, chame seu patrão!

— Então, não vai ficar? — perguntou Nikolai Sergeitch, levantando-se rapidamente e caminhando em direção à porta. — Você pode muito bem ficar, a sério! À noite eu poderia vir e conversar com você. E então? Fique! Se você for embora, não vai sobrar um rosto humano nessa casa. É horrível!

O rosto pálido e exausto de Nikolai Sergeitch suplicava, mas Ma-

---

(2) Compreender tudo, perdoar tudo (N.T.).

shenka meneou a cabeça e, com um aceno de mão, ele saiu.
Meia hora depois, ela estava a caminho.

Ionitch

I

Quando visitantes da cidade provinciana de S... reclamavam do tédio e da monotonia da vida, os habitantes da cidade, como se estivessem se defendendo, declaravam que era muito bom viver em S..., que havia uma biblioteca, um teatro, um clube; que tinham bailes e, finalmente, que havia famílias inteligentes, agradáveis e interessantes, com as quais podiam até estreitar laços de amizade. E costumavam apontar a família dos Turkin como a mais instruída e talentosa.

Essa família morava em casa própria na rua principal, perto da residência do governador. O próprio Ivan Petrovitch Turkin – homem corpulento, simpático e moreno, de costeletas – costumava organizar espetáculos de teatro amador com fins beneficentes e ele mesmo participava, interpretando o papel de um general idoso que tossia de maneira muito engraçada. Conhecia muitas anedotas, charadas, provérbios e gostava muito de expressar seu bom-humor, fazendo gracejos de todo tipo; e sempre tinha uma expressão que tornava impossível afirmar se estava brincando ou falando sério. Sua esposa, Vera Iosifovna – senhora esbelta e bonita, que usava pincenê –, escrevia romances e contos, os quais gostava de ler em voz alta para os visitantes. A filha, Ekaterina Ivanovna, já moça, tocava piano. Em resumo, cada membro da família tinha um talento especial. Os Turkin acolhiam as visitas e exibiam de bom humor seus talentos com genuína simplicidade. Sua casa de pedra era espaçosa e fresca no verão; metade das janelas dava para um velho jardim sombreado, onde rouxinóis cantavam na primavera. Quando havia visitas na casa, ouvia-se o tilintar de facas na cozinha e o cheiro de cebola frita chegava até o quintal – e isso era sempre sinal certo de que um jantar farto e saboroso haveria de se seguir.

E assim que Dmitri Ionitch Startsev foi nomeado médico do distrito e passou a residir em Dialij, a seis milhas de S..., ele foi informado que, como homem instruído, era essencial que conhecesse os Turkin. No inverno, foi apresentado a Ivan Petrovitch na rua; falaram sobre o tempo, o teatro, o cólera; seguiu-se um convite. Em um feriado, na primavera – era o dia da Ascensão –, depois de ver seus pacientes, Startsev partiu para a cidade em busca de um pouco de lazer e para fazer algumas compras. Caminhava vagarosamente (ainda não tinha uma carruagem), cantarolando o tempo todo:

"Antes de eu beber as lágrimas do cálice da vida..."

Na cidade, almoçou e foi dar um passeio pelos jardins; então, o convite de Ivan Petrovitch lhe veio à mente, por assim dizer, e ele decidiu visitar os Turkin, para ver que tipo de gente eram.

– Como vai? Tenha a bondade – disse Ivan Petrovitch, encontrando-o nos degraus. – Encantado, encantado de ver um visitante tão agradável. Entre; vou apresentá-lo à minha cara-metade. Acabo de dizer a ele, Verotchka – prosseguiu ele, enquanto apresentava o médico à esposa –, acabo de lhe dizer que ele não tem o direito humano de ficar em casa, num hospital; deve dedicar seu lazer à sociedade. Não é, querida?

– Sente-se aqui – disse Vera Iosifovna, fazendo com que o visitante se sentasse ao lado dela. – Pode me cortejar. Meu marido é ciumento... É um Otelo; mas vamos tentar nos portar tão bem que ele não conseguirá perceber.

– Ah, sua desavergonhada! – murmurou Ivan Petrovitch ternamente, beijando-a na testa. – Você veio na hora certa – disse ele, dirigindo-se novamente ao médico. – Minha cara-metade escreveu um romance "enorme" e vai lê-lo em voz alta hoje.

– *Petit Jean* – disse Vera Iosifovna ao marido –, *dites que l'on nous donne du thé* [1].

Startsev foi apresentado a Ekaterina Ivanovna, moça de dezoito

---

(1) *Joãozinho*, peça para que nos sirvam um pouco de chá (N.T.).

anos, muito parecida com a mãe, magra e bonita. Sua expressão ainda era infantil e seu perfil, suave e esguio; e seu desenvolvido busto de menina, saudável e lindo, trazia à mente a primavera, a verdadeira primavera.

Depois tomaram chá com geleia, mel, guloseimas e biscoitos bem saborosos, que se desmanchavam na boca. À medida que a noite avançava, outros visitantes iam chegando aos poucos, e Ivan Petrovitch fixava os olhos alegres em cada um deles e dizia:

– Como vai? Tenha a bondade.

Então todos se sentaram na sala de estar, muito sérios, e Vera Iosifovna leu seu romance. Começava assim: "O frio era intenso..." As janelas estavam escancaradas; da cozinha vinha o barulho de facas e o cheiro de cebola frita... As poltronas macias e fundas eram confortáveis; as luzes cintilavam de forma agradável no crepúsculo da sala de estar e, no momento em que, em uma noite de verão, vinham sons de vozes e risos da rua e ondas de perfume de lilases do quintal, era difícil notar que o frio era intenso e que o sol poente iluminava com seus raios gélidos um viajante solitário na planície coberta de neve. Vera Iosifovna foi lendo sobre uma bela jovem condessa que fundou em sua aldeia uma escola, um hospital, uma biblioteca, e se apaixonou por um artista ambulante; continuou lendo sobre coisas que nunca acontecem na vida real e, no entanto, eram agradáveis de ouvir – eram confortáveis, e pensamentos tão aprazíveis e serenos continuavam vindo à mente, e ninguém tinha vontade de se levantar.

– Nada mal... – disse Ivan Petrovitch, em voz baixa.

E um dos visitantes que ouviam, com pensamentos distantes, disse de forma quase inaudível:

– Sim... Verdadeiramente...

Uma hora se passou, e mais outra. Nos jardins da cidade, perto dali, uma banda tocava e um coro cantava. Quando Vera Iosifovna fechou o manuscrito, o grupo ficou em silêncio por cinco minutos, ouvindo "Lutchina"[2], que era cantada pelo coro; e a música imprimiu um toque que faltava ao romance, mas que existia na vida real.

---

(2) *Lutchinuchka* é uma canção do folclore russo (N.T.).

— A senhora publica suas histórias em revistas? — perguntou Startsev a Vera Iosifovna.

— Não — respondeu ela. — Nunca publico. Escrevo e guardo em meu armário. Para que publicar? — explicou-se ela. — Temos o suficiente para viver.

E, por alguma razão, todos suspiraram.

— E agora, Kitty, toque alguma coisa — disse Ivan Petrovitch à filha.

A tampa do piano foi levantada e a partitura, que já estava no lugar, foi aberta. Ekaterina Ivanovna sentou-se e bateu nas teclas do piano com as duas mãos, depois golpeou-as de novo com toda a força, e mais uma vez, e mais outra; seus ombros e busto tremiam. Insistia obstinadamente nas mesmas notas e parecia que não iria parar até que tivesse desmantelado as teclas do piano. A sala de estar foi tomada pelo rumor atordoante; tudo ressoava; o assoalho, o teto, os móveis... Ekaterina Ivanovna estava tocando uma passagem difícil, interessante justamente por sua dificuldade, longa e monótona, e Startsev, escutando, imaginou pedras caindo de uma colina íngreme e continuando a rolar morro abaixo, e desejou que parassem de rolar; e, ao mesmo tempo, Ekaterina Ivanovna, corada em razão do violento, intenso e vigoroso exercício, com uma mecha de cabelo caindo sobre a testa, o atraía muito. Depois do inverno passado em Dialij entre pacientes e camponeses, sentar-se numa sala de estar, observar essa criatura jovem, elegante e, muito provavelmente, pura, e ouvir esses sons estridentes, tediosos, mas ainda assim cultos, era tão agradável, tão novo...

— Bem, Kitty, você tocou como nunca — disse Ivan Petrovitch, com lágrimas nos olhos, quando a filha terminou e se levantou. — Nem morto, Denis, você comporia algo melhor!

Todos se aglomeraram em torno dela e, felicitando-a, expressaram espanto, declararam que fazia muito tempo que não ouviam semelhante música, e ela escutava em silêncio, sorrindo de leve, e todo o seu semblante expressava triunfo.

— Esplêndido, soberbo!

— Esplêndido — disse também Startsev, levado pelo entusiasmo geral. — Onde você estudou? — perguntou ele a Ekaterina Ivanovna. — No conservatório?

— Não, estou apenas me preparando para o conservatório e até o momento tenho estudado com madame Zavlovski.

— Você terminou o colégio aqui?

— Oh, não — respondeu por ela Vera Iosifovna. — Temos professores que a ensinam em casa; pode haver más influências no colégio ou num internato, você bem sabe. Enquanto uma menina está crescendo, não deve estar sujeita a nenhuma influência, a não ser a da mãe.

— Mesmo assim, vou para o conservatório — disse Ekaterina Ivanovna.

— Não. Kitty ama sua mãezinha. Kitty não fará sofrer papai e mamãe.

— Não, eu vou, eu vou — disse Ekaterina Ivanovna, com uma obstinação bem-humorada e batendo o pé.

Na hora do jantar, foi a vez de Ivan Petrovitch exibir seu talento. Rindo apenas com os olhos, contava anedotas, fazia epigramas, propunha adivinhas ridículas, às quais ele próprio respondia, falando o tempo todo em sua linguagem extraordinária, desenvolvida no decorrer de prolongada prática humorística e, evidentemente, agora tornada habitual: "Péssimo", "Fenomenal", "Muito obrigado, seu tonto", e assim por diante.

Mas isso não era tudo. Quando os convidados, felizes e satisfeitos, invadiam o vestíbulo à procura de seus casacos e bengalas, alvoroçava-se em torno deles o lacaio Pavlusha, ou, como era chamado na família, Pava — um rapaz de quatorze anos, cabeça raspada e bochechas rechonchudas.

— Vamos, Pava, apresente seu número! — disse-lhe Ivan Petrovitch.

Pava fez pose, levantou o braço e disse num tom trágico:

— Morra, mulher infeliz!

E todos caíram na gargalhada.

"É divertido", pensou Startsev, ao sair para a rua.

Ele foi a um restaurante e tomou um pouco de cerveja, depois seguiu a pé para casa em Dialij; percorreu todo o caminho cantando:

"Tua voz para mim tão lânguida e carinhosa..."

Ao se deitar, não sentia o menor cansaço depois da caminhada de seis milhas. Pelo contrário, sentia que poderia, com prazer, ter caminhado mais vinte.

"Nada mal", pensou ele e, rindo, adormeceu.

II

Startsev continuou intencionando ir à casa dos Turkin outra vez, mas havia muito trabalho no hospital e ele não conseguia encontrar tempo livre. Desse modo, passou mais de um ano afundado em trabalho e solidão. Um dia, porém, recebeu, vinda da cidade, uma carta num envelope azul-claro.

Vera Iosifovna vinha sofrendo de enxaqueca havia algum tempo, mas agora, como Kitty a amedrontava todos os dias dizendo estar decidida a ir para o conservatório, as crises passaram a ser mais frequentes. Todos os médicos da cidade já haviam estado na casa dos Turkin; agora era a vez do médico distrital. Vera Iosifovna lhe escreveu uma carta comovente, implorando que fosse visitá-la e aliviasse seus sofrimentos. Startsev foi, e depois disso passou a estar com frequência, muita frequência, na casa dos Turkin... De fato fez algo por Vera Iosifovna, que logo passou a contar a todos os visitantes que ele era um médico maravilhoso e excepcional. No entanto, não era mais por causa da enxaqueca de Vera que ele visitava os Turkin agora...

Era um feriado. Ekaterina Ivanovna finalizou seus longos e cansativos exercícios ao piano. Depois, eles ficaram um longo tempo sentados na sala de jantar, tomando chá, e Ivan Petrovitch contou algumas histórias divertidas. Então, a campainha soou e ele teve de ir ao vestíbulo para receber um convidado; Startsev aproveitou o alvoroço momentâneo e sussurrou para Ekaterina Ivanovna, em grande agitação:

– Pelo amor de Deus, não me atormente, eu lhe suplico; vamos para o jardim!

Ela deu de ombros, como que perplexa e sem saber o que ele queria dela, mas se levantou e foi.

– Você toca piano por três ou quatro horas – disse ele, seguindo-a. – Depois se senta com sua mãe e não há possibilidade de falar com você. Dê-me ao menos um quarto de hora, eu lhe suplico.

O outono se aproximava e o antigo jardim estava quieto e melancólico; as folhas escuras formavam uma grossa camada nas calçadas. Já começava a escurecer cedo.

— Faz uma semana que não a vejo — continuou Startsev —, e se você soubesse quanto sofrimento há nisso! Vamos nos sentar. Escute.

Eles tinham um lugar favorito no jardim; um banco sob um velho bordo de ampla copa. Foi nesse banco que se sentaram.

— O que é que você quer? — perguntou Ekaterina Ivanovna, secamente, num tom sem emoção.

— Faz uma semana que não a vejo; faz todo esse tempo que não a ouço. Anseio loucamente por sua voz. Fale! Diga alguma coisa!

Ela o fascinava por seu frescor, pela ingênua expressão de seus olhos e rosto. Mesmo na maneira como o vestido lhe caía pelo corpo, ele via algo extraordinariamente encantador e tocante em sua simplicidade e graça; ao mesmo tempo, apesar dessa ingenuidade, ela lhe parecia inteligente e bem-desenvolvida para a idade. Poderia falar com ela sobre literatura, arte, ou qualquer coisa de que ele gostasse; poderia se queixar da vida, das pessoas, embora às vezes acontecesse, no meio de uma conversa séria, que ela se punha a rir sem motivo ou fugia para dentro de casa. Como quase todas as moças da vizinhança, ela lia muito (via de regra, as pessoas leem muito pouco em S..., e na biblioteca se dizia que, se não fosse pelas moças e pelos jovens judeus, podiam muito bem fechá-la). Isso proporcionava um deleite infindável a Startsev, que costumava perguntar a ela avidamente o que havia lido nos últimos dias e ouvia encantado o que ela respondia.

— O que andou lendo nesta semana, desde a última vez em que a vi? — perguntou ele, agora. — Por favor, me diga.

— Estive lendo Pissemski[3].

— O qu exatamente?

— *Mil almas* — respondeu Kitty. — E que nome engraçado Pissemski tinha: Alexei Feofilaktitch!

— Para onde vai? — exclamou Startsev, apavorado, quando de repente ela se levantou e caminhou na direção da casa. — Preciso falar com você; quero me explicar... Fique comigo apenas cinco minutos, eu lhe suplico!

---

(3) Aleksei F. Pissemski (1821-1881), escritor russo, autor do romance *Mil almas* e da peça teatral *Amargo destino*, entre outras obras (N.T.).

Ela parou como se quisesse dizer algo, então, sem jeito, pôs um bilhete na mão dele, correu para casa e sentou-se ao piano novamente.

"Esteja no cemitério", leu Startsev, "às onze horas desta noite, ao lado do túmulo de Demetti."

"Bem, isso não é nada inteligente", pensou ele, voltando a si. "Por que o cemitério? Para quê?"

Estava claro: Kitty estava pregando uma peça. Quem seriamente sonharia em marcar um encontro à noite no cemitério, longe da cidade, quando ele poderia ter sido arranjado na rua ou nos jardins da cidade? E seria condizente com ele – um médico distrital, homem inteligente e sério – ficar suspirando, receber bilhetes, perambular por cemitérios, fazer coisas estultas que até os colegiais consideram ridículas hoje em dia? Para onde esse romance o levaria? O que seus colegas diriam quando soubessem disso? Essas foram as reflexões de Startsev enquanto vagava entre as mesas do clube e, às dez e meia, partiu subitamente na direção do cemitério.

A essa altura, ele já dispunha de sua parelha de cavalos e de um cocheiro chamado Panteleimon, que trajava um colete de veludo. A lua brilhava. Ainda estava quente, quente como no outono. Cães uivavam no subúrbio, perto do matadouro. Startsev deixou a carruagem numa das ruas laterais dos limites da cidade e foi caminhando até o cemitério.

"Todos nós temos nossas esquisitices", pensou ele. "Kitty também é esquisita; e... Quem sabe?... Talvez ela não esteja gracejando; talvez venha." Entregou-se a essa tênue e vã esperança, e isso o inebriava.

Caminhou por meia milha pelos campos; o cemitério assomava como uma faixa escura ao longe, como um bosque ou um grande jardim. O muro de pedras brancas já podia ser avistado, o portão... À luz da lua, pôde ler no alto deste: "A hora chega." Startsev entrou pelo pequeno portão e, antes de qualquer coisa, viu as cruzes brancas e os monumentos de ambos os lados da larga alameda, e as sombras negras destes e dos choupos; e, ao longo do espaço ao redor, tudo era branco e preto, e as árvores sonolentas curvavam seus galhos sobre as pedras brancas. A impressão que se tinha era de que aqui era mais claro do que nos campos; as folhas de bordo se destacavam nitidamente como pegadas na areia amarelada da alameda e, nas lápides, as inscrições podiam ser lidas com clareza. A princípio, Startsev ficou impressionado com aquilo que via pela primeira vez na vida e que provavelmente jamais veria de novo; um mundo distinto de tudo, um mundo no qual o luar era tão suave e belo, como se ali cochilasse em seu berço, ali onde não havia vida, absolutamente nenhuma; mas em cada choupo escuro, em cada túmulo, sentia-se a presença de um mistério que anunciava uma vida pacífica, bela, eterna. As pedras e as flores murchas, bem como o aroma outonal das folhas, tudo insunuava o perdão, a melancolia e a paz.

Tudo em derredor era silêncio; as estrelas do céu olhavam para a tranquilidade profunda abaixo, e os passos de Startsev ressoavam alto e fora de lugar; somente quando o relógio da igreja começou a soar e ele se imaginou morto, enterrado ali para sempre, sentiu como se alguém o observasse e, por um momento, teve a impressão de que a sensação não era de paz e tranquilidade, mas desespero sufocado, a muda monotonia da não existência...

O túmulo de Demetti tinha a forma de um santuário com um anjo na parte superior. Certa vez, a ópera italiana havia visitado S... e uma das cantoras morrera; tinha sido enterrada aqui, e esse monumento fora erguido em homenagem a ela. Ninguém na cidade se lembrava dela, mas a lamparina sobre a entrada refletia a luz da lua, que parecia estar acesa.

Não havia ninguém ali e, de fato, quem viria à meia-noite? Mas Startsev esperou e, como se o luar aquecesse sua paixão, esperou apaixonadamente e, em sua imaginação, simulou beijos e abraços. Ficou sentado perto do monumento por meia hora, depois andou de um lado para o outro nas alamedas laterais, de chapéu na mão, esperando e pensando nas muitas mulheres e moças enterradas nesses túmulos, que haviam sido belas e fascinantes, que haviam amado, que à noite ardiam de paixão, rendendo-se às carícias. Afinal, quão maldosamente brincava a mãe natureza com o homem! Que humilhante reconhecê-lo!

Startsev pensava nisso e, ao mesmo tempo, queria gritar que desejava amor, que ansiava por ele a todo custo. A seus olhos, não havia placas de mármore, mas belos corpos brancos ao luar; via formas se escondendo timidamente nas sombras das árvores, sentia seu calor, e o langor era opressivo...

E, como se uma cortina fosse baixada, a lua se escondeu atrás de uma nuvem e, subitamente, tudo era escuridão. Startsev mal conseguiu encontrar o portão – agora estava tão escuro como se fosse uma noite de outono. Depois, ficou vagando por uma hora e meia, procurando a rua secundária em que havia deixado a carruagem e os cavalos.

– Estou cansado; mal consigo ficar de pé – disse ele a Panteleimon.

E, acomodando-se com alívio na carruagem, pensou: "Ai! Não devo engordar!"

III

Na noite seguinte, foi à casa dos Turkin para fazer o pedido de casamento. Mas a ocasião acabou se mostrando inoportuna, uma vez que Ekaterina Ivanovna estava no quarto com um cabeleireiro. Preparava-se para ir a um baile no clube.

Ele teve de ficar sentado por muito tempo na sala de jantar, tomando chá. Ivan Petrovitch, vendo que o visitante estava entediado e preocupado, tirou alguns bilhetes do bolso do colete e leu uma carta engraçada de um mordomo alemão, em que este dizia que toda a *ferragem* estava estragada e que a *plasticidade* estava descascando nas paredes.

"Espero que deem um dote decente", pensou Startsev, escutando distraidamente.

Depois de uma noite insone, ele se encontrava em estado de estupefação, como se tivesse recebido algo doce e soporífero para beber; sua alma estava nebulosa, mas também havia alegria e calor, embora, ao mesmo tempo, uma nesga fria e consistente de seu cérebro ainda conseguisse refletir:

"Pare antes que seja tarde demais! Será que ela é o partido ideal para você? É mimada, excêntrica, dorme até as duas horas da tarde, enquanto você é filho de um diácono, médico distrital..."

"E que mal há nisso?" pensava ele. "Não me importo."

"Além disso, se você se casar com ela", prosseguiu esse fio de pensamento, "a família dela o fará desistir do trabalho distrital e viver na cidade."

"Afinal", pensou ele, "se deve ser a cidade, a cidade deve ser. Eles darão um dote; podemos nos estabelecer de maneira adequada."

Por fim, Ekaterina Ivanovna apareceu, vestida para o baile, com decote pronunciado, sorridente e belíssima; e Startsev a admirava tanto, e estava tão extasiado, que não conseguia dizer nada; limita-se a olhar para ela e sorrir.

Ela passou a se despedir e ele – não tendo mais motivo para ficar – levantou-se, dizendo que era hora de voltar para casa; seus pacientes o aguardavam.

– Bem, não há como evitá-lo – disse Ivan Petrovitch. – Vá e, a caminho, você poderia deixar Kitty no clube.

Lá fora, começava a chuviscar; estava muito escuro e só podiam supor onde os cavalos estavam pela tosse rouca de Panteleimon. O toldo da carruagem foi levantado.

– Eu fico de pé; pode se sentar; ele está bem acomodado – ia dizendo Ivan Petrovitch, enquanto punha a filha na carruagem.

Partiram.

– Estive no cemitério ontem – começou Startsev. – Como foi mesquinho e impiedoso de sua parte!...

– Você foi ao cemitério?

– Sim, fui e esperei até quase duas horas. Sofri...

– Pois bem, sofra, se não consegue entender uma brincadeira.

Ekaterina Ivanovna, satisfeita por ter logrado tão habilmente um homem que a amava e por ser objeto de um amor tão intenso, desatou a rir e, subitamente, deu um grito de horror, pois, naquele mesmo instante, os cavalos se viraram bruscamente ao entrar pelo portão do clube e a carruagem quase tombou. Startsev passou o braço pela cintura de Ekaterina Ivanovna; no susto, ela se apoiou nele, que não conseguiu se conter e beijou-a apaixonadamente nos lábios e no queixo, abraçando-a com força.

– Isso é suficiente – disse ela, secamente.

Um minuto depois, ela já não estava mais na carruagem e um guarda, perto da entrada iluminada do clube, gritou numa voz detestável para Panteleimon:

– Por que fica aí parado, seu patife? Vá em frente!

Startsev foi para casa, mas logo depois voltou. Vestido com um terno emprestado e uma gravata branca rígida, que ficava bem justa no pescoço e insistia em escapar do colarinho, estava sentado, à meia-noite, na sala do clube e, com ardor, dizia a Ekaterina Ivanovna:

– Ah, quão pouco sabem aqueles que nunca amaram! Parece-me que ninguém até hoje descreveu com precisão o amor e duvido que esse sentimento alegre, terno e agonizante possa ser realmente descrito; e quem já o experimentou uma vez não haveria de tentar expressá-lo em palavras. Para que servem prefácios e introduções? Para que servem palavras bonitas desnecessárias? Meu amor é incomensurável. Eu imploro, eu lhe suplico – Startsev declarou-se, finalmente –, seja minha esposa!

– Dmitri Ionitch – disse Ekaterina Ivanovna, com uma expressão muito séria, após um momento de reflexão –, Dmitri Ionitch, fico-lhe muito grata pela honra. Eu o respeito, mas... – ela se levantou e continuou de pé –, mas, me perdoe, eu não posso ser sua esposa. Vamos conversar seriamente. Dmitri Ionitch, você sabe que eu amo a arte mais do que tudo na vida. Eu adoro música; eu a amo freneticamente; dediquei minha vida inteira a ela. Eu quero ser artista; quero fama, sucesso, liberdade, e você quer que eu continue vivendo nessa cidade, que continue vivendo essa vida vazia e inútil, que se tornou insuportável para mim. Para ser uma esposa... Oh, não, me perdoe! Deve-se lutar por uma meta elevada e gloriosa, e a vida de casada me deixaria em cativeiro para sempre. Dmitri Ionitch (ela sorriu levemente ao pronunciar esse nome; pensou em Alexei Feofilaktitch)... Dmitri Ionitch, você é um homem bom, inteligente e honrado; você é melhor do que qualquer um... – Lágrimas brotaram de seus olhos. – Sinto por você de todo o coração, mas... Mas você vai entender...

E, para não chorar, ela se virou e saiu da sala de estar.

O coração de Startsev interrompeu sua batida descompassada.

Saindo do clube para a rua, a primeira coisa que fez foi arrancar a gravata rígida e respirar fundo. Estava um pouco envergonhado e com o amor-próprio ferido – não esperava uma recusa – e não podia acreditar que todos os seus sonhos, suas esperanças e seus anseios o haviam levado a um final tão patético, como numa pequena peça de teatro amador; e ficou triste por seus sentimentos, por aquele seu amor, tão triste que em seu íntimo sentia brotar a vontade de explodir em soluços ou de bater com toda a força nas costas largas de Panteleimon com seu guarda-chuva.

Durante três dias, não conseguiu ter êxito em nada, não conseguia comer nem dormir; mas quando lhe chegou a notícia de que Ekaterina Ivanovna tinha ido a Moscou para ingressar no conservatório, acalmou-se e voltou a viver como antes.

Mais tarde, lembrando às vezes de como havia vagado pelo cemitério ou de como havia percorrido a cidade inteira para arrumar um terno, estirava-se preguiçosamente e dizia:

– Quanto esforço por nada!

IV

Quatro anos se passaram. Startsev já tinha uma expressiva clientela na cidade. Todas as manhãs, atendia às pressas seus pacientes em Dialij e depois atendia os doentes da cidade. A essa altura, andava em sua carruagem não com uma parelha, mas com três cavalos com guizos, e voltava para casa tarde da noite. Tinha ficado mais corpulento e robusto e não gostava muito de caminhar, pois sofria de falta de ar. Panteleimon também tinha engordado e, quanto mais corpulento ficava, mais pesaroso suspirava e reclamava de sua falta de sorte; estava farto de conduzir!

Startsev costumava visitar várias casas e conhecia muitas pessoas, mas não se tornou íntimo de ninguém. Os habitantes o irritavam por suas conversas, suas visões da vida e até pela aparência. A experiência lhe ensinou aos poucos que, enquanto jogava cartas ou almoçava com uma dessas pessoas, elas se mostravam pacíficas, amigáveis e até inteligentes, mas, ao tentar falar de algo não tão palatável, como política ou ciência, essa mesma pessoa ficava completamente desconcertada ou expunha uma filosofia tão estúpida e perversa que não havia mais nada a fazer, a não ser desistir e ir embora. Mesmo quando Startsev tentava conversar com cidadãos liberais, dizendo, por exemplo, que a humanidade, graças a Deus, estava progredindo, e que um dia seria possível dispensar passaportes e a pena capital, o cidadão liberal o olhava de soslaio e lhe perguntava, desconfiado: "Então qualquer um vai poder matar quem quer que seja na rua?" E quando, no chá ou num jantar, Startsev observava entre os presentes que era necessário trabalhar e que não se deveria viver sem trabalhar, todos tomavam isso como uma repreenda e se zangavam e passavam a discutir de modo agressivo. Com tudo isso, os habitantes não faziam nada, absolutamente nada, e não se interessavam por nada, e era quase impossível pensar em algum assunto para discutir com eles. Por isso Startsev evitava conversar e se limitava a comer e a jogar cartas; e quando havia uma reunião familiar em alguma casa e era convidado para uma refeição, ele se sentava e comia em silêncio, encarando seu prato.

E tudo o que era dito nesses momentos era desinteressante, iníquo e estúpido; ele ficava irritado e perturbado, mas segurava a língua e, por se sentar taciturno e calado e encarando o prato, foi apelidado na cidade de "o polonês arrogante", embora nunca tivesse sido polonês.

Entretenimentos como o teatro e concertos já não despertavam mais seu interesse, mas jogava cartas todas as noites, durante três horas a fio e prazerosamente. Tinha outra distração, à qual foi, aos poucos, se apegando imperceptivelmente: à noite tirava do bolso as notas que ganhara com as consultas e, às vezes, havia notas abarrotadas em seus bolsos – amarelas e verdes, cheirando a perfume, vinagre, incenso e óleo de peixe – com valor que chegava a setenta rublos; e, quando acumulava algumas centenas de rublos, levava o montante para o Banco de Crédito Mútuo e o depositava na conta.

Esteve somente duas vezes na casa dos Turkin no decorrer dos quatro anos que se seguiram à partida de Ekaterina Ivanovna, todas as ocasiões a convite de Vera Iosifovna, que ainda se submetia ao tratamento contra enxaqueca. Todos os anos, no verão, Ekaterina Ivanovna retornava para visitar os pais, mas ele não a viu em nenhuma dessas vezes; por uma razão ou por outra, isso não aconteceu.

Mas agora quatro anos se haviam passado. Em uma manhã tranquila e quente, uma carta chegou ao hospital. Vera Iosifovna escreveu a Dmitri Ionitch que sentia muito a falta dele e implorava que fosse visitá-los para alivia-la de seu sofrimento; e, a propósito, era também aniversário dela. Abaixo havia uma nota: "Eu me junto ao pedido de minha mãe. – K."

Startsev refletiu bem e, à noite, foi para a casa dos Turkin.

– Como vai? Tenha a bondade – recebeu-o Ivan Petrovitch, sorrindo apenas com os olhos. – *Bonjour*.

Vera Iosifovna, de cabelos grisalhos e aparência muito mais velha, apertou a mão de Startsev, suspirou afetadamente e disse:

– Você não tem interesse em me cortejar, doutor. Nunca vem nos ver; estou muito velha para você. Mas agora chegou uma jovem; talvez ela tenha mais sorte.

E Kitty? Estava mais magra, mais pálida, tinha ficado mais bonita e mais graciosa; mas agora era Ekaterina Ivanovna, e não Kitty; havia perdido o frescor e a aparência da ingenuidade infantil. Em sua expressão e maneiras havia algo novo – culpa e timidez, como se não se sentisse em casa aqui na residência dos Turkin.

– Quantos verões, quantos invernos! – disse ela, estendendo a mão a Startsev; ele percebeu que o coração dela batia acelerado; e, fitando-o com atenção e curiosidade, continuou: – Você está mais robusto! Parece bronzeado e mais viril, mas no geral mudou muito pouco.

Agora, também, ele a achava atraente, muito atraente, mas havia algo faltando nela, ou então algo supérfluo – ele mesmo não saberia dizer exatamente o que era, mas algo o impedia de se sentir como antes. Não gostou da palidez dela, da nova expressão, do sorriso débil, da voz, e em seguida tampouco gostou das roupas que ela vestia, da cadeira baixa em que estava sentada; não gostava de algo no passado, quando quase se casou com ela. Pensou em seu amor, nos sonhos e nas esperanças que o haviam perturbado quatro anos antes – e se sentiu estranho. Tomaram chá com bolo. Então Vera Iosifovna leu em voz alta um romance; ela leu sobre coisas que nunca acontecem na vida real, e Startsev escutou e observou a bela cabeça grisalha dela, aguardando que terminasse.

"As pessoas não são tolas porque não conseguem escrever romances, mas porque não conseguem escondê-los quando o fazem", pensou.

– Nada mal – disse Ivan Petrovitch.

Então Ekaterina Ivanovna foi até o piano e tocou longa e ruidosamente; quando terminou, recebeu profusos agradecimentos e calorosos elogios.

"Ainda bem que não me casei com ela", pensou Startsev.

Ela olhou para ele e, evidentemente, esperava que lhe pedisse para ir ao jardim, mas ele permaneceu em silêncio.

– Vamos conversar – disse ela, aproximando-se dele. – Como é que você está? O que anda fazendo? Como vão as coisas? Tenho pensado em você todos esses dias – prosseguiu ela, nervosa. – Queria lhe escrever, queria ir pessoalmente vê-lo em Dialij. Pensei mesmo em ir, mas depois achei melhor não. Deus sabe qual é a sua atitude em relação a mim agora; estive me preparando para vê-lo hoje com tanta emoção! Pelo amor de Deus, vamos até o jardim.

Eles foram para o jardim e sentaram-se no banco sob o velho bordo, exatamente como haviam feito quatro anos antes. Estava escuro.

– Como vai sua vida? – perguntou Ekaterina Ivanovna.

– Oh, tudo bem; vou levando do jeito que dá – respondeu Startsev.

E não conseguiu pensar em mais nada. Ficaram em silêncio.

– Estou tão emocionada! – disse Ekaterina Ivanovna, escondendo o rosto com as mãos. – Mas não dê muita atenção a isso. Estou tão feliz por estar em casa; estou tão contente por voltar a ver a todos. Não consigo me acostumar com isso. Tantas lembranças! Achei que poderíamos conversar sem parar até o amanhecer.

Agora ele via o rosto dela mais de perto, seus olhos brilhantes e, na escuridão, ela parecia mais jovem do que parecera na sala e até mesmo sua antiga expressão infantil parecia ter retornado. E, de fato, ela o olhava com ingênua curiosidade, como se quisesse ver mais de perto e compreender o homem que a tinha amado com tanto ardor, com tanta ternura e sem sucesso; os olhos dela lhe agradeciam por esse amor. E ele se lembrou de tudo o que havia acontecido, de cada mínimo detalhe; como havia vagado pelo cemitério, como havia voltado para casa exausto pela manhã e, subitamente, sentiu-se triste e lamentou o passado. Um ardor começou a brotar em seu peito.

– Você se lembra de como eu a levei ao baile no clube? – perguntou ele. – Estava então escuro e chuvoso...

O ardor agora estava aumentando em seu peito, e ele ansiava por falar, amaldiçoar a vida...

– Oh! – disse ele, suspirando. – Você me pergunta como estou vivendo. Como vivemos aqui? Ora, simplesmente não vivemos. Envelhecemos, engordamos, relaxamos. Dia corre após dia; a vida transcorre sem cor, sem expressão, sem pensamentos... Durante o dia trabalhando para obter ganhos e, à noite, o clube, a companhia de jogadores de cartas, de cavalheiros alcoólatras e rouquenhos, os quais não consigo suportar. O que há de bom nisso?

– Bem, você tem trabalho... Um objetivo nobre na vida. Você gostava tanto de falar do seu hospital. Eu era uma garota tão esquisita na época; eu me imaginava uma grande pianista. Hoje em dia, todas as jovens damas tocam piano, e eu tocava também, assim como todas as outras, e não havia em mim nada de especial. Sou tão pianista quanto minha mãe é escritora. E é claro que não o compreendia então, mas depois, em Moscou, muitas vezes pensei em você. Não pensava em ninguém a não ser em você. Que felicidade ser médico distrital, ajudar aquele que sofre, estar a serviço do povo! Que felicidade! – repetiu Ekaterina Ivanovna, com entusiasmo. – Quando pensava em você em Moscou, você me parecia tão ideal, tão elevado...

Startsev pensou nas notas que costumava tirar dos bolsos à noite com tanto prazer, e o ardor em seu peito se extinguiu.

Ele se levantou para entrar na casa. Ela lhe deu o braço.

– Você é o melhor homem que conheci em minha vida – continuou ela. – Vamos nos ver e conversar, não é? Prometa-me. Não sou pianista;

já não incorro mais em erros a respeito de mim mesma e não vou tocar em sua presença nem falar de música.

Quando já estavam dentro da casa, Startsev viu, à luz da lamparina, seu rosto e seus olhos tristes, gratos e perscrutadores, fixos nele; sentiu-se inquieto e pensou novamente:

"Ainda bem que não me casei com ela naquela época."

E começou a se despedir.

— Você não tem o direito humano de ir embora antes do jantar — disse Ivan Petrovitch ao vê-lo saindo. — É extremamente precipitado da sua parte. Você aí, faça a sua parte, represente! — acrescentou ele, no vestíbulo, dirigindo-se a Pava.

Pava, não mais um menino, mas um jovem de bigode, fez pose, ergueu o braço e disse com voz trágica:

— Morra, mulher infeliz!

Tudo isso irritou Startsev. Quando entrou na carruagem e olhou para a casa escura e o jardim, que um dia haviam sido tão preciosos e queridos para ele, veio à sua mente tudo de uma só vez — os romances de Vera Iosifovna, as ruidosas apresentações de Kitty ao piano, as piadas de Ivan Petrovitch e a postura trágica de Pava; e pensou: se as pessoas mais talentosas da cidade eram tão fúteis, o que seria dela?

Três dias depois, Pava trouxe uma carta de Ekaterina Ivanovna.

"Você não vem nos visitar — por quê?", escreveu ela. "Receio que tenha mudado e não sinta por nós o mesmo que sentia antes. Sinto medo e pavor só de pensar nisso. Tranquilize-me; venha e diga-me que está tudo bem. Preciso falar com você. — Sua, E. I."

Ele leu a carta, refletiu um pouco e disse a Pava:

— Diga a eles, meu bom camarada, que não posso ir hoje; estou muito ocupado. Diga que irei dentro de uns três dias.

Mas três dias se passaram, uma semana se passou, e ele não foi. Uma vez, por coincidência, passou de carruagem pela casa dos Turkin; achou que deveria entrar, mesmo que fosse apenas por um momento, mas pensando melhor... Não entrou.

E nunca mais foi à casa dos Turkin.

V

Passaram-se mais vários anos. Startsev ficou ainda mais robusto, corpulento, respirando com dificuldade e caminhando com a cabeça jogada para trás. Quando anda, firme e de rosto corado, em sua carruagem puxada por três cavalos, com os guizos ressoando, e quando Panteleimon, também vigoroso e de rosto corado, com seu pescoço grosso e musculoso, sentado na boleia, abre os braços rigidamente diante dele, como se fossem de madeira, e grita para aqueles que encontra, "Mantenha-se à direita!", o quadro é impressionante; poder-se-ia pensar que não era um mortal que estava passando, mas alguma divindade pagã em sua carruagem. Startsev tem uma imensa clientela na cidade, não tem tempo para respirar e já dispõe de uma fazenda e duas casas na cidade, e está procurando uma terceira mais lucrativa; e quando, no Banco de Crédito Mútuo, é informado de uma casa que está à venda, vai até lá sem cerimônia e, entrando por todos os cômodos, sem se importar com mulheres seminuas e crianças que o olham com espanto e temor, cutuca as portas com a bengala e diz:

– Isso é o escritório? Isso é um quarto? E o que é isso aqui?

E, ao fazer isso, respira pesadamente e enxuga o suor da testa.

Tem muito trabalho, mas, apesar disso, não abdica de seu posto como médico distrital; é ávido por ganhos e tenta estar em todos os lugares ao mesmo tempo. Em Dialij e na cidade, é chamado simplesmente de "Ionitch": "Para onde será que Ionitch vai?" ou "Não deveríamos chamar Ionitch para uma consulta?"

Provavelmente porque sua garganta está recoberta de gordura, sua voz mudou; tornou-se fina e aguda. Seu temperamento também mudou: tornou-se mal-humorado e irritadiço. Quando atende seus pacientes, geralmente fica intratável; bate impacientemente no chão com a bengala e grita com sua voz desagradável:

– Tenha a bondade de se limitar a responder a minhas perguntas! Não fale tanto!

É solitário. Leva uma vida triste; nada lhe desperta o interesse.

Durante todos os anos em que viveu em Dialij, seu amor por Kitty foi sua única alegria, e provavelmente a última. À noite, joga cartas no clube e depois se senta sozinho numa grande mesa e janta. Ivan, o mais velho e respeitável dos garçons, o atende, serve-lhe vinho Lafitte, e todos no clube – os membros do comitê, o cozinheiro e os garçons – sabem do que ele gosta e do que não gosta, e fazem o possível para satisfazê-lo, do contrário ele certamente fica irritado e começa a bater no chão com a bengala.

Durante o jantar, volta-se de vez em quando para os lados e se intromete na conversa de alguém:

– Do que está falando? Hein? De quem?

E quando, numa mesa vizinha, se fala dos Turkin, pergunta:

– De que Turkin está falando? Refere-se àqueles que têm uma filha que toca piano?

E isso é tudo o que se pode dizer sobre ele.

E os Turkin? Ivan Petrovitch não envelheceu; não mudou nem um pouco e ainda faz piadas e conta anedotas como antigamente. Vera Iosifovna ainda lê seus romances para os visitantes em voz alta, com entusiasmo e comovente simplicidade. E Kitty toca piano por quatro horas a fio todos os dias. Ela ficou visivelmente mais velha, está constantemente doente e todo outono vai para a Crimeia com a mãe. Quando Ivan Petrovitch se despede delas na estação, enxuga as lágrimas durante a partida do trem e grita:

– Adeus, queridas!

E acena com o lenço.

IONITCH

O Pai de Família

Via de regra, depois de sofrer uma grande perda no jogo de cartas ou após uma bebedeira, quando sofre de indigestão, Stepan Stepanitch Zhilin acorda num estado de espírito excepcionalmente sombrio. Fica azedo, com a testa enrugada, todo desalinhado; há uma expressão de desagrado em seu rosto cinzento, como se estivesse ofendido ou desgostoso com alguma coisa. Veste-se devagar, toma deliberadamente um gole de água Vichy e começa a andar pelos cômodos da casa.

– Gostaria de saber que b-b-besta entra aqui e não fecha a porta! – resmunga ele, com raiva, envolvendo-se no roupão e cuspindo. – Tire daí esse jornal! Por que está jogado aí? Temos vinte criados e o lugar é mais desarrumado do que uma taverna. Quem estava tocando a campainha? Quem diabos é essa aí?

– É Anfissa, a parteira que trouxe nosso Fédia ao mundo – responde a esposa.

– Sempre rondando por aí... Esses mendicantes bajuladores!

– Não consigo compreender, Stepan Stepanitch. Foi você mesmo que pediu que ela viesse e agora está xingando.

– Não estou xingando ninguém; estou falando. Você poderia encontrar algo para fazer, minha querida, em vez de ficar aí sentada com as mãos no colo, procurando motivos para provocar uma discussão. Palavra de honra, as mulheres estão além de minha compreensão! Fora de minha compreensão! Como podem perder dias inteiros sem fazer nada? O homem trabalha como um boi, como uma besta de carga, enquanto a esposa, a parceira de sua vida, fica sentada como uma linda boneca, sentada sem fazer nada além de espreitar uma oportunidade para brigar com o marido, a título de diversão. Está na hora de abandonar esses modos de colegial, minha querida. Você não é uma colegial, não é uma jovem dama; você é esposa e mãe! E agora vira as costas? Ah! Não é nada agradável escutar a amarga verdade!

— É curioso que só diga a amarga verdade quando seu fígado está estragado.

— Tudo bem; faça uma cena.

— Esteve fora até tarde? Ou ficou jogando cartas?

— E se estive? Isso é problema de alguém? Sou obrigado a prestar contas do que faço a alguém? É meu próprio dinheiro que perco, não é? O que eu gasto e o que se gasta nessa casa me pertencem... A mim. Está ouvindo? A mim!

E assim por diante, tudo no mesmo tom. Mas em nenhum outro momento Stepan Stepanitch é tão razoável, virtuoso, severo ou justo como no jantar, quando toda a família está sentada a seu redor. A refeição começa, geralmente, com a sopa. Depois da primeira colherada, Zhilin franze repentinamente a testa e repõe a colher no prato.

— Maldição! — murmura ele. — Acho que vou ter de jantar num restaurante.

— O que há de errado? — pergunta a esposa, ansiosa. — A sopa não está boa?

— É preciso ter paladar de porco para comer uma lavadura dessas! Está salgada demais; cheira a trapos sujos... Mais a insetos do que a cebola... Está simplesmente repulsiva, Anfissa Ivanovna — diz ele, dirigindo-se à parteira. — Todos os dias, dou dinheiro, mais que suficiente, para a casa... Eu renuncio a tudo, e é isso que preparam para o meu jantar! Suponho que querem que eu desista do escritório e vá para a cozinha para que eu mesmo passe a cozinhar.

— A sopa está muito boa hoje — arrisca timidamente a governanta.

— Oh, você acha? — diz Zhilin, irritado, olhando para ela por debaixo das sobrancelhas. — Cada um tem seu gosto, é claro. É preciso admitir que nossos gostos são bem diferentes, Varvara Vassilievna. Você, por exemplo, está satisfeita com o comportamento desse menino (Zhilin, com um gesto trágico, aponta para o filho Fédia); você está encantada com ele, enquanto eu... Eu estou mais que desgostoso. Sim!

Fédia, menino de sete anos, de rosto pálido e doentio, para de comer e baixa os olhos. Seu rosto fica ainda mais pálido.

– Sim, você está encantada e eu estou mais que desgostoso. Qual de nós está certo, não posso dizer, mas me arrisco a pensar, como pai, que conheço meu próprio filho melhor do que você. Veja como ele está sentado! É assim que crianças decentemente educadas se sentam? Sente-se corretamente!

Fédia levanta o queixo, estica o pescoço e se imagina numa posição mais correta. Lágrimas brotam de seus olhos.

– Tome sua sopa! Segure a colher de modo adequado! Espere. Vou lhe mostrar, seu menino horrível! Não se atreva a choramingar! Olhe diretamente para mim!

Fédia tenta olhar diretamente para ele, mas seu rosto treme e seus olhos se enchem de lágrimas.

– A-ah!... Está chorando? Você é malcriado e depois chora? Vá e fique de pé aí no canto, seu besta!

– Mas... Deixe-o jantar, primeiro – intervém a esposa.

– Nada de janta para ele! Esse imbe... Esses patifes não merecem jantar!

Fédia, encolhendo-se e tremendo, desliza de sua cadeira e se dirige até o canto.

– Você não vai se safar tão fácil! – persiste o pai. – Se ninguém mais se importa em cuidar de sua educação, que assim seja; eu devo começar... Não vou deixar você ser malcriado e chorar no jantar, meu rapaz! Idiota! Você deve cumprir seu dever! Está entendendo? Cumpra com o seu dever! Seu pai trabalha e você deve trabalhar também! Ninguém deve comer o pão do ócio! Você deve ser homem! Ho-homem!

– Pelo amor de Deus, pare com isso – diz a esposa, em francês. – Ao menos não nos importune diante de estranhos... A velha é toda ouvidos e agora, graças a ela, toda a cidade vai ficar sabendo.

– Não me intimido com estranhos – responde Zhilin, em russo. – Anfissa Ivanovna vê que estou falando a verdade. Ora, acha que eu deveria estar satisfeito com o menino? Sabe quanto ele me custa? Sabe, seu menino asqueroso, quanto você me custa? Ou imagina que eu faço chover dinheiro, que o ganho sem fazer nada? Não choramingue! Segure a língua! Está ouvindo o que lhe digo? Quer que eu apanhe o chicote, jovem rufião?

Fédia emite um gemido alto e começa a soluçar.

— Isso é insuportável — diz a mãe, levantando-se da mesa e atirando o guardanapo no chão. — Você nunca nos deixa jantar em paz! Já estou farta disso!

E, levando o lenço aos olhos, sai da sala de jantar.

— Agora está toda ofendida — resmunga Zhilin, com um sorriso forçado. — Ela foi mimada... É isso aí, Anfissa Ivanovna; ninguém gosta de ouvir a verdade, hoje em dia... Parece que é tudo culpa minha.

Seguem-se vários minutos de silêncio. Zhilin olha para os pratos e, percebendo que ninguém tocou ainda na sopa, suspira profundamente e encara o rosto corado e inquieto da governanta.

— Por que você não come, Varvara Vassilievna? — pergunta ele. — Está ofendida, é isso? Entendo... Você não gosta que lhe digam a verdade. Deve me perdoar, é minha natureza; não posso ser um hipócrita... Sempre deixo escapar a pura verdade (um suspiro). Mas noto que minha presença não é bem-vinda. Ninguém consegue comer ou conversar enquanto estou aqui... Bem, você deveria ter me falado e eu teria ido embora... E vou.

Zhilin se levanta e caminha com dignidade até a porta. Ao passar pelo choroso Fédia, ele para.

— Depois de tudo o que aconteceu aqui, você está livre — diz ele a Fédia, jogando a cabeça para trás com dignidade. — Não vou me intrometer em sua educação de novo. Lavo minhas mãos a respeito disso! Peço humildemente desculpas, porque, como pai, por desejar sinceramente seu bem-estar, incomodei você e seus mentores. Ao mesmo tempo, e uma vez por todas, eu me eximo de toda responsabilidade por seu futuro...

Fédia geme e soluça mais alto do que nunca. Zhilin se vira com dignidade para a porta e vai para o quarto.

Quando acorda de seu cochilo após o jantar, começa a sentir as pontadas da consciência. Tem vergonha de encarar a esposa, o filho,

Anfissa Ivanovna, e se sente até mesmo infeliz ao se lembrar da cena do jantar, mas seu amor-próprio é mais forte; não tem a hombridade para ser franco e continua amuado e resmungando.

Ao acordar na manhã seguinte, ele se sente de excelente humor e assobia alegremente enquanto se lava. Ao entrar na sala de jantar para o café da manhã, encontra Fédia, que, ao ver o pai, se levanta e olha para ele desamparado.

– Bem, meu jovem? – Zhilin o cumprimenta de bom humor, sentando-se à mesa. – O que você tem a me dizer, meu jovem? Você está bem? Bem, venha cá, fofinho; dê um beijo no pai.

Com um rosto pálido e sério, Fédia vai até o pai e toca na bochecha dele com os lábios trêmulos; depois se afasta e se senta em seu lugar, sem dizer palavra alguma.

O Monge Negro

I

Andrei Vassilitch Kovrin, que tinha diploma de mestrado na universidade, entrou em depressão e ficou com os nervos em frangalhos. Não procurou tratamento, mas, casualmente, diante de uma garrafa de vinho, conversou com um amigo, que era médico, e este o aconselhou a passar a primavera e o verão no campo. Por coincidência, recebeu uma longa carta de Tanya Pesotski, que o convidava a passar uma temporada com eles em Borissovka. E se convenceu de que realmente deveria ir.

Para começar – era o mês de abril –, ele foi até sua própria casa, em Kovrinka, e lá passou três semanas, sozinho; então, logo que as estradas ficaram em boas condições, partiu numa carruagem e foi visitar seu antigo tutor, Pesotski, que o havia criado e era um horticultor muito conhecido em toda a Rússia. A distância de Kovrinka a Borissovka era de pouco mais de cinquenta milhas. Era um verdadeiro prazer dirigir numa estrada em bom estado, em maio, numa confortável carruagem com molas.

Pesotski tinha uma casa imensa com uma fachada de colunas e estátuas de leões, nas quais o estuque estava cedendo, e, na entrada, havia um lacaio de libré. O velho parque, projetado em estilo inglês, sombrio e severo, se estendia por quase três quartos de milha até o rio, e ali terminava num barranco abrupto, íngreme, onde pinheiros cresciam com raízes nuas, aparentando patas hirsutas; a água embaixo emitia um brilho hostil, e as aves dos brejos esvoaçavam emitindo pios lamentosos; e ali tudo parecia inspirador para a composição de baladas. Mas perto da casa, no pátio e no pomar, que, somados aos viveiros, cobriam noventa acres, tudo era vida e alegria, mesmo com mau tempo. Rosas maravilhosas, lírios, camélias; tulipas de todos os matizes possíveis, do branco resplandecente ao preto fuliginoso – Kovrin de fato nunca havia visto semelhante riqueza de flores, em nenhum lugar. Era apenas o início da primavera, e a verdadeira glória dos canteiros de flores ainda estava ocultada pelas estufas. Mas mesmo as flores ao longo das alamedas, e aqui e acolá nos canteiros, eram suficientes para fazer alguém se sentir, ao caminhar pelo jardim, imerso num reino de cores ternas, especialmente no início da manhã, quando o orvalho resplandecia em cada pétala.

A parte ornamental do jardim, que Pesotski desdenhosamente chamava de rebotalho, trazia à mente Kovrin, durante sua infância, uma ideia de reino das fadas.

Ali se encontrava todo tipo de capricho, de elaboradas monstruosidades, de escárnio à natureza. Havia espaldeiras de árvores frutíferas, uma pereira em forma de choupo piramidal, tílias e carvalhos esféricos, uma macieira em forma de guarda-chuva e ameixeiras podadas em forma de arcos, cristas, candelabros e até mesmo no formato do número 1862 – ano em que Pesotski dera início a seu trabalho na horticultura. Pelo caminho também se passava por belas e graciosas árvores, com troncos robustos e retos como palmeiras, e somente observando com atenção era possível reconhecer nelas simples groselheiras. Mas o que tornava o conjunto do jardim e pomar mais alegre e lhe conferia um aspecto mais vivaz era o contínuo vaivém, de manhã cedo até a noite, de pessoas com carrinhos de mão, pás e regadores, que se apinhavam em volta das árvores e dos arbustos, nas alamedas e nos canteiros, como formigas...

Kovrin chegou à casa de Pesotski às dez horas da noite. Encontrou Tanya e o pai dela, Iegor Semionitch, em grande alvoroço. O céu límpido e estrelado e o termômetro prenunciavam geada ao amanhecer e, nesse meio-tempo, Ivan Karlovitch, o jardineiro, tinha ido à cidade, e eles não tinham mais em quem confiar. No jantar, falaram unicamente da geada e ficou decidido que Tanya não deveria ir para a cama e, entre meia-noite e uma da madrugada, deveria caminhar pelo jardim e ver se tudo estava em ordem, e Iegor Semionitch deveria levantar-se às três horas ou mesmo antes.

Kovrin fez companhia a Tanya durante toda a noite e, depois da meia-noite, saiu com ela para o jardim. Fazia frio. No jardim já se sentia um forte cheiro de queimado. No grande pomar, que era chamado de jardim comercial e rendia a Iegor Semionitch um lucro limpo de vários milhares de rublos por ano, uma fumaça espessa, negra e acre subia do solo e, espalhando-se em torno das árvores, salvava todos aqueles milhares de rublos da geada. As árvores eram dispostas como num tabuleiro de xadrez, em linhas retas e regulares como fileiras de soldados; essa severa regularidade pedante, aliada ao fato de todas as árvores terem o mesmo tamanho e copas e troncos exatamente iguais, fazia com que parecessem monótonas e até mesmo tristes. Kovrin e Tanya caminhavam ao longo das fileiras, onde fogueiras de esterco, palha e todo tipo de refugo ardiam, e, de vez em quando, topavam com trabalhadores que vagavam no meio da fumaça como sombras. As únicas árvores em flor eram as cerejeiras, as ameixeiras e certos tipos de macieiras, mas todo o pomar estava envolto em fumaça, e somente perto dos viveiros Kovrin conseguiu respirar livremente.

– Até mesmo quando criança eu costumava espirrar com a fumaça daqui – disse ele, encolhendo os ombros –, mas até hoje não entendo como a fumaça pode impedir a geada.

– A fumaça toma o lugar das nuvens quando não há nenhuma... – respondeu Tanya.

– E para que você quer as nuvens?

– Com o tempo carregado e nublado, não há geada.

– Ora, não me diga!

Ele riu e tomou a mão de Tanya. O rosto dela, largo e muito sério, frio por causa da geada, com suas delicadas sobrancelhas negras, a gola do casaco levantada, que a impedia de mexer a cabeça livremente, e todo o seu corpo delgado e gracioso, com a saia arregaçada por causa do orvalho, o impressionaram.

– Deus do céu! Menina, como cresceu! – disse ele. – Quando saí daqui, cinco anos atrás, você ainda era uma criança. Era uma criatura tão magra, de pernas compridas, com o cabelo caindo sobre os ombros; costumava usar vestidos curtos e eu a provocava, chamando-a de garça... O que o tempo não faz!

— Sim, cinco anos! — suspirou Tanya. — Muita coisa já mudou desde então. Diga-me, Andriusha, honestamente — começou ela, ansiosa, olhando-o no rosto —, te causa estranhamento estar conosco agora? Mas por que pergunto isso? Você é um homem, tem sua própria vida, interessante, é alguém... Separar-se é tão natural! Mas seja como for, Andriusha, quero que pense em nós como seus familiares. Temos o direito a isso.

— É o que penso, Tanya.

— Palavra de honra?

— Sim, palavra de honra.

— Você ficou surpreso esta noite por termos tantas fotos suas. Você sabe que meu pai o adora. Às vezes, parece que o ama mais do que a mim. Ele se orgulha de você, porque é um homem inteligente e extraordinário, fez uma carreira brilhante, e ele está convicto de que você obteve sucesso porque foi ele quem o criou. Não tento contradizê-lo quando pensa assim. Deixe-o acreditar nisso.

A aurora já se preanunciava, o que era evidenciado pela nitidez com que as espirais de fumaça e as copas das árvores começavam a se projetar no ar.

— Está na hora de dormir — disse Tanya —, e além disso está muito frio. — Tomou a mão dele. — Obrigada por ter vindo, Andriusha. Só temos conhecidos desinteressantes, e não muitos. Temos apenas o jardim, o jardim, o jardim, e nada mais. Padrões, padrões pela metade — riu ela. — Suportes, maçãs raineta, mirtilos, brotos, podas, enxertos... Tudo, toda a nossa vida se concentra no pomar. Nunca sonhei com nada além de maçãs e peras. Claro, isso é muito bom e útil, mas às vezes se anseia por algo mais para variar. Lembro-me de quando você costumava vir à nossa casa nas férias de verão, ou simplesmente para uma visita, e sempre parecia que a casa ficava mais agradável e mais viva, como se tivessem retirado as capas dos lustres e dos móveis. Eu era apenas uma menina, mas ainda assim compreendia.

Ela falou por muito tempo e com visível emoção. Por algum motivo, veio à mente de Kovrin a ideia de que, no decorrer do verão, poderia se apegar a essa criaturinha frágil e falante, poderia ficar arrebatado e até se apaixonar; na situação em que os dois se encontravam, era totalmente possível e natural! Esse pensamento o tocou e o divertiu; inclinou-se para o rosto doce e preocupado dela e cantarolou baixinho:

"Oneguin, não vou esconder;
Eu amo Tatiana loucamente[1]..."

Quando chegaram à casa, Iegor Semionitch já estava de pé. Kovrin não estava com sono; conversou com o velho e voltou com ele para o pomar. Iegor Semionitch era alto, de ombros largos e corpulento; sofria de asma, mas caminhava tão rápido que era difícil acompanhá-lo. Tinha um aspecto extremamente preocupado; estava sempre se apressando para algum lugar, com uma expressão que sugeria que, caso se atrasasse por um minuto, tudo estaria arruinado!

— Isso aqui é um tanto confuso, irmão... — começou ele, parando para tomar ar. — Na superfície do solo, como vê, há geada; mas, se erguer o termômetro numa vara a 14 pés acima do solo, verá que lá em cima está quente... Por quê?

— Realmente não sei — respondeu Kovrin, e riu.

— Hum!... Não se pode saber tudo, é claro... Por maior que seja o intelecto, não há nele espaço para tudo. Suponho que ainda se dedique particularmente à filosofia?

— Sim, dou aulas de psicologia e estou estudando filosofia em geral.

— E isso não o aborrece?

— Pelo contrário, é o que dá sentido à minha vida.

— Bem, que Deus o abençoe!... — disse Iegor Semionitch, cofiando meditativamente suas costeletas grisalhas. — Deus o abençoe!... Fico muito feliz por você... Muito feliz, meu rapaz...

Repentinamente, porém, ficou escutando e, com uma expressão terrível, correu e desapareceu rapidamente entre as árvores, numa nuvem de fumaça.

— Quem amarrou esse cavalo a uma macieira? — Kovrin ouviu seu grito desesperado e penoso. — Quem é o patife que se atreveu a amarrar

---

[1] Referência à ópera *Evgueni Oneguin* do compositor russo Piotr Ilitch Tchaikovski (1840-1893), inspirada no romance em versos intitulado igualmente *Evgueni Oneguin* de Alexander S. Puchkin (1799-1837), poeta e romancista russo (N.T.).

esse cavalo a uma macieira? Meu Deus, meu Deus! Arruinaram tudo; estragaram tudo; fizeram tudo de forma suja, horrível e abominável. O pomar está acabado, o pomar está arruinado. Meu Deus!

Quando retornou para junto de Kovrin, seu rosto parecia exausto e mortificado.

– O que se deve fazer com essa maldita gente? – questionou ele, com voz chorosa, levantando as mãos. – Stiopka trouxe esterco à noite e amarrou o cavalo a uma macieira! O patife apertou as rédeas em volta dela com tanta força que a casca foi arrancada em três lugares. O que acha disso! Falei com ele e ele fica parado como um poste e só pisca os olhos. Enforcá-lo seria até bom demais para ele.

Ficando mais calmo, abraçou Kovrin e beijou-o no rosto.

– Bem, que Deus o abençoe!... Deus o abençoe!... – murmurou ele. – Estou muito feliz que tenha vindo. Indizivelmente feliz... Obrigado.

Então, com o mesmo passo rápido e o semblante carregado, deu a volta por todo o pomar e mostrou a seu antigo pupilo todos os seus viveiros e estufas, seu jardim coberto e dois apiários, os quais chamava de a maravilha de nosso século.

Enquanto caminhavam, o sol apareceu, inundando jardim e pomar com uma luz resplandecente. Foi ficando mais quente. Prevendo um dia longo, claro e alegre, Kovrin lembrou-se de que era apenas o início de maio e que tinha pela frente um verão inteiro igualmente resplancedente, alegre e longo; e de repente um sentimento exultante e jovial se agitou em seu peito, como o que costumava experimentar na infância, ao correr por aquele jardim. Abraçou o velho e o beijou afetuosamente. Ambos, sentindo-se comovidos, entraram na casa e tomaram chá em velhas xícaras de porcelana, acompanhado de creme e gostosas rosquinhas, feitas com leite e ovos; e essas ninharias novamente faziam Kovrin lembrar de sua infância e meninice. O maravilhoso presente foi se mesclando com as impressões do passado, que se agitavam dentro dele; sentiu um aperto no coração; ainda assim, estava feliz.

Ele esperou até que Tanya acordasse e tomou café com ela, acompanhou-a numa caminhada pelo jardim, depois foi para o quarto e sentou-se para trabalhar. Lia com atenção, tomava nota e, de vez em quando, erguia os olhos para olhar através das janelas abertas ou para ver as flores frescas e ainda orvalhadas nos vasos sobre a mesa; e novamente baixava os olhos para seu livro e lhe parecia que todas as veias do corpo estremeciam e palpitavam de prazer.

II

No campo, continuou levando uma vida tão estressante e agitada quanto na cidade. Lia e escrevia muito, estudava italiano e, quando saía para passear, pensava com prazer que logo voltaria ao trabalho. Dormia tão pouco que todos se maravilhavam; se cochilasse acidentalmente por meia hora durante o dia, ficaria acordado a noite toda e, depois de uma noite sem dormir, se sentia alegre e vigoroso como se nada tivesse acontecido.

Falava muito, bebia vinho e fumava charutos caros. Com frequência, quase todos os dias, moças de famílias vizinhas iam à casa dos Pesotski, tocavam piano e cantavam com Tanya; por vezes vinha também um jovem vizinho que era bom violinista. Kovrin escutava a música e o canto com entusiasmo, mas isso o deixava exausto, o que se notava ao vê-lo fechar os olhos e deixar a cabeça pendendo para um lado.

Um dia, estava lendo sentado na varanda depois do chá da tarde. Ao mesmo tempo, na sala de estar, Tanya, cantando em soprano, uma das moças, em contralto, e o jovem violinista ensaiavam uma conhecida serenata de Braga. Kovrin escutava as palavras – eram russas – e não conseguia compreender o significado. Por fim, deixando o livro de lado e escutando com toda a atenção, conseguiu entender: uma donzela, cheia de fantasias doentias, ouvira, certa noite no jardim, sons misteriosos, tão estranhos e adoráveis que se sentiu compelida a reconhecê-los como uma harmonia sagrada, ininteligível para nós mortais, e que por isso retornava ao céu pelos ares. Os olhos de Kovrin começaram a se fechar. Levantou-se e, exausto, caminhou de um lado para o outro na sala de estar e depois na sala de jantar. Quando o canto acabou, tomou Tanya pelo braço e saiu com ela para a varanda.

— Passei o dia todo pensando numa lenda — disse ele. — Não me lembro se a li em algum lugar ou se a ouvi, mas é uma lenda estranha e quase grotesca. Para início de conversa, é um tanto obscura. Mil anos atrás, um monge, vestido de preto, vagava pelo deserto, em algum lugar da Síria ou da Arábia... A algumas milhas de onde ele se encontrava, pescadores viram outro monge negro, que se movia lentamente sobre a superfície de um lago. Esse segundo monge era uma miragem. Agora, esqueça todas as leis da ótica, as quais a lenda não reconhece, e escute o resto. Dessa miragem surgiu outra miragem; depois, dessa segunda surgiu uma terceira, de modo que a imagem do monge negro começou a se repetir indefinidamente de uma camada da atmosfera para outra. Desse modo, ela foi vista uma vez na África, outra na Espanha, depois na Itália, depois no extremo Norte... Então saiu da atmosfera terrestre e agora está vagando por todo o universo, mas nunca em condições em que possa desaparecer. Possivelmente, pode ser vista agora em Marte ou em alguma estrela do Cruzeiro do Sul. Mas, minha querida, o ponto central da lenda reside no fato de que, exatamente mil anos apóso dia em que o monge caminhava no deserto, a miragem retornará à atmosfera terrestre e aparecerá aos homens. E parece que os mil anos estão quase se completando... Segundo a lenda, podemos procurar pelo monge negro hoje ou amanhã.

— Uma miragem esquisita — disse Tanya, que não gostou da lenda.

— Mas a parte mais misteriosa — riu Kovrin — é que simplesmente não consigo me lembrar de onde tirei essa lenda. Será que a li em algum lugar? Será que a ouvi? Ou talvez tenha sonhado com o monge negro. Juro que não me lembro. Mas a lenda não me sai da cabeça. Tenho pensado nela o dia todo.

Deixando Tanya retornar às visitas, saiu da casa e, meditativo, caminhou por perto dos canteiros de flores. O sol já se punha. As flores, recém-regadas, exalavam uma fragrância úmida e enervante. Dentro de casa, começaram a cantar novamente e, à distância, o violino ressoava como uma voz humana. Kovrin, quebrando a cabeça para recordar onde tinha lido ou ouvido a lenda, caminhou lentamente em direção ao parque e, sem se dar conta, chegou à beira do rio. Por uma pequena trilha ao longo da encosta íngreme, entre as raízes nuas, desceu até a água, perturbou alguns pássaros e assustou dois patos. Os últimos raios do sol poente ainda lançavam luz aqui e acolá sobre os pinheiros sombrios, mas estava bastante escuro na superfície do rio. Kovrin cruzou a estreita ponte para chegar ao outro lado. Diante dele se estendia um amplo campo coberto de centeio novo, ainda sem flor. Não havia nenhuma habitação, nenhuma alma, nem à distância, e a impressão que dava era de que a pequena senda, caso alguém a seguisse, levaria ao desconhecido e misterioso local onde o sol acabara de se pôr e onde o crepúsculo espargia seu esplendor na imensidão infinda.

"Como aqui é vasto, livre, silencioso!" pensou Kovrin, caminhando pela trilha. "É como se todo o mundo estivesse me observando, se escondendo e esperando que eu compreenda..."

Mas então ondas começaram a percorrer o centeio e uma leve brisa noturna roçou suavemente sua cabeça descoberta. Um minuto depois, houve outra rajada de vento, mais forte – o centeio começou a farfalhar e ele ouviu atrás de si o murmúrio oco dos pinheiros. Kovrin ficou paralisado de espanto. Do horizonte erguia-se para o céu, como um redemoinho ou uma tromba de água, uma grande coluna negra. Seu contorno era indistinto, mas desde o primeiro instante era possível visualizar que não estava parada, mas se movia com terrível rapidez, indo precisamente na direção de Kovrin; e, quanto mais perto chegava, menor e mais nítida era. Kovrin afastou-se para o meio do campo de centeio a fim de abrir caminho; mal teve tempo de fazê-lo.

Um monge, vestido de preto, de cabelos grisalhos e sobrancelhas negras, com os braços cruzados sobre o peito, flutuava perto dele... Seus pés descalços não tocavam o chão. Depois de ter flutuado até uma distância de vinte pés em relação a ele, olhou em volta na direção de Kovrin e acenou com a cabeça para ele, com um sorriso amigável, mas astucioso. Mas que rosto pálido, assustadoramente pálido, e magro! Começando a crescer novamente, voou através do rio, esbarrou sem qualquer rumor no barranco e nos pinheiros e, passando por eles, desapareceu como fumaça.

– Ora, veja só – murmurou Kovrin –, a lenda deve ser verdadeira.

Sem tentar explicar a si mesmo a estranha aparição, cotente por ter conseguido ver tão de perto e tão distintamente não só as vestes negras do monge, mas até mesmo o rosto e os olhos, voltou para a casa, agradavelmente animado.

No parque e no jardim, as pessoas passeavam em silêncio, na casa estavam tocando – então só ele havia visto o monge. Tinha um desejo intenso de contar o ocorrido a Tanya e a Iegor Semionitch, mas refletiu e achou que certamente pensariam que suas palavras eram delírios, e isso os assustaria; era melhor não dizer nada.

Riu alto, cantou e dançou mazurca; estava de bom humor e todos, visitantes e Tanya, perceberam nele uma expressão peculiar, radiante e inspirada, e o acharam muito interessante.

III

Depois da ceia, quando os visitantes tinham ido embora, ele foi para o quarto e deitou-se no sofá: queria pensar no monge. Mas, um minuto depois, Tanya entrou.

– Olhe isso, Andriusha; leia os artigos de meu pai – disse ela, entregando-lhe um maço de papéis e panfletos. – São artigos esplêndidos. Ele escreve maravilhosamente bem.

– Maravilhosamente, de fato! – disse Iegor Semionitch, entrando depois dela e sorrindo constrangido; estava envergonhado. – Não dê ouvidos a ela, por favor; não leia! Mas, se quiser dormir, leia-os sem falta; são um bom soporífero.

– Acho que são artigos excelentes – disse Tanya, com profunda convicção. – Leia-os, Andriusha, e convença meu pai a escrever com mais frequência. Ele poderia escrever um manual completo de horticultura.

Iegor Semionitch deu uma risada forçada, enrubesceu e começou a proferir as frases geralmente usadas por um autor encabulado. Por fim, começou a ceder.

– Nesse caso, comece com o artigo de Gaucher e com esses artigos russos – murmurou ele, virando os panfletos com a mão trêmula –, ou você não vai entender. Antes de ler minhas objeções, deve saber a que estou me opondo. Mas é tudo bobagem... Coisas enfadonhas. Além disso, acredito que está na hora de ir dormir.

Tanya saiu. Iegor Semionitch sentou-se no sofá, perto de Kovrin, e suspirou profundamente.

– Sim, meu rapaz... – começou ele, após uma pausa. – É assim, meu caro mestre. Eu escrevo artigos, participo de exposições e ganho medalhas... Pesotski, dizem por aí, produz maçãs do tamanho de uma cabeça, e Pesotski, dizem ainda, fez fortuna com seu pomar. Em resumo, "Kotchebi é rico e glorioso". Mas eu sempre me pergunto: de que serve tudo isso? O pomar certamente é bom, exemplar. Não é realmente um pomar, mas uma instituição regular, da maior importância pública porque assinala, por assim dizer, uma nova era na agricultura russa, na indústria russa. Mas para que serve? Qual o objetivo?

– O fato fala por si.

– Não falo nesse sentido. O que me pergunto é: o que vai acontecer com o pomar quando eu morrer? Na condição em que o vê agora, não poderia ser mantido nem um mês sem mim. Todo o segredo do sucesso não reside no fato de ser um grande pomar ou de haver grande número de empregados trabalhando nele, mas no fato de que eu amo o trabalho. Entende? Eu o amo talvez mais do que a mim mesmo. Olhe para mim; faço tudo sozinho. Trabalho de manhã até a noite; eu mesmo faço todos os enxertos, a poda, o plantio. Faço tudo sozinho; quando alguém me ajuda, fico enciumado, irritadiço, até mesmo rude. Todo o segredo está em amá-lo... Isto é, no olhar aguçado do dono; sim, e nas mãos do dono, no sentimento que faz com que, quando vou a qualquer lugar para uma visita e me quedo por uma hora, fico inquieto, com o coração distante, com medo de que algo possa ter acontecido ao pomar. Mas quando eu morrer, quem vai cuidar dele? Quem vai trabalhar? O jardineiro? Os trabalhadores? Sim? Mas vou lhe dizer, meu caro amigo, o pior inimigo no pomar não é a lebre, não é o besouro, nem a geada, mas qualquer pessoa estranha.

– E Tanya? – perguntou Kovrin, rindo. – Ela não pode ser mais prejudicial do que uma lebre. Ela adora o trabalho e o entende.

– Sim, ela o ama e o entende. Se, depois de minha morte, o pomar for legado a ela, é claro que nada poderia ser melhor. Mas se, que Deus não o permita, ela se casar – sussurrou Iegor Semionitch e dirigiu um olhar assustado para Kovrin –, justamente isso, se ela se casar e tiver filhos, não terá tempo para se preocupar com o pomar. O que mais temo é que se case com um bom cavalheiro que, por sua vez, sendo ganancioso, deixará o pomar sob a administração de pessoas que visem pura e simplesmente ao lucro; e assim tudo irá para o diabo logo no primeiro ano! Num trabalho como esse, as mulheres são o flagelo de Deus!

Iegor Semionitch suspirou e permaneceu calado por alguns instantes.

– Talvez seja egoísmo de minha parte, mas digo-lhe francamente: não quero que Tanya se case. Tenho medo disso! Há um jovem dândi que vem nos visitar e passa o tempo arranhando seu violino; sei que Tanya não se casará com ele, sei muito bem disso; mas não suporto vê-lo! Enfim, meu rapaz, sou um tanto esquisito. Sei disso.

Iegor Semionitch se levantou e caminhou inquieto pela sala; era evidente que desejava dizer algo muito importante, mas não conseguia fazê-lo.

– Gosto demais de você e por isso vou lhe falar com toda a franqueza – decidiu ele, por fim, enfiando as mãos nos bolsos. – Lido de modo transparente com certas questões delicadas e digo exatamente o que penso; não posso suportar os assim chamados pensamentos ocultos. Vou lhe dizer de forma direta: você é o único homem que eu não receio que se case com a minha filha. Você é um homem inteligente, de bom coração, e não deixaria meu amado trabalho cair em ruína; e a principal razão é que eu o amo como um filho e tenho orgulho de você. Se Tanya e você pudessem se envolver numa espécie de romance, então... Bem! Eu ficaria muito contente e até feliz. Digo isso às claras, sem subterfúgios, como um homem honesto.

Kovrin riu. Iegor Semionitch abriu a porta para sair, mas deteu-se.

– Se Tanya e você tivessem um filho, eu faria dele um horticultor – disse ele, depois de refletir um momento. – Esse, no entanto, é um sonho inútil. Boa noite.

Deixado sozinho, Kovrin se acomodou confortavelmente no sofá e apanhou os artigos. O título de um deles era "Sobre cultivo intercalado"; o de outro era "Algumas palavras sobre as observações do senhor Z. a respeito do modo de preparar o solo para um novo pomar"; o título de um terceiro era "Assunto adicional relativo ao enxerto com uma gema dormente"; e todos eles eram do mesmo tipo. Mas que tom impaciente e convulsivo! Que paixão nervosa, quase histérica! Aqui estava um artigo, alguém poderia pensar, com o mais pacífico e impessoal conteúdo: versava sobre a maçã russa Antonovsky. Mas Iegor Semionitch o iniciava com "*Audiatur altera pars*"[2] e terminava com "*Sapienti sat*"[3]; e entre essas duas citações, uma perfeita torrente de frases mordazes dirigidas "à ignorância erudita de nossas reconhecidas autoridades em horticultura, que observam a natureza do alto de suas cátedras universitárias", ou contra o senhor Gaucher, "cujo sucesso foi obra do vulgar e dos diletantes". Seguia-se então uma expressão de pesar inapropriada, afetada e insincera pelo fato de não ser mais permitido açoitar camponeses que roubavam frutas e danificavam as árvores, rompendo-lhes os ramos.

"É um trabalho belo, encantador e saudável, mas mesmo nisso há conflito e paixão", pensou Kovrin. "Suponho que, em toda parte e em todas as carreiras, os homens de ideias são irritadiços e dotados de uma sensibilidade exagerada. Muito provavelmente deve ser assim mesmo."

Pensou em Tanya, que estava tão satisfeita com os artigos de Iegor Semionitch. Pequena, pálida e tão magra que suas clavículas se projetavam, tinha olhos, grandes e abertos, escuros e inteligentes, com uma vivacidade ímpar, como se estivessem sempre à espreita de alguma coisa. Ela caminhava como o pai, com um pequeno passo apressado. Falava muito e gostava de discutir, acompanhando cada frase, por mais insignificante que fosse, com expressivo mimetismo e gesticulação. Sem dúvida, era ansiosa ao extremo.

Kovrin continuou lendo os artigos, mas, como não compreendia nada, desistiu. A mesma empolgação agradável com que no início da noite dançou a mazurca e ouviu a música retornava agora e se apode-

---

(2) Atente-se para a outra parte (N.T.).
(3) Para o sábio, basta (N.T.).

rava dele de novo, despertando uma série de pensamentos. Levantou-se e começou a andar pela sala, pensando no monge negro. Ocorreu-lhe que, se esse estranho monge sobrenatural tivesse aparecido somente para ele, isso significava que estava doente e tinha chegado ao ponto de ter alucinações. Essa reflexão o assustou, mas não por muito tempo.

"Mas me sinto bem e não estou prejudicando ninguém; assim, não há mal algum em minhas alucinações", pensou; e com isso se sentiu feliz novamente.

Sentou-se no sofá e cruzou as mãos atrás da cabeça. Contendo a euforia inexplicável que tomava conta de todo o seu ser, caminhou então de um lado para o outro e tornou a sentar-se para trabalhar. Mas os pensamentos que lia no livro não o satisfaziam. Queria algo gigantesco, insondável, estupendo. Perto da manhã, despiu-se e, com relutância, foi para a cama; deveria dormir.

Quando ouviu os passos de Iegor Semionitch saindo para o pomar, Kovrin tocou a campainha e pediu ao lacaio que lhe trouxesse um pouco de vinho. Tomou várias taças de Lafitte, depois se enrolou nas cobertas, cobrindo até mesmo a cabeça; sua consciência se turvou e ele adormeceu.

IV

Iegor Semionitch e Tanya discutiam com frequência e diziam coisas desagradáveis um ao outro.

Naquela manhã haviam discutido sobre alguma coisa. Tanya desatou a chorar e foi para o quarto. Não desceu para o almoço nem para o chá. No início, Iegor Semionitch parecia zangado e solene, como se quisesse dar a entender a todos que, para ele, as reivindicações de justiça e ordem eram mais importantes do que qualquer outra coisa no mundo; mas não conseguiu aguentar por muito tempo e logo ficou deprimido. Passou a caminhar pelo parque, desanimado, suspirando continuamente: "Oh, meu Deus! Meu Deus!" E no almoço não comeu nada. Por fim, sentindo-se culpado e com a consciência pesada, bateu na porta trancada e chamou timidamente:

– Tanya! Tanya!

E por detrás da porta veio uma voz abatida, enfraquecida pelo choro, mas ainda determinada:

– Me deixe em paz, por favor.

A depressão do patrão e da patroa acabou se alastrando por toda a casa, até mesmo entre os empregados que trabalhavam no pomar. Kovrin estava absorto em seu interessante trabalho, mas por fim também se sentiu triste e desconfortável. Para dissipar o mau humor geral de alguma forma, decidiu intervir e, à noite, bateu na porta do quarto de Tanya. Ela o deixou entrar.

– Ai, ai, que vergonha! – começou ele, de brincadeira, olhando surpreso para o rosto abatido e coberto de lágrimas de Tanya, vermelho de tanto chorar. – É realmente tão sério? Ai, ai!

– Se você soubesse como ele me tortura! – disse ela, e torrentes escaldantes de lágrimas escorreram de seus grandes olhos. – Ele me atormenta até a morte – continuou ela, torcendo as mãos. – Eu não disse nada a ele... Nada... Só disse que não havia necessidade de manter... Muitos trabalhadores... Se pudéssemos contratá-los por dia quando quiséssemos. Você sabe... Sabe que os trabalhadores não têm feito nada durante uma semana inteira... Eu... Eu... Só disse isso, e ele gritou e... Me disse... Uma porção de coisas horríveis e insultuosas. Para quê?

– Calma, calma – disse Kovrin, afagando o cabelo dela. – Vocês discutiram, você chorou, e isso basta. Não deve ficar com raiva por muito tempo... Está errado... Ainda mais porque ele a ama acima de tudo.

– Ele... Arruinou minha vida inteira – continuou Tanya, soluçando. – Não ouço nada além de injúrias e insultos. Ele acredita que eu não tenho nenhuma utilidade na casa. Bem! Ele está certo. Devo partir amanhã; vou tentar arrumar um posto no serviço telegráfico... Não me importo...

– Ora, vamos, vamos... Não deve chorar, Tanya. Não deve, querida... Você é tão temperamental quanto irritadiça, e ambos são culpados disso. Venha; vou reconciliá-los.

Kovrin falava com ternura e persuasão, enquanto ela continuava chorando, sacudindo os ombros e torcendo as mãos, como se um terrível infortúnio tivesse realmente recaído sobre ela. Ele se sentia mal por ela, porque a dor dela não era um caso sério, no entanto ela sofria ao extremo. Quantas trivialidades bastavam para tornar miserável essa criaturinha por um dia inteiro, talvez por toda a vida! Consolando Tanya, Kovrin refletiu que, além dessa moça e do pai dela, ainda que procurasse pelo mundo todo, não haveria de encontrar pessoas que o amassem como se fosse um deles, como um de seus parentes. Se não fosse por aqueles dois, ele, que perdera o pai e a mãe na primeira infância, possivelmente jamais saberia o significado de um afeto genuíno e daquele amor sincero e inexplicável, dedicado somente a quem é muito próximo pelos laços de sangue; e sentiu que os nervos dessa moça chorosa e trêmula respondiam aos seus próprios, já um tanto doentes e sobrecarregados, como o ferro responde ao ímã. Ele pressentia que nunca haveria de amar uma mulher saudável, forte e de faces rosadas, mas a pálida, debilitada e infeliz Tanya o atraía.

Ele gostava de acariciar os cabelos e os ombros dela, apertar sua mão e enxugar-lhe as lágrimas... Por fim, ela parou de chorar. Passou muito tempo se queixando do pai e da vida dura e insuportável que levava naquela casa, implorando a Kovrin que se colocasse no lugar dela; então começou, aos poucos, a sorrir e a suspirar, dizendo que Deus lhe havia concedido um temperamento muito ruim. Finalmente, rindo alto, chamou a si mesma de idiota e saiu correndo do quarto.

Quando, pouco depois, Kovrin foi ao pomar, Iegor Semionitch e Tanya caminhavam lado a lado por uma alameda, como se nada tivesse ocorrido; ambos comiam pão de centeio com sal, pois os dois tinham fome.

V

Contente por seu sucesso como pacificador, Kovrin foi ao parque. Enquanto estava sentado num banco de jardim, pensativo, ouviu o barulho de uma carruagem e uma risada feminina – visitantes estavam chegando. Quando as sombras da noite começaram a cair sobre o jardim, os sons do violino e de vozes cantando chegaram até ele indistintamente, e isso lhe recordou o monge negro. Onde, em qual região ou planeta, essa ilusão de ótica estaria agora?

Mal havia pensado na lenda e retratado em sua imaginação a aparição obscura que vira no campo de centeio quando apareceu, vindo da parte de trás de um pinheiro sem o menor ruído, exatamente do lado oposto ao seu, um homem de estatura mediana e com a cabeça grisalha descoberta, todo de preto e descalço como um mendigo; sobrancelhas negras se destacavam visivelmente naquele rosto pálido como a morte. Acenando com a cabeça graciosamente, esse mendigo ou peregrino veio silenciosamente até o banco e se sentou. Kovrin reconheceu o monge negro.

Por um minuto, eles se entreolharam, Kovrin com espanto e o monge com simpatia e, como antes, um pouco de malícia, como se pensasse com os seus botões.

– Mas você é uma miragem – disse Kovrin. – Por que está aqui sentado tão quieto? Isso não condiz com lenda.

– Isso não importa – respondeu o monge em voz baixa, de início sem virar o rosto para ele. – A lenda, a miragem e eu somos todos produtos de sua imaginação excitada. Sou um fantasma.

– Então você não existe? – disse Kovrin.

– Pode pensar como quiser – disse o monge, com um leve sorriso. – Eu existo em sua imaginação e sua imaginação faz parte da natureza, então eu existo na natureza.

– Você tem um semblante envelhecido, sábio e extremamente expressivo, como se realmente tivesse vivido mais de mil anos – disse Kovrin. – Eu não sabia que minha imaginação era capaz de conceber tais fenômenos. Mas por que me olha com tanto entusiasmo? Você gosta de mim?

– Sim, você é um dos poucos que são justamente chamados de escolhidos de Deus. Você serve à verdade eterna. Seus pensamentos, seus desígnios, os estudos maravilhosos em que está empenhado e toda a sua vida sustentam o divino, o selo celestial, visto que tudo é consagrado ao racional e ao belo... Isto é, ao que é eterno.

– Você disse "verdade eterna"... Mas seria a verdade eterna útil para o homem e estaria a seu alcance, se não há vida eterna?

– Existe vida eterna – disse o monge.

– Acredita na imortalidade do homem?

— Sim, claro. Um grande e brilhante futuro está reservado para vocês, homens. E quanto mais homens como você existir na terra, mais cedo esse futuro será alcançado. Sem vocês, que servem ao princípio superior e vivem em plena compreensão e liberdade, a humanidade teria pouca importância; desenvolvendo-se de forma natural, teria de esperar muito tempo até o fim de sua história terrena. Você a conduzirá alguns milhares de anos antes ao reino da verdade eterna... E aí reside seu serviço supremo. Você é a encarnação da bênção de Deus, que repousa sobre os homens.

— E qual é o objetivo da vida eterna? — perguntou Kovrin.

— O mesmo que o de toda a vida... Prazer. O verdadeiro prazer reside no conhecimento, e a vida eterna fornece fontes inumeráveis e inesgotáveis de conhecimento; nesse sentido é que foi dito: "Na casa de meu Pai há muitas moradas".

— Se soubesse como é agradável ouvir você! — disse Kovrin, esfregando as mãos, satisfeito.

— Fico muito contente.

— Mas sei que, quando você for embora, ficarei preocupado com a questão de sua realidade. Você é um fantasma, uma alucinação. Então estou eu mentalmente perturbado, num estado fora do normal?

— E se estiver? Por que se preocupar? Você está doente porque se sobrecarregou e se exauriu, o que significa que sacrificou sua saúde pela ideia e está próximo o tempo em que entregará a própria vida a ela. O que poderia ser melhor? Esse é o objetivo a que aspiram todas as naturezas nobres, divinamente dotadas.

— Se eu sei que estou mentalmente afetado, posso confiar em mim mesmo?

— E você está certo de que os homens de gênio, em quem todos confiam, também não viram fantasmas? Os eruditos de hoje dizem que o gênio está muito próximo da loucura. Meu amigo, pessoas saudáveis e ordinárias são apenas um rebanho comum. Reflexões sobre a neurastenia da idade, o esgotamento nervoso e a degeneração, etc., só podem preocupar seriamente aqueles que depositam o objetivo da vida no presente... Isto é, o rebanho comum.

— Os romanos costumavam dizer: "*Mens sana in corpore sano*"[4].
— Nem tudo o que os gregos e os romanos disseram é verdade. Exaltação, entusiasmo, êxtase... Tudo o que distingue profetas, poetas e mártires pela ideia do povo comum... Repele o lado animalesco do homem... Isto é, sua saúde física. Repito, se você quer ser saudável e ordinário, vá para o rebanho comum.

— É estranho que você repita as coisas sempre me veem à mente — disse Kovrin. — É como se você tivesse visto e auscultado meus pensamentos secretos. Mas não falemos mais sobre mim. O que você quer dizer com "verdade eterna"?

O monge não respondeu. Kovrin olhou para ele e não conseguiu distinguir seu rosto. As feições dele ficaram turvas e enevoadas. Então a cabeça e os braços do monge desapareceram; o corpo parecia ter se esvaído no banco e no crepúsculo da noite; e então ele desapareceu completamente.

— A alucinação terminou — disse Kovrin; e riu. — É uma pena.

Voltou para a casa animado e feliz. As poucas palavras que o monge lhe havia dito haviam lisonjeado não só sua vaidade, mas toda a sua alma, todo o seu ser. Estar entre os escolhidos, servir à verdade eterna, estar nas fileiras daqueles que poderiam tornar a humanidade digna do reino de Deus alguns milhares de anos antes do tempo — isto é, libertar os homens de alguns milhares de anos de luta desnecessária, pecado e sofrimento; sacrificar tudo à ideia — juventude, força, saúde; estar pronto para morrer pelo bem comum — que sorte, que sorte suprema! Lembrou-se de seu passado — puro, casto, laborioso; lembrou-se do que havia aprendido por si mesmo e do que tinha ensinado aos outros, e concluiu que não havia exagero nas palavras do monge.

Tanya veio encontrá-lo no parque; ela usava um vestido diferente.

— Você está aqui? — disse ela. — Estávamos procurando você por toda a parte... Mas o que aconteceu? — perguntou ela, maravilhada, olhando para o rosto radiante e extático e os olhos cheios de lágrimas dele. — Como você está estranho, Andriusha!

---

(4) Mente sadia em corpo sadio (N.T.).

— Estou muito contente, Tanya — disse Kovrin, colocando a mão nos ombros dela. — Estou mais do que satisfeito: estou feliz. Tanya, querida Tanya, você é uma criatura extraordinária e bela. Querida Tanya, estou tão contente, estou tão feliz!

Beijou-lhe ambas as mãos ardentemente e prosseguiu:

— Acabei de passar por um momento de exaltação, maravilhoso e sobrenatural. Mas não posso lhe contar tudo sobre isso, pois me chamaria de louco e não acreditaria em mim. Falemos de você. Querida e encantadora Tanya! Eu a amo, faz muito tempo que a amo. Estar próxima a você, encontrá-la uma dúzia de vezes por dia, tornou-se uma necessidade de minha existência; não sei como poderei viver sem você ao voltar para casa.

— Oh! — riu Tanya —, você se esquecerá de nós em dois dias. Somos pessoas humildes e você é um grande homem.

— Não; vamos falar francamente! — disse ele. — Vou levá-la comigo, Tanya. Sim? Você virá comigo? Deseja se casar comigo?

— Ora, vamos — disse Tanya, e tentou rir de novo, mas a risada não veio e seu rosto ficou corado.

Passou a respirar rapidamente e caminhou apressada, não para a casa, mas para o interior do parque.

— Eu não estava pensando nisso... Não estava pensando nisso — disse ela, torcendo as mãos em desespero.

Kovrin a seguiu e continuou falando, com o mesmo rosto radiante e tomado pelo entusiasmo:

— Quero um amor que me domine por completo; e esse amor só você, Tanya, poderia me conceder. Estou feliz! Estou mais que feliz!

Ela estava acuada, confusa e retraída, aparentando ter envelhecido repentinamente dez anos, enquanto ele pensava em como era bonita e expressava seu êxtase em voz alta:

— Como ela é adorável!

VI

Tomando conhecimento por meio de Kovrin de que não apenas um romance estava em andamento, mas que haveria até mesmo um casamento, Iegor Semionitch passou um longo tempo andando de um canto a outro da sala, tentando ocultar sua agitação. Suas mãos começaram a tremer, seu pescoço inchou e ficou arroxeado; solicitou sua charrete de corrida e foi para um lugar qualquer. Tanya, vendo como ele chicoteava os cavalos e como enfiava o gorro sobre as orelhas, compreendeu o que ele estava sentindo, trancou-se no quarto e chorou o dia todo.

Nas estufas, os pêssegos e as ameixas já estavam maduros; embalar e despachar essas mercadorias tenras e frágeis para Moscou exigia muito cuidado, trabalho e dedicação. Como o verão havia sido muito quente e seco, foi necessário regar todas as árvores, e muito tempo e trabalho foram dispendidos nessa atividade. Numerosas lagartas apareceram, as quais, para o desgosto de Kovrin, os operários e até mesmo Iegor Semionitch e Tanya esmagavam com os dedos. Apesar de tudo isso, já tinham de agendar pedidos de frutas e árvores para o outono e responder a uma grande quantidade de correspondência. E na hora mais movimentada, quando ninguém parecia ter um momento livre, o trabalho dos campos exigia mais da metade dos empregados da propriedade. Iegor Semionitch, queimado pelo sol, exausto, mal-humorado, galopava dos campos para o pomar e vice-versa; gritava que estava se esfalfando e que acabaria por meter uma bala nos miolos.

Então veio o alvoroço e a preocupação com o enxoval, ao qual os Pesotski davam a maior importância. Tudo parecia se concentrar em torno das tesouras manobradas freneticamente, do ruído das máquinas de costura, do cheiro dos ferros de engomar e dos caprichos da costureira, uma senhora irritadiça e nervosa. E, para piorar a situação, vinham visitantes todos os dias, que tinham de ser entretidos, alimentados e até mesmo hospedados durante a noite. Mas todo esse árduo trabalho passava despercebido, como se estivesse envolto numa névoa. Tanya sentia que o amor e a felicidade a tinham pego de surpresa, embora desde os quatorze anos, por algum motivo, estivesse convencida de que Kovrin haveria de se casar com ela e com nenhuma outra. Estava perplexa, não conseguia entender, não conseguia acreditar em si mesma... Em dados momentos, essa alegria desabava sobre ela e a fazia se elevar até as nuvens, e de lá orava para Deus; em outros, lembrava-se de que em agosto teria que partir de sua casa e deixar o pai; ou, só Deus sabe por que, lhe ocorria a ideia de que não valia nada – de que era insignificante e indigna de um grande homem como Kovrin –, e então se trancava no quarto e chorava amargamente por várias horas. Quando havia visitas, imaginava de súbito que Kovrin parecia extraordinariamente bonito e que todas as mulheres estavam apaixonadas por ele e a invejavam; e sua alma se enchia de orgulho e êxtase, como se tivesse triunfado sobre o mundo todo; mas bastava que ele sorrisse educadamente para qualquer jovem dama para que ela tremesse de ciúmes, retornasse para o quarto – e chorasse novamente. Essas novas sensações a dominavam completamente; ela ajudava o pai mecanicamente, sem dar atenção a pêssegos, lagartas ou operários, e sem se dar conta de como o tempo transcorria rapidamente.

Ocorria quase o mesmo com Iegor Semionitch. Trabalhava de manhã até a noite, estava sempre com pressa, ficava irritadiço e tinha acessos de raiva, mas tudo isso constituía uma espécie de sonho encantado. Parecia que dois homens habitavam dentro dele: um era o verdadeiro Iegor Semionitch, que ficava indignado e punha as mãos na cabeça em desespero quando tomava conhecimento de alguma irregularidade cometida por Ivan Karlovitch, o jardineiro; e outro – não o verdadeiro – que parecia aturdido, que interrompia uma conversa de negócios no meio de uma frase, punha a mão no ombro do jardineiro e murmurava:

– Diga o que quiser, mas as origens de uma pessoa contam muito. A mãe dele era uma mulher maravilhosa, magnânima e inteligente. Era um prazer olhar para o seu rosto bom, cândido e puro; era como o rosto de um anjo. Desenhava esplendidamente, escrevia versos, falava cinco línguas estrangeiras, cantava... Coitada! Morreu de tuberculose. Que o Reino dos Céus a tenha.

O irreal Iegor Semionitch suspirou e, depois de uma pausa, continuou:

– Quando ele era menino e frequentava minha casa, tinha o mesmo rosto angelical, bom e cândido. A maneira como olha, fala e se move é tão suave e elegante quanto à da mãe. E seu intelecto! Sempre ficamos impressionados com a inteligência dele. Com certeza, não é por acaso que é um mestre em Artes! Não é por acaso! E aguarde um momento, Ivan Karlovitch, e verá o que será dele dentro de dez anos. Estará muito acima de nós!

Mas, nesse ponto, o verdadeiro Iegor Semionitch, subitamente voltando a si, fechava a cara, punha as mãos na cabeça e berrava:

– Com os demônios! Eles estragaram tudo! Arruinaram tudo! Estragaram tudo! O jardim está acabado, o pomar está arruinado!

Entrementes, Kovrin trabalhava com o mesmo ardor de antes e não notou a confusão geral. O amor apenas jogava mais lenha na fogueira. Depois de cada conversa com Tanya, retornava para o quarto, feliz e enlevado, apanhava seu livro ou manuscrito com a mesma paixão com que acabara de beijar Tanya e de lhe confessar seu amor. O que o monge negro lhe havia dito sobre os escolhidos de Deus, a verdade eterna, o brilhante futuro da humanidade e assim por diante, dava um significado peculiar e extraordinário a seu trabalho e enchia-lhe a alma de orgulho e o deixava consciente de sua própria exaltada importância. Uma ou duas vezes por semana, no parque ou na casa, encontrava-se com o monge negro e tinha longas conversas com ele, mas isso não o alarmava – ao contrário, o encantava, pois agora estava firmemente persuadido de que essas aparições só estavam disponíveis aos poucos eleitos que se elevam acima de seus semelhantes e se colocam a serviço da ideia.

Um dia, o monge apareceu na hora do jantar e sentou-se à janela da sala. Kovrin ficou encantado e muito habilmente iniciou uma conversa com Iegor Semionitch e Tanya sobre o que poderia ser do interesse do monge; o visitante de túnica preta ouvia e balançava a cabeça graciosamente, e Iegor Semionitch e Tanya também escutavam e sorriam alegremente, sem suspeitar de que Kovrin não estivesse falando com eles, mas sim com sua alucinação.

O dia da Assunção se aproximou e passou despercebido; logo depois veio o casamento, que, por firme desejo de Iegor Semionitch, foi celebrado com toda a pompa – isto é, com festividades escusadas que duraram dois dias e duas noites. Três mil rublos foram gastos em comida e bebida, mas a música sem graça da banda contratada, os ruidosos brindes, a correria dos lacaios, o tumulto e a aglomeração os impedia de apreciar o sabor dos vinhos caros e as maravilhosas iguarias, todos encomendados de Moscou.

VII

Numa longa noite de inverno, Kovrin estava deitado na cama lendo um romance francês. A pobre Tanya, que tinha dores de cabeça à noite desde que passou a morar na cidade, pois não estava habituada a isso, dormia há muito tempo e, de vez em quando, articulava alguma frase incoerente em seus sonhos agitados.

Deu três horas. Kovrin apagou a vela e se deitou para dormir; ficou muito tempo deitado de olhos fechados, mas não conseguia adormecer porque, como imaginava, o quarto estava muito quente e Tanya murmurava dormindo. Às quatro e meia, acendeu a vela novamente e, dessa vez, viu o monge negro sentado numa poltrona perto da cama.

— Bom dia — disse o monge e, após uma breve pausa, perguntou: — Em que está pensando agora?

— Na fama — respondeu Kovrin. — No romance francês que estou lendo, há a descrição de um jovem que faz coisas tolas e se consome de desgosto e de preocupação com a fama. Não consigo entender tamanha ansiedade.

— Porque você é sábio. Sua atitude em relação à fama é de indiferença, como em relação a um brinquedo que não lhe interessa mais.

— Sim, isso é verdade.

— O renome não o fascina agora. O que há de lisonjeiro, divertido ou edificante no fato de gravarem seu nome numa lápide tumular quando o tempo vai remover, aos poucos, essa inscrição junto com os ornamentos dourados? Mas há muitos de vocês que, apesar da fraca memória da humanidade, são capazes de reter esses nomes.

— Com certeza — concordou Kovrin. — Além disso, por que deveriam ser rememorados? Mas vamos falar de outra coisa. Da felicidade, por exemplo. O que é felicidade?

Quando o relógio bateu cinco horas, ele estava sentado na cama, balançando os pés sobre o tapete e conversando com o monge:

— Nos tempos antigos, um homem feliz chegou enfim a recear a própria felicidade... Era tão intensa!... E para aplacar os deuses ofereceu em sacrifício seu anel predileto. Eu também, assim como Polícrates[5], começo a inquietar-me com minha felicidade. Parece-me estranho que, de manhã até a noite, não sinto nada além de alegria; ela preenche todo o meu ser e sufoca todos os outros sentimentos. Não sei o que é tristeza, pesar ou tédio. Não consigo dormir; sofro de insônia, mas não me sinto debilitado. Digo-o com toda a sinceridade; começo a ficar perplexo.

– Mas por quê? – perguntou o monge, surpreso. – A alegria é um sentimento sobrenatural? Não deveria ser o estado normal do homem? Quanto mais desenvolvido no aspecto intelectual e moral e quanto mais independente for um homem, mais prazer a vida lhe dará. Sócrates, Diógenes e Marco Aurélio [6], eram alegres, e não tristes. E o apóstolo nos diz: "Alegrem-se sempre; alegrem-se e exultem[7]".

– Mas os deuses não vão ficar encolerizados? – brincou Kovrin; e riu. – Se tirarem de mim o conforto e me fizerem ficar com frio e fome, acho que não seria nada agradável.

Nesse momento, Tanya acordou e olhou com espanto e horror para o marido. Ele falava, dirigia-se à poltrona, ria e gesticulava; seus olhos brilhavam e havia algo estranho em seu riso.

– Andriusha, com quem está falando? – perguntou ela, segurando a mão que ele estendia para o monge. – Andriusha! Quem é?

– Oh! Quem? – disse Kovrin, confuso. – Ora, ele... Está sentado aqui – disse ele, apontando para o monge negro.

– Não há ninguém aqui... Ninguém! Andriusha, você está doente!

Tanya colocou o braço em volta do marido e o abraçou com força, como se o protegesse da aparição, e pôs a mão sobre os olhos dele.

– Você está doente! – soluçou ela, trêmula. – Perdoe-me, meu bem, meu querido, mas faz muito tempo que notei que sua mente está de alguma forma obscurecida... Você está mentalmente doente, Andriusha...

---

(5) Polícrates (séc. VI a.C.), tirano de Samos, célebre pela paz e harmonia em que vivia sua corte, acabou atraindo artistas, escritores, arquitetos e técnicos, que ajudaram a transformar Samos num dos Estados mais poderosos da Grécia antiga (N.T.).

(6) Sócrates (470-399 a.C.), filósofo grego; Diógenes (404-c.323 a.C.), filósofo grego; Marco Aurélio Antonino (121-190 d.C.), filósofo e imperador romano (N.T.).

(7) Citação das palavras do apóstolo Paulo na *carta aos Filipenses*, cap. 4, vers. 4 (N.T.).

O tremor dela o afetou também. Olhou mais uma vez para a poltrona, que agora estava vazia, sentiu uma fraqueza repentina nos braços e nas pernas, assustou-se e começou a se vestir.

— Não é nada, Tanya; não é nada — murmurou ele, tremendo. — Realmente, não estou bem... Já é hora de admiti-lo.

— Faz muito tempo que notei isso... Meu pai também o percebeu — disse ela, tentando reprimir os soluços. — Você fala sozinho, sorri de forma estranha... E não consegue dormir. Oh, meu Deus, meu Deus, salve-nos! — exclamou ela, aterrorizada. — Mas não tenha medo, Andriusha; pelo amor de Deus, não tenha medo...

Ela começou a se vestir também. Só agora, olhando para ela, Kovrin percebeu o perigo de sua situação — percebeu o significado do monge negro e de suas conversas com ele. Agora tornava-se claro para ele que estava louco.

Nenhum dos dois saberia dizer por que se vestiram e foram para a sala de jantar, ela na frente e ele atrás. Lá encontraram Iegor Semionitch em pé, de roupão, segurando uma vela. Estava hospedado na casa deles e fora acordado pelos soluços de Tanya.

— Não tenha medo, Andriusha — dizia Tanya, tremendo como se estivesse com febre. — Não se assuste... Pai, tudo vai passar... tudo vai passar...

Kovrin estava agitado demais para falar. Queria dizer ao sogro em tom brincalhão: "Dê-me os parabéns; parece que perdi o juízo", mas só conseguia mover os lábios e sorrir amargamente.

Às nove horas da manhã puseram-lhe o paletó e o casaco de pele, envolveram-no num xale e o levaram de carruagem até o médico.

VIII

O verão havia chegado novamente e o médico aconselhou-os a passar uma temporada no campo. Kovrin havia se restabelecido; não vira mais o monge negro e só precisava recuperar as forças. Hospedado na casa do sogro, bebia muito leite, trabalhava apenas duas horas por dia, não fumava nem bebia vinho.

Na véspera de um dia santo festivo, celebrou-se um culto na casa. No momento em que o diácono entregava o turíbulo ao padre, a imensa e velha sala ficou com cheiro de cemitério, e Kovrin se sentiu entediado. Saiu para o jardim. Sem notar as esplendorosas flores, caminhou pelo espaço, sentou-se num banco e depois ficou andando pelo parque; chegando ao rio, desceu e ficou perdido em pensamentos, olhando para a água. Os pinheiros taciturnos de raízes hirsutas, que um ano antes o haviam visto tão jovem, alegre e confiante, agora não mais sussurravam; em vez disso, estavam mudos e imóveis, como se não o reconhecessem. E, de fato, sua cabeça estava raspada bem rente, seus belos cabelos longos desapareceram, seu passo era lento e seu rosto estava mais cheio e mais pálido do que no último verão.

Atravessou para o outro lado pela passarela. Onde no ano anterior havia centeio, agora havia aveia, já ceifada e deitada em fileiras. O sol se havia posto e uma ampla faixa avermelhada resplandecia no horizonte, sinal de que haveria tempestade no dia seguinte. Tudo estava plácido. Kovrin permaneceu por vinte minutos olhando na direção de onde, no ano anterior, o monge negro havia aparecido pela primeira vez, até que o brilho do crepúsculo começou a desvanecer...

Quando voltou para casa, apático e insatisfeito, o serviço de culto havia terminado. Iegor Semionitch e Tanya estavam sentados nos degraus da varanda, tomando chá. Falavam sobre alguma coisa, mas, ao avistarem Kovrin, interromperam imediatamente a conversa e ele concluiu, pelas feições deles, que estavam falando sobre ele.

– Creio que está na hora de você tomar o leite – disse Tanya ao marido.

– Não, ainda não está na hora... – disse ele, sentando-se no último degrau. – Tome você; eu não quero.

Tanya trocou um olhar preocupado com o pai e disse, com voz culposa:

– Você sabe que o leite lhe faz bem.

– Sim, muito bem! – riu Kovrin. – Eu a parabenizo: engordei meio quilo desde sexta-feira. – Ele pressionou a cabeça firmemente com as mãos e disse, tristemente: – Por que, por que vocês me curaram? Poções de brometo, ócio, banhos quentes, vigilância, um temor covarde a cada garfada, a cada passo... Tudo isso vai me reduzir, por fim, à estupidez. Perdi o juízo, tive megalomania; mas ainda assim eu era alegre, confiante e até feliz; eu era interessante e original. Agora me tornei mais sensível e impassível, mas sou igual a qualquer outra pessoa: sou medíocre; estou cansado da vida... Oh, com que crueldade vocês me trataram!... Tinha alucinações, mas a quem isso fazia mal? Pergunto, a quem fazia mal?

— Só Deus sabe o que você está dizendo! — suspirou Iegor Semionitch. — É totalmente despropositado ouvir isso.

— Então não escute.

A presença de outras pessoas, especialmente de Iegor Semionitch, irritava Kovrin; respondia seca e friamente, até mesmo com rudeza; nunca olhava para ele a não ser com ironia e ódio, enquanto Iegor Semionitch era acometido pela confusão e pigarreava como se fosse culpado, embora não estivesse ciente de qualquer falha sua. Perplexo, não conseguia entender por que suas relações cordiais e afetuosas haviam mudado tão abruptamente; Tanya se aproximou do pai e olhou ansiosamente para o rosto dele; ela queria entender e não conseguia, e tudo o que estava claro para ela era que suas relações estavam piorando a cada dia, que ultimamente o pai tinha começado a parecer muito mais velho e seu marido tinha ficado irritadiço, caprichoso, irascível e desinteressante. Ela já não ria nem cantava; no almoço, não comia nada; não dormia por noites seguidas, na expectativa de algo terrível, e estava tão exausta que, numa ocasião, ficou desacordada desde a hora do almoço até a noite. Durante o serviço de culto, pensou ter visto o pai chorando e agora, enquanto os três estavam sentados juntos no terraço, ela se esforçava para não pensar nisso.

— Como foram afortunados Buda, Maomé e Shakespeare, porque seus parentes e médicos não os curaram do êxtase e da inspiração — disse Kovrin. — Se Maomé tivesse tomado brometo para seus nervos, trabalhado apenas duas horas por dia e tomado leite, esse notável homem não teria deixado mais vestígios de si mesmo do que seu cachorro. Médicos e parentes ainda entorpecerão a humanidade, fazendo a mediocridade passar por gênio e levando a civilização à ruína. Se vocês soubessem – disse Kovrin com aborrecimento – como sou grato a vocês!

Sentia-se profundamente aborrecido e, para não falar demais, levantou-se num átimo e entrou em casa. Era uma noite calma, e a fragrância da planta de tabaco e da maravilha-do-Peru adentrava pela janela aberta. O luar formava manchas esverdeadas no assoalho e no piano da grande e escura sala de jantar. Kovrin se lembrou dos arrebatamentos do verão passado, quando havia no ar o mesmo aroma de maravilha-do-Peru e a lua brilhava na janela. Para trazer de volta as sensações do ano anterior, dirigiu-se rapidamente ao escritório, acendeu um charuto forte e pediu ao lacaio que lhe trouxesse um pouco de vinho. Mas o charuto deixou um gosto amargo e asqueroso na boca, e o vinho já não tinha o mesmo sabor. E tão grande é o efeito de abandonar um hábito que o charuto e os dois goles de vinho o deixaram grogue e provocaram palpitações em seu coração, a ponto de ele precisar tomar brometo.

Antes de ir para a cama, Tanya lhe disse:

– Meu pai o adora. Você se zanga com ele por qualquer coisa e isso o está matando. Olhe para ele; está envelhecendo, não dia após dia, mas de hora em hora. Eu lhe suplico, Andriusha, pelo amor de Deus, pelo bem de seu falecido pai, pelo bem de minha paz de espírito, seja afetuoso com ele.

– Não posso e não o desejo.

– Mas por quê? – perguntou Tanya, começando a tremer. – Explique a razão.

– Porque ele é antipático em relação a mim, só isso – disse Kovrin despreocupadamente, e deu de ombros. – Mas não falemos dele; ele é seu pai.

– Não consigo entender, não consigo – disse Tanya, pondo as mãos na cabeça e olhando para um ponto fixo. – Algo incompreensível, horrível, está acontecendo nessa casa. Você mudou, já não é mais o mesmo... Você, homem inteligente e extraordinário como é, se aborrece com ninharias, se intromete em bobagens desprezíveis... Coisas mais que triviais o enervam, e às vezes a gente fica simplesmente pasma e não consegue acreditar que é você. Vamos, vamos lá, não fique zangado, não fique zangado – continuou ela, beijando-lhe as mãos, assustada com as próprias palavras. – Você é inteligente, gentil, nobre. Deve ser justo com meu pai. Ele é tão bom.

– Ele não é bom; ele é apenas amigável. Tios velhos burlescos como seu pai, com rostos bem alimentados e aprazíveis, extraordinariamente hospitaleiros e excêntricos, outrora costumavam me impressionar e me divertir em romances, em farsas e na vida; agora não os suporto. São egoístas até a medula dos ossos. O que mais me desgosta é que sejam tão bem alimentados e dotados daquele otimismo puramente bovino, puramente suíno, de um estômago cheio.

Tanya se sentou na cama e recostou a cabeça no travesseiro.

– Isso é tortura – disse ela, e em voz era perceptível que estava extenuada e que lhe era custoso falar. – Não temos um momento de paz desde o inverno... Ora, é horrível! Meu Deus! Estou exausta.

– Oh, claro, eu sou Herodes, e você e seu pai são os inocentes. Claro.

Para Tanya, o rosto dele parecia feio e desagradável. Ódio e sarcasmo não combinavam com ele. E, de fato, ela havia notado antes que algo parecia faltar no rosto dele, como se, desde que lhe cortaram o cabelo, sua expressão também tivesse mudado. Queria dizer algo que o magoasse, mas imediatamente se surpreendeu por esse sentimento antagônico e, apavorada, saiu do quarto.

IX

Kovrin obteve uma cátedra na universidade. A aula inaugural foi marcada para o dia 2 de dezembro e um lembrete foi afixado no corredor da universidade. Mas, no dia marcado, ele comunicou ao inspetor, por telegrama, que por uma questão de saúde estava impedido de proferir a palestra.

Estava com hemorragia na garganta. Cuspia sangue com frequência, e duas ou três vezes por mês ele perdia uma considerável quantidade de sangue e então ficava extremamente fraco e mergulhava num estado de sonolência. Essa doença não o assustou demasiadamente, pois sabia que sua mãe havia vivido por dez anos ou mais sofrendo do mesmo mal, e os médicos lhe garantiram que não havia perigo e apenas o aconselharam a evitar agitação, a levar uma vida normal e a falar o mínimo possível.

Em janeiro, a aula inaugural novamente teve de ser adiada pelo mesmo motivo e, em fevereiro, já era tarde demais para iniciar o curso. Teve de ser adiado para o ano seguinte.

A essa altura, não morava mais com Tanya, mas com outra mulher, que era dois anos mais velha do que ele e cuidava dele como se fosse uma criança. Estava num estado de espírito calmo e tranquilo; prontamente obedeceu quando Varvara Nikolaevna – esse era o nome da amiga – decidiu levá-lo para a Crimeia; concordou, embora pressentisse que nada de bom haveria de resultar da viagem.

Chegaram a Sebastopol à noite e pararam num hotel para descansar e continuar a viagem para Ialta no dia seguinte. Os dois estavam exaustos. Varvara Nikolaevna tomou um pouco de chá, se deitou e logo adormeceu. Mas Kovrin não foi para a cama. Uma hora antes de partir para a estação, havia recebido uma carta de Tanya, a qual não abriu; tinha-a no bolso do casaco e, ao pensar nessa carta, teve uma sensação desagradável. No fundo do coração, realmente considerava que seu casamento com Tanya havia sido um erro. Estava contente pela separação definitiva, e a lembrança daquela mulher que, no final, havia se transformado numa relíquia viva, ainda perambulando por aí embora tudo parecesse morto dentro dela, exceto por seus grandes olhos, fixos e inteligentes – a lembrança dela despertava nele pena e desgosto para consigo mesmo. A caligrafia no envelope o fazia lembrar de como tinha sido cruel e injusto dois anos antes, como havia dado expansão à sua raiva em seu vazio espiritual, em seu tédio, em sua solidão e em sua insatisfação com a vida, vingando-se de pessoas que não tinham culpa alguma. Lembrou-se também de como tinha rasgado sua dissertação e todos os artigos que havia escrito durante sua doença e como os havia jogado pela janela; e de como os pedaços de papel haviam flutuado ao vento e se espalhado pelas árvores e flores. Em cada linha deles, via apenas uma pretensão estranha e totalmente sem fundamento, um desafio superficial, além de arrogância e megalomania; sua impressão ao lê-los era como se deparasse com a descrição de seus vícios. Mas quando o último manuscrito foi rasgado e atirado pela janela, sentiu-se, por alguma razão, subitamente amargo e exasperado; se dirigiu até a esposa e lhe disse muitas coisas desagradáveis. Meu Deus, como ele a atormentava! Um dia, querendo infligir-lhe sofrimento, disse que o pai dela tinha desempenhado um papel pouco decente no romance deles, chegando a lhe pedir que se casasse com ela. Iegor Semionitch acidentalmente entreouviu a conversa, correu para a sala e, em seu desespero, não conseguiu pronunciar uma única palavra; conseguiu apenas pisar forte no chão e emitir um som estranho e estridente, como se tivesse perdido a capacidade da fala, e Tanya, olhando para o pai, deu um grito de partir o coração e desmaiou. Foi horrível.

Tudo isso voltou à memória de Kovrin enquanto ele olhava para a letra que lhe era tão familiar. Ele saiu para a varanda; fazia calor e havia cheiro de mar. A maravilhosa baía refletia a lua e as luzes, adquirindo uma cor para a qual era difícil encontrar uma palavra adequada. Era uma mistura graciosa e sutil de azul-escuro e verde; em alguns lugares, a água era como vitríolo azul, e em outros pontos parecia que o luar havia se liquefeito e preenchido a baía. E que harmonia de cores, que atmosfera de paz, calma e sublimidade!

No andar de baixo, sob a varanda, as janelas estavam provavelmente abertas, pois vozes e risadas de mulheres podiam ser ouvidas com nitidez. Aparentemente havia uma festa em andamento.

Kovrin fez um esforço, abriu o envelope e, voltando para o quarto, leu: "Meu pai acaba de falecer. Devo isso a você, pois você o matou. Nosso pomar está caindo em ruínas; estranhos já estão cuidando dele – isto é, está acontecendo exatamente o que meu pobre pai temia. Isso, também, devo a você. Eu o odeio com toda a minha alma e espero que você pereça logo. Oh, como sou miserável! Uma angústia insuportável está consumindo minha alma... Te amaldiçoo! Pensava que você era um homem extraordinário, um gênio; eu o amei, mas você acabou se tornando um louco..."

Kovrin não conseguiu prosseguir na leitura; rasgou a carta e a jogou fora. Estava acometido de uma inquietação semelhante ao terror. Varvara Nikolaevna estava dormindo do outro lado do biombo e ele conseguia ouvir sua respiração. Do andar de baixo vinham sons de risos e vozes femininas, mas ele sentia como se em todo o hotel não houvesse outra alma viva a não ser a dele. O fato de Tanya, infeliz, destroçada pela tristeza, o ter amaldiçoado na carta e esperar por sua perdição fazia-o se sentir estranho, e ele lançava olhares apressados para a porta, como se temesse que a força incompreensível, que dois anos antes havia causado tamanho estrago em sua vida e na de seus entes mais próximos, pudesse entrar na sala e dominá-lo mais uma vez.

Ele sabia, por experiência própria, que, quando seus nervos estavam fora de controle, a melhor coisa a fazer era trabalhar. Devia sentar-se à mesa e forçar-se, a todo custo, a se concentrar em algum pensamento. Tirou de sua pasta vermelha um manuscrito que continha o esboço de um pequeno trabalho de compilação, que havia planejado para o caso de achar a vida na Crimeia maçante, se não tivesse o que fazer. Sentou-se à mesa e começou a trabalhar; teve a impressão de que seu estado de espírito calmo, pacífico e indiferente estava retornando. O manuscrito com o esboço o levou até mesmo a meditar sobre a vaidade do mundo. Pensou no elevado preço que vida cobra pelos míseros e vulgares benefícios que concede ao homem. Por exemplo, obter, antes dos quarenta anos, uma cátedra universitária, ser um professor comum, expor pensamentos comuns e de segunda mão em linguagem enfadonha, densa, insípida – na verdade, para obter a posição de um homem erudito medíocre, ele, Kovrin, teve que estudar por quinze anos, trabalhar dia e noite, suportar um terrível distúrbio psíquico, experimentar um casamento infeliz e fazer um grande número de coisas estúpidas e injustas, das quais teria sido agradável não lembrar. Kovrin reconhecia claramente, agora, que ele era medíocre e prontamente se resignou a esse pensamento, pois considerou que todo homem deve se contentar com o que é.

O trabalho com o volume o teria acalmado completamente, não fossem alguns pedaços brancos da carta rasgada que ainda estavam espalhados pelo chão, o que o impedia de se concentrar. Levantou-se da mesa, recolheu os pedaços da carta e jogou-os pela janela, mas o vento que soprava do mar era bastante suave, de modo que os pedaços se espalharam pelo peitoril da janela. Mais uma vez, foi acometido de uma inquietação semelhante ao terror e se sentiu como se em todo o hotel não houvesse outra alma viva a não ser a dele... Saiu para a varanda. A baía, como se houvesse ganhado vida, olhava para ele com sua multiplicidade de olhos azuis-claros, azuis-escuros, cor de turquesa e escaldantes, e parecia gesticular para ele. Fazia um calor excessivo e opressivo; não seria inoportuno tomar um banho.

Subitamente, no andar inferior, sob a varanda, um violino começou a tocar e duas suaves vozes femininas começaram a cantar. A canção soava familiar. Era sobre uma donzela, cheia de fantasias doentias, que certa noite ouviu em seu jardim sons misteriosos, tão estranhos e adoráveis que foi compelida a reconhecê-los como uma harmonia sagrada, que é ininteligível para nós mortais, e que por isso retornava ao céu pelos ares... Kovrin prendeu a respiração, e então uma pontada de tristeza e um arrepio de doce e delicado prazer, há tanto esquecido, começou a se agitar de novo em seu peito.

Uma grande coluna negra, como um redemoinho ou uma tromba de água, surgiu do outro lado da baía. Moveu-se com terrível rapidez em direção ao hotel, ficando menor e mais escura à medida que avançava, e Kovrin mal teve tempo de se afastar para deixá-la passar... O monge, com a cabeça grisalha descoberta, sobrancelhas pretas, descalço, de braços cruzados sobre o peito, flutuou perto dele e postou-se no meio do quarto.

– Por que você não acreditou em mim? – perguntou ele, em tom repreensivo, olhando afetuosamente para Kovrin. – Se tivesse acreditado em mim quando lhe disse que você era um gênio, não teria passado esses dois anos tão sombria e miseravelmente.

Kovrin voltou a acreditar que era um dos escolhidos de Deus e um gênio; lembrou-se vividamente de suas conversas com o monge no passado e tentou falar, mas o sangue escorria de sua garganta para o peito e, sem ter consciência do que fazia, passou as mãos sobre o peito e suas luvas ficaram encharcadas de sangue. Tentou chamar Varvara

Nikolaevna, que estava dormindo atrás do biombo; fazendo um esforço, balbuciou:

— Tanya!

Caiu no chão e, apoiando-se nos braços, balbuciou de novo:

— Tanya!

Chamou Tanya, clamou pelo grande jardim com as esplendorosas flores salpicadas de orvalho, clamou pelo parque, pelos pinheiros com suas raízes hirsutas, pelo campo de centeio, por seu maravilhoso aprendizado, por sua juventude, pela coragem, pela alegria — clamou pela vida, que era tão bela. Viu no chão, perto de seu rosto, uma grande poça de sangue e estava debilitado demais para pronunciar qualquer palavra, mas uma felicidade indizível e infinita inundou todo o seu ser. Abaixo, sob a sacada, tocavam a serenata, e o monge negro sussurrou-lhe que ele era um gênio e que morria apenas porque seu frágil corpo humano havia perdido o equilíbrio e não podia mais servir como veste mortal do gênio.

Quando Varvara Nikolaevna acordou e saiu de trás do biombo, Kovrin estava morto, com um sorriso alegre desenhado em seu rosto.

Volódia

Às cinco horas da tarde de um domingo de verão, Volódia, um rapaz comum, tímido, de aparência debilitada, com 17 anos de idade, estava sentado no caramanchão da casa de campo dos Shumihin, sentindo-se triste. Seu pensamento desalentado fluía em três direções. Em primeiro lugar, no dia seguinte, segunda-feira, deveria realizar um exame de matemática; sabia que, se não conseguisse passar pelo exame escrito, seria expulso, pois já passara por dois períodos no sexto ano e tinha notas muito baixas no boletim anual. Em segundo lugar, sua presença na mansão dos Shumihin, família rica com pretensões aristocráticas, era fonte contínua de mortificação para seu amor-próprio. Parecia-lhe que a senhora Shumihin os considerava, a ele à mãe dele, parentes pobres e dependentes; percebia também que os Shumihin faziam troça da mãe dele e não a respeitavam. Em certa ocasião, tinha ouvido por acaso, na varanda, a senhora Shumihin dizendo à prima Anna Fiodorovna que a mãe dele ainda tentava parecer jovem e se enfeitava, que nunca pagava quando perdia no jogo de cartas e que tinha preferência pelos sapatos dos outros e por tabaco. Todos os dias, Volódia implorava à mãe para não ir à casa dos Shumihin e lhe descrevia a figura humilhante que ela desempenhava com aquela gente da alta sociedade. Tentou persuadi-la, dirigiu-lhe palavras rudes, mas ela – mulher frívola e mal acostumada, que tinha esbanjado duas fortunas, a dela e a do marido, e sempre gravitava em torno de conhecidos de alta posição – não lhe dava ouvidos; e, duas vezes por semana, Volódia tinha de acompanhá-la à mansão que ele detestava.

Em terceiro lugar, o jovem não conseguia de maneira alguma se livrar de um estranho e desagradável sentimento que era absolutamente novo para ele... Parecia-lhe que estava apaixonado por Anna Fiodorovna, prima dos Shumihin, que morava na casa destes. Era uma mulher de 30 anos, vivaz, de voz potente, risonha, saudável e vigorosa, de faces rosadas, ombros pronunciados, queixo arredondado e rechonchudo e que mantinha um sorriso contínuo nos lábios. Não era jovem nem bonita – Volódia sabia disso muito bem; mas, por alguma razão, não conseguia deixar de pensar nela, olhando-a enquanto ela encolhia os ombros largos e movia as costas eretas ao jogar croqué, ou quando, depois de prolongadas risadas e de subir e descer as escadas correndo, afundava numa cadeira baixa e, de olhos semicerrados e ofegante, ela fingia que estava sufocando e não conseguia respirar. Era casada. O marido, um arquiteto tranquilo e solene, vinha uma vez por semana à mansão, dormia profundamente e voltava para a cidade. O estranho sentimento de Volódia teve início com a concepção de um ódio inexplicável pelo arquiteto, e ele se sentia aliviado cada vez que este retornava para a cidade.

Agora, sentado no caramanchão, pensando em seu exame do dia seguinte e na mãe, de quem faziam troça, sentiu um intenso desejo de ver Niuta (era como os Shumihin chamavam Anna Fiodorovna), de ouvir sua risada e o farfalhar de seu vestido... Esse desejo não era como o amor puro e poético dos romances que lia e com o qual sonhava todas as noites quando ia para a cama; era estranho, incompreensível; tinha vergonha dele e o temia como algo realmente indadequado e impuro, algo desagradável de confessar até a si mesmo.

"Não é amor", disse a si mesmo. "Não se pode ficar apaixonado por mulheres de 30 anos e casadas. É apenas uma pequena intriga... Sim, uma intriga..."

Ponderando sobre a "intriga", pensou em sua incontrolável timidez, sua ausência de bigode, suas sardas, seus olhos estreitos, e se pôs, em sua imaginação, ao lado de Niuta, e a justaposição lhe parecia impossível; então se apressou em se imaginar ousado, bonito, espirituoso, vestido conforme a última moda.

Quando seus sonhos atingiram o ápice, enquanto permanecia encolhido, sentado num canto do caramanchão e olhando para o chão, ouviu o som de passos leves. Alguém vinha vagarosamente pela alameda. Logo os passos se detiveram e algo branco cintilou na entrada.

— Há alguém aí? — perguntou uma voz de mulher.

Volódia reconheceu a voz e ergueu a cabeça com o sobressalto.

— Quem está aqui? — perguntou Niuta, adentrando o caramanchão.

— Ah, é você, Volódia! O que está fazendo aqui? Pensando? E como pode continuar pensando, pensando, pensando?... Essa é a maneira de perder o juízo!

Volódia se levantou e olhou atordoado para Niuta. Ela tinha acabado de voltar do banho. Por cima do ombro, pendia um lenço e uma toalha áspera e, por baixo do lenço de seda branca na cabeça, ele podia entrever o cabelo molhado e colado na testa. Nela ainda havia o cheiro úmido e frio da casa de banho e do sabão de amêndoa. Niuta estava sem fôlego por ter apressado o passo. O botão superior da blusa estava aberto, de modo que o garoto podia ver sua garganta e seu peito.

— Por que não diz alguma coisa? — perguntou Niuta, olhando Volódia de alto a baixo. — Não é cortês ficar em silêncio quando uma dama lhe dirige a palavra. Mas que desajeitado você é, Volódia! Está sempre sentado, sem dizer nada, pensando como um filósofo. Não há em você uma centelha de vida ou de paixão! Você é realmente terrível!... Na sua idade, deveria estar vivendo, saltando e pulando, tagarelando, flertando, se apaixonando.

Volódia olhou para o lenço em sua mão roliça e branca e ficou refletindo...

— Ele é mudo — disse Niuta, maravilhada. — Realmente, é estranho... Escute! Seja homem! Vamos, deveria pelo menos sorrir! Ufa, que filósofo terrível! — riu ela. — Mas sabe, Volódia, por que é que você é tão desajeitado? Porque não se dedica às mulheres. Por que não o faz? É verdade que não há garotas aqui, mas não há nada que o impeça de flertar com mulheres casadas! Por que não flerta comigo, por exemplo?

Volódia escutou e coçou a testa, numa profunda e dolorosa indecisão.

— Somente pessoas muito orgulhosas são silenciosas e amam a solidão — continuou Niuta, afastando a mão dele da testa. — Você é orgulhoso, Volódia. Por que me olha desse jeito, por baixo das sobrancelhas?

Olhe diretamente para o meu rosto, por favor! Sim, agora, seu desajeitado!

Volódia decidiu falar. Querendo sorrir, contraiu o lábio inferior, piscou e pôs de novo a mão sobre a testa.

— Eu... Eu a amo — disse ele.

Niuta soergueu as sobrancelhas, demonstrando surpresa, e riu.

— O que estou ouvindo? — cantarolou ela, como prima-donas cantam na ópera quando ouvem algo terrível. — O quê? O que disse? Diga-o de novo, diga de novo...

— Eu... Eu a amo! — repetiu Volódia.

E sem que tivesse qualquer controle sobre sua ação, sem reflexão ou compreensão, ele deu meio passo na direção de Niuta e a agarrou pelo braço. Tudo estava escuro diante de seus olhos e lágrimas brotaram. O mundo inteiro se transfigurou numa grande e áspera toalha, que cheirava como uma casa de banho.

— Bravo, bravo! — ele ouviu uma risada alegre. — Por que não fala? Quero que fale! E então?

Vendo que não encontrava resistência ao segurar-lhe o braço, Volódia olhou para o rosto sorridente de Niuta e, desajeitadamente, de modo deselegante, pôs os dois braços em volta da cintura dela, de forma que as mãos se encontravam atrás de suas costas. Segurou-a pela cintura com os dois braços, enquanto ela, levando as mãos à cabeça e mostrando as covinhas nos cotovelos, ajeitou o cabelo sob o lenço e disse com uma voz calma:

— Você deve ter tato, ser polido, charmoso, e só conseguirá isso sob influência feminina. Mas que expressão taciturna e raivosa você tem! Deve falar, rir... Sim, Volódia, não seja carrancudo; você é jovem e terá muito tempo para filosofar. Vamos, deixe-me; estou indo. Deixe-me.

Sem esforço, ela se desvencilhou e, cantarolando alguma coisa, saiu do caramanchão. Volódia ficou sozinho. Alisou o cabelo, sorriu e caminhou três vezes de um lado para o outro, depois se sentou no banco e sorriu novamente. Sentia-se insuportavelmente envergonhado, ao ponto de se perguntar como poderia a vergonha humana atingir tal grau de agudeza e intensidade. A vergonha o fez sorrir, gesticular e sussurrar algumas palavras desconexas.

Envergonhava-se por ter sido tratado como um garotinho, por sua timidez e, acima de tudo, por ter tido a ousadia de abraçar a cintura de uma respeitável mulher casada, embora não tivesse, como lhe parecia, qualquer direito de fazê-lo, seja por idade, por qualidade externa ou por posição social.

Deu um pulo, saiu do caramanchão e, sem olhar em volta, caminhou até os recessos mais afastados do jardim.

"Ah, preciso sair daqui o mais rápido possível", pensou ele, pondo as mãos na cabeça. "Meu Deus! O mais rápido possível."

O trem com o qual Volódia deveria voltar para casa com a mãe passava às oito e quarenta. Faltavam três horas. Com prazer teria ido para a estação imediatamente, sem esperar pela mãe.

Às oito horas, retornou à mansão. Todo o seu corpo expressava determinação: o que haverá de ser, será! Decidiu entrar com ousadia, olhá-las diretamente no rosto, falar em voz alta, independentemente do que quer que fosse.

Atravessou o terraço, o grande vestíbulo e a sala de estar e ali parou para respirar. Podia ouvi-las na sala de jantar, tomando chá. A senhora Shumihin, a mãe dele e Niuta estavam conversando e rindo de alguma coisa.

Volódia ficou escutando.

– Eu lhes asseguro! – disse Niuta. – Não podia acreditar no que via! Quando ele começou a declarar sua paixão e – imaginem só! – colocou os braços em volta de minha cintura, não conseguia me dar conta do que ele estava fazendo. E vocês sabem que ele tem um jeito todo dele! Quando me disse que estava apaixonado por mim, havia algo de brutal no rosto dele, como um circassiano.

– Sério! – engasgou a mãe dele, caindo numa estrepitosa gargalhada. – Sério! Como ele me lembra do pai dele!

Volódia saiu correndo em disparada para o ar livre.

"Como podem falar sobre isso em voz alta?", perguntou-se ele, em agonia, apertando as mãos e olhando para o céu com horror. "Elas falam em voz alta e a sangue-frio... E a mãe ri!... Mamãe! Meu Deus, por que me deste uma mãe assim? Por quê?"

Mas ele precisava ir para casa, a qualquer custo. Subiu e desceu três vezes a alameda, se acalmou um pouco e entrou na casa.

— Por que não veio a tempo para o chá? — perguntou a senhora Shumihin, severamente.

— Sinto muito, é... Está na hora de ir embora — murmurou ele, sem levantar os olhos. — Mamãe, são oito horas!

— Você vai sozinho, querido — disse a mãe, languidamente. — Vou passar a noite com Lili. Adeus, meu querido... Deixe-me fazer o sinal da cruz em você.

Fez o sinal da cruz sobre o filho e voltou-se para Niuta, dizendo em francês:

— Ele se parece com Lermontov... Não é?

Depois de despedir-se superficialmente, sem olhar diretamente para ninguém, Volódia saiu da sala de jantar. Dez minutos depois, estava caminhando ao longo da estrada na direção da estação, sentindo-se contente. Agora não estava nem assustado, nem envergonhado; respirava livre e sossegadamente.

A cerca de meia milha da estação, sentou-se numa pedra ao lado da estrada e olhou para o sol, que estava parcialmente oculto atrás de um carrinho de mão. Já havia luzes em alguns trechos da estação, e uma luz verde brilhava fracamente, mas o trem ainda não estava à vista. Era agradável para Volódia ficar sentado quieto, imóvel, e observar a noite chegando aos poucos. A escuridão do caramanchão, os passos, o cheiro da casa de banho, as risadas e a cintura — tudo isso ressurgiu com espantosa vivacidade em sua imaginação, mas a lembrança já não era mais tão terrível e importante como antes.

"Não tem importância... Ela não afastou a mão e ainda riu quando a segurei pela cintura", pensou ele. "Então deve ter gostado. Se não tivesse gostado, teria ficado zangada..."

E agora Volódia lamentava não ter sido mais ousado ali no caramanchão. Lamentava por ter sido tão estúpido quando foi embora, e agora estava convencido de que, se o mesmo acontecesse de novo, seria mais ousado e encararia a situação com mais naturalidade.

E não seria difícil a oportunidade se apresentar novamente. Na casa dos Shumihin costumava-se passear por muito tempo depois do jantar. Se Volódia desse um passeio com Niuta pelo jardim escuro, a chance apareceria!

"Voltarei até lá", pensou ele, "e tomarei o trem amanhã de manhã... Vou dizer que perdi o trem."

E voltou... A senhora Shumihin, a mãe dele, Niuta e uma das sobrinhas estavam sentadas na varanda, jogando cartas. Quando Volódia lhes contou a mentira de que havia perdido o trem, elas ficaram preocupadas com a possibilidade de ele se atrasar para o exame do dia seguinte e o aconselharam a acordar cedo. Enquanto elas jogavam, ele ficou sentado de lado, observando Niuta vorazmente e esperando... Já tinha bolado um plano em sua mente: aproximaria-se de Niuta no escuro, tomaria sua mão e a abraçaria; não haveria necessidade de dizer nada, pois ambos se entenderiam sem palavras.

Depois do jantar, porém, as senhoras não foram passear no jardim, mas voltaram a jogar cartas. Jogaram até uma hora da madrugada e então pararam para ir para a cama.

"Como tudo isso é estúpido!" pensou Volódia com irritação, ao se deitar. "Mas não importa; esperarei até amanhã... Amanhã no caramanchão. Não importa..."

Não tentou dormir; em vez disso, sentou-se na cama, abraçou os joelhos e ficou pensando. Todos os pensamentos sobre o exame lhe eram odiosos. Já tinha decidido que seria expulso e não havia nada de terrível nisso. Pelo contrário, era uma coisa boa – uma coisa muito boa, na verdade. No dia seguinte, estaria tão livre como um pássaro; vestiria roupas comuns, em vez do uniforme escolar, fumaria livremente, voltaria para cá e namoraria Niuta quando quisesse; e não seria um colegial, mas "um homem". Quanto ao resto, no que diz respeito à carreira, ao futuro, isso estava claro; Volódia iria para o exército, ou para o serviço telegráfico, ou para uma farmácia, e trilharia seu caminho até se tornar um distribuidor... Uma ou duas horas se passaram, e ele ainda estava sentado e refletindo...

Por volta das três horas, quando começava a clarear, a porta rangeu suavemente e a mãe dele entrou no quarto.

— Você não está dormindo? — perguntou ela, bocejando. — Vá dormir; eu só vim por um minuto... Só vim buscar o remédio...

— Para quê?

— Pobre Lili, teve espasmos de novo. Vá dormir, meu filho, amanhã você tem seu exame...

Ela tirou um frasco do armário, foi até a janela, leu o rótulo e se retirou.

— Maria Leontievna, essas não são as gotas corretas! — Volódia ouviu uma voz de mulher, um minuto depois. — Isso é convalarina, e Lili quer morfina. Seu filho está dormindo? Peça a ele que procure...

Era a voz de Niuta. Volódia gelou. Vestiu apressadamente as calças, jogou o casaco sobre os ombros e foi até a porta.

— Entendeu? Morfina — explicou Niuta, num sussurro. — Deve haver um rótulo em latim. Acorde Volódia; ele vai encontrar.

A mãe abriu a porta e Volódia avistou Niuta. Ela estava usando o mesmo amplo roupão com que tinha ido tomar banho. O cabelo lhe caía solto e desgrenhado sobre os ombros e o rosto parecia sonolento e escuro à meia-luz...

— Ora, Volódia não está dormindo — disse ela. — Volódia, procure a morfina no armário, aí no armário, querido! Que incômodo, essa Lili! Sempre tem algo errado.

A mãe murmurou alguma coisa, bocejou e se retirou.

— Procure o remédio — disse Niuta. — Por que fica aí parado?

Volódia foi até o armário, ajoelhou-se e começou a examinar os frascos e as caixas de remédio. Suas mãos tremiam e sentia no peito e no estômago como se ondas de frio perpassassem todo o seu interior. Sentia-se sufocado e grogue com o cheiro de éter, ácido e outras substâncias, as quais ele agarrava desnecessariamente com os dedos trêmulos, derramando algo ao fazê-lo.

"Creio que mamãe foi embora", pensou ele. "Isso é bom... muito bom..."

— Não pode ser mais rápido? — perguntou Niuta, com fala arrastada.

— Um minuto... Pronto, creio que é morfina — disse Volódia, lendo num dos rótulos a palavra "morf..." Aqui está!

Niuta estava parada na porta com um pé dentro do quarto dele e o outro no corredor. Estava tentando colocar o cabelo em ordem, o que era difícil fazer, pois era muito espesso e comprido, e olhou distraidamente para Volódia. Em seu manto afrouxado, com o rosto sonolento e os cabelos soltos, sob a luz fraca que vinha do céu esbranquiçado ainda não iluminado pelo sol, ela parecia, a Volódia, cativante, magnífica... Fascinado, tremendo de alto a baixo e lembrando com prazer de como havia segurado aquele corpo primoroso em seus braços no caramanchão, entregou a ela o frasco e disse:

– Como você está maravilhosa!
– O quê?

Ela entrou no quarto.

– O quê? – perguntou ela, sorrindo.

Ele ficou em silêncio e olhou para ela; então, exatamente como no caramanchão, tomou a mão dela e ela o olhou com um sorriso e aguardou pelo que aconteceria em seguida.

– Eu a amo – sussurrou ele.

Ela parou de sorrir, pensou um minuto e disse:

– Espere um pouco; acho que alguém está vindo para cá. Oh, esses meninos de escola! – disse ela em voz baixa, indo até a porta e espiando pelo corredor. – Não, não há ninguém à vista...

Ela voltou.

Então pareceu a Volódia que o quarto, Niuta, o nascer do sol e ele – todos se fundiam numa sensação de felicidade profunda, extraordinária e incrível, pela qual alguém poderia abdicar da própria vida e enfrentar tormentos eternos... Mas meio minuto se passou e tudo isso desvaneceu. Volódia viu apenas um rosto rechonchudo e comum, distorcido por uma expressão de repulsa, e ele próprio sentiu subitamente uma aversão pelo que havia acontecido.

– Tenho de ir embora – disse Niuta, olhando para Volódia com desgosto. – Que patinho miserável, feio... Nossa, que patinho feio!

Como agora pareciam indecorosos a Volódia os longos cabelos dela, o manto solto, os passos, a voz!...

"Patinho feio...", pensou ele, depois que ela tinha ido embora. "Sou realmente feio... Tudo é feio."

O sol estava despontando, os pássaros cantavam alto; ele podia ouvir o jardineiro andando pelo jardim e o rangido do carrinho de mão... E logo depois ouviu o mugido das vacas e os sons da flauta do pastor. A luz do sol e os sons sugeriam-lhe que em algum lugar deste mundo existia vida poética pura, refinada. Mas onde? Volódia nunca tinha ouvido uma palavra sobre isso da mãe ou de qualquer pessoa próxima dele.

Quando o lacaio veio acordá-lo para tomar o trem da manhã, ele fingiu estar dormindo...

"Para o diabo! Dane-se tudo!" pensou ele.

Levantou-se entre dez e onze horas.

Penteando o cabelo diante do espelho e olhando para seu rosto feio e pálido em razão da noite insone, pensou:

"É realmente verdade... Um patinho feio!"

Quando a mãe o viu e ficou horrorizada por não ter ido fazer o exame, Volódia disse:

– Eu dormi demais, mamãe... Mas não se preocupe, vou conseguir um atestado médico.

A senhora Shumihin e Niuta acordaram à uma hora. Volódia ouviu a senhora Shumihin abrir a janela com um estrondo e Niuta explodir numa gargalhada em resposta à voz rouca da senhora. Viu a porta aberta e várias sobrinhas e outros bajuladores (entre os quais se incluía a mãe dele) em fila para o almoço, teve um vislumbre do rosto recém-lavado e sorridente de Niuta e, ao lado dela, das sobrancelhas e barba negras do marido, o arquiteto, que tinha acabado de chegar.

Niuta usava um vestidinho russo que não combinava nem um pouco com ela e a fazia parecer desajeitada; o arquiteto contava piadas vulgares e sem graça. As almôndegas servidas no almoço tinham cebola demais – assim parecia a Volódia. Parecia-lhe também que Niuta ria alto de propósito e ficava olhando na direção dele, para dar-lhe a entender que a lembrança da noite não a incomodava nem um pouco e que não tomava conhecimento da presença do "patinho feio".

Às quatro horas, Volódia foi até a estação com a mãe. Lembranças inconvenientes, a noite sem dormir, a perspectiva de expulsão da escola, as pontadas na consciência – tudo despertava nele, agora, uma raiva opressiva e sombria. Olhou para o perfil esguio da mãe, para seu narizinho e para a capa de chuva, que fora um presente de Niuta, e murmurou:

— Por que você se maquia? Não convém em sua idade! Você se maquia, não paga as dívidas do jogo de cartas, fuma o tabaco dos outros... É odioso! Não a amo... Não a amo!

Ele a estava insultando; alarmada, ela moveu os olhinhos, ergueu as mãos e sussurrou horrorizada:

— O que está dizendo, meu filho! Meu Deus! O cocheiro vai ouvir! Fique quieto ou o cocheiro vai ouvir! Ele pode ouvir tudo.

— Não a amo... Eu não a amo! — continuou ele, sem fôlego. — Você não tem alma nem moral... Não se atreva a usar essa capa de chuva! Está ouvindo? Caso contrário, vou fazê-la em pedaços...

— Controle-se, meu filho — choramingava a mãe. — O cocheiro pode ouvir!

— E onde foi parar a fortuna de meu pai? Onde está seu dinheiro? Você desperdiçou tudo. Não tenho vergonha de ser pobre, mas tenho vergonha de ter uma mãe assim... Quando meus colegas de escola fazem perguntas a seu respeito, sempre fico vermelho.

No trem, tiveram de passar por duas estações antes de chegar à cidade. Volódia ficou o tempo todo na pequena plataforma entre dois vagões, tremendo. Não queria entrar no compartimento, porque lá estava a mãe que ele odiava. Odiava a si mesmo, odiava os cobradores, a fumaça da locomotiva, o frio a que atribuía seus tremores. E quanto mais intenso era o peso em seu coração, mais fortemente sentia que em algum lugar do mundo, entre algumas pessoas, havia vida pura, honrada, calorosa, refinada, cheia de amor, de afeto, de alegria e serenidade... Sentia tudo isso e ficou tão intensamente infeliz que um dos passageiros, depois de olhar para o rosto dele atentamente, perguntou:

— Está com dor de dente?

Na cidade, a mãe e Volódia viviam com Maria Petrovna, uma senhora de posição nobre que tinha um grande apartamento e alugava quartos para hóspedes. A mãe tinha dois quartos: um deles, onde ela própria morava e no qual ficava sua cama, tinha janelas e dois quadros de molduras douradas dependurados na parede; o outro era um quartinho escuro, contíguo, onde ficava Volódia. Neste, havia um único móvel, um sofá, no qual ele dormia; o resto do quarto estava inteiramente ocupado por cestos de vime cheios de roupas, caixas de papelão para chapéus e todo tipo de lixo, que a mãe guardava por uma razão ou outra. Volódia preparava suas aulas no quarto da mãe ou na "sala geral", como era chamada a grande sala em que os hóspedes se reuniam na hora do jantar e à noite.

Ao chegar em casa, ele se deitou no sofá e se enrolou no cobertor para parar de tremer. As caixas de papelão, os cestos de vime e o resto do lixo lembravam-no de que não tinha um quarto próprio, de que não tinha um refúgio para onde pudesse ir para escapar da mãe, dos visitantes dela e das vozes que chegavam da "sala geral". A sacola e os livros espalhados nos cantos o lembraram do exame a que faltara... Por alguma razão, veio-lhe à mente, de maneira totalmente inapropriada, a cidade de Menton, onde havia vivido com o pai quando tinha sete anos de idade; pensou em Biarritz e em duas garotinhas inglesas com quem corria na areia... Tentou recordar a cor do céu, do mar, a altura das ondas e seu estado de espírito na época, mas não conseguiu. As garotas inglesas esvoaçavam em sua imaginação como se estivessem vivas; todo o resto era uma mistura de imagens que lhe escapavam na confusão...

"Não; está frio aqui", pensou Volódia. Levantou-se, vestiu o sobretudo e foi para a "sala geral".

Ali havia gente tomando chá. Três pessoas estavam reunidas em torno do samovar[1]: a mãe, uma velha senhora com pincenê, que dava aulas de música, e Avgustin Mihalitch, um francês idoso e corpulento, que trabalhava numa fábrica de perfumes.

— Não comi nada hoje — disse a mãe. — Vou mandar a criada comprar pão.

— Duniasha! — gritou o francês.

Ao que parecia, a criada fora enviada a algum lugar pela dona da casa.

---

(1) Samovar é um utensílio culinário de origem russa utilizado para aquecer água e servir chá, sendo muito apreciado pelos czares (N.T.).

– Oh, não importa – disse o francês, com um largo sorriso. – Vou eu mesmo imediatamente comprar um pouco de pão. Oh, não custa nada.

Largou seu charuto forte e pungente num lugar bem visível, pôs o chapéu e saiu. Depois que ele foi embora, a mãe começou a contar à professora de música sobre como estivera hospedada na casa dos Shumihin e como eles a receberam calorosamente.

– Lili Shumihin é parente minha, sabe – disse ela. – O falecido marido dela, o general Shumihin, era primo de meu marido. E ela era uma baronesa Kolb de nascimento...

– Mamãe, isso é falso! – disse Volódia, irritado. – Por que contar mentiras?

Ele sabia perfeitamente bem que o que a mãe dizia era verdade; no que ela dizia sobre o general Shumihin e sobre a baronesa Kolb, não havia nem sombra de mentira, mas, apesar disso, parecia-lhe que ela estava mentindo. Soava falsa a maneira como ela falava, bem como a expressão de seu rosto, de seus olhos, tudo.

– Você está mentindo – repetiu Volódia, e bateu com o punho na mesa, com tanta força que toda a louça estremeceu e o chá da mãe entornou. – Por que fala sobre generais e baronesas? É tudo mentira!

A professora de música ficou desconcertada e tossiu no lenço, fingindo espirrar, e a mãe começou a chorar.

"Para onde posso ir?", pensou Volódia.

Por ele, já estaria na rua; tinha vergonha de se juntar a seus colegas de escola. Novamente, de forma bastante incongruente, lembrou-se das duas meninas inglesas... Andou de um lado para o outro na "sala geral" e foi para o quarto de Avgustin Mihalitch. Havia ali um cheiro forte de óleos e sabão de glicerina. Sobre a mesa, na janela e até nas cadeiras, havia várias garrafas, copos e taças de vinho contendo fluidos de várias cores. Volódia apanhou um jornal da mesa, abriu-o e leu o título *Fígaro*... O papel exalava um cheiro peculiar e agradável. Então agarrou um revólver da mesa...

– Calma, calma! Não ligue para isso. – A professora de música estava confortando a mãe, na sala ao lado. – Ele é jovem! Os jovens da idade dele não têm autocontrole. É preciso resignar-se a isso.

– Não, Ievgenia Andreievna; ele é muito mimado – disse a mãe, numa voz ressoante. – Ele não tem controle sobre si mesmo e eu sou fraca e nada posso fazer. Oh, como sou infeliz!

Volódia levou o cano do revólver à boca, sentiu algo parecido com um gatilho ou mola e apertou com o dedo... Então sentiu alguma coisa se projetando e apertou mais uma vez. Tirando o cano da boca, limpou-o com a lapela do casaco e olhou para o fecho da arma. Nunca segurara uma arma antes...

"Acredito que devo levantar isso aqui...", refletiu ele. "Sim, parece que sim."

Avgustin Mihalitch foi para a "sala geral" e, rindo, começou a contar alguma coisa. Volódia colocou o cano na boca novamente, prendeu-o com os dentes e apertou algo com os dedos. Houve o som de um tiro... Algo atingiu Volódia na parte de trás da cabeça com terrível violência, e ele caiu sobre a mesa com o rosto virado para baixo, entre as garrafas e os copos. Então ele viu o pai – como em Menton, usando uma cartola com uma larga faixa preta, em sinal de luto por alguma senhora – subitamente agarrá-lo com as duas mãos, e ambos mergulharam de cabeça num poço muito profundo e escuro.

Então, tudo ficou desfocado e desvaneceu.

VOLÓDIA

Uma História Anônima

I

Por razões que não é o momento de aprofundar, tive de me colocar a serviço de um funcionário público de Petersburgo, conhecido como Orlov, na qualidade de lacaio. Ele tinha cerca de 35 anos e seu nome era George Ivanitch.

Me coloquei a serviço desse Orlov por causa do pai dele, um político proeminente que eu considerava um sério inimigo de meus interesses. Acreditava que, morando com o filho, eu ficaria sabendo — pelas conversas que haveria de ouvir e pelas cartas e papéis que haveria de encontrar sobre a mesa —de todos os detalhes dos planos e das intenções do pai.

Em regra, a campainha elétrica tocava em meus aposentos de lacaio às onze horas da manhã, para me avisar que meu patrão estava acordado. Quando eu entrava no quarto com seus sapatos engraxados e roupas escovadas, geralmente encontrava Georgi Ivanitch sentado na cama com um aspecto que parecia não sonolento, mas exausto, e com um olhar vazio, sem demonstrar qualquer sinal de satisfação por estar acordado. Ajudava-o a se vestir e ele me permitia fazer isso com um ar de relutância, sem falar ou notar minha presença; depois, com a cabeça molhada após se lavar, exalando um aroma fresco, costumava ir à sala de jantar para tomar café. Sentava-se à mesa, sorvia o café e folheava os jornais, enquanto a criada Polia e eu ficávamos respeitosamente na porta, olhando para ele. Duas pessoas adultas tinham de ficar observando com a maior atenção enquanto uma terceira tomava café e mastigava biscoitos. Era provavelmente ridículo e grotesco, mas não via nada de humilhante em ter de ficar perto da porta, embora eu fosse tão bem--nascido e bem-educado quanto o próprio Orlov.

Eu estava no primeiro estágio da tuberculose e sofrendo também de outro mal, possivelmente ainda mais grave do que a tuberculose. Não sei se era efeito de minha doença ou de uma incipiente mudança em minha filosofia de vida, da qual não tinha plena consciência na época, mas fui sendo dominado, dia após dia, por um desejo apaixonado e enervante de levar uma vida comum. Ansiava por tranquilidade psíquica, saúde, ar puro, boa alimentação. Eu estava me tornando um sonhador e, como sonhador, não sabia exatamente o que queria. Às vezes, sentia-me inclinado a entrar num mosteiro, sentar-me durante dias seguidos junto à janela e contemplar as árvores e os campos; às vezes, imaginava que compraria quinze acres de terra e me estabeleceria como um cavalheiro do interior; outras vezes, jurava intimamente estudar ciências e me tornar professor numa universidade da província. Eu era um tenente aposentado da Marinha; sonhava com o mar, com nossa esquadra e com a corveta em que havia navegado ao redor do mundo. Ansiava por experimentar novamente a sensação indescritível de quando, caminhando pela floresta tropical ou contemplando o pôr do sol na baía de Bengala, nos emocionamos de êxtase e, ao mesmo tempo, ficamos com saudades de casa. Sonhava com montanhas, mulheres, música e, com a curiosidade de uma criança, olhava para o rosto das pessoas, ouvia suas vozes. E quando ficava na porta e observava Orlov sorvendo seu café, não me sentia como um lacaio, mas como um homem interessado em tudo o que há mundo, até mesmo Orlov.

Na aparência, Orlov era um petersburguense típico, de ombros estreitos, tronco largo, têmporas encovadas, olhos de cor indefinida e cabelos, barba e bigode escassos e castanhos. Seu rosto tinha uma aparência envelhecida e desagradável, embora fosse bem-cuidado. Era particularmente desagradável quando estava dormindo ou perdido em pensamentos. Não vale a pena descrever um semblante bastante comum; além disso, Petersburgo não é a Espanha, e a aparência de um homem não tem muita importância, mesmo em casos amorosos, e só tem valor para um belo lacaio ou cocheiro. Falei do rosto e do cabelo de Orlov só porque havia algo em sua aparência que merecia ser mencionado. Quando Orlov pegava um jornal ou um livro, qualquer que fosse, ou encontrava pessoas, fossem quais fossem, um sorriso irônico começava a surgir em seus olhos, e todo o seu semblante assumia uma expressão de leve zombaria em que não havia malícia alguma. Antes de ler ou ouvir qualquer coisa, sempre tinha sua ironia de prontidão, como um selvagem tem seu escudo. Era uma ironia habitual, como um velho licor fermentado há anos, e agora surgia em seu rosto provavelmente sem qualquer influência de sua vontade, por ação reflexa, por assim dizer. Mas disso falarei mais tarde.

Logo depois do meio-dia, apanhava sua pasta cheia de papéis e se dirigia ao seu escritório. Jantava fora de casa e voltava depois das oito horas. Eu costumava acender a lamparina e as velas no escritório, e ele se sentava numa cadeira baixa com as pernas estendidas sobre outra cadeira e, reclinado naquela posição, começava a ler. Quase todos os dias, ele trazia livros novos ou recebia pacotes deles nas lojas, e havia pilhas de livros em três línguas, além do russo, os quais ele lia e descartava nos cantos de meu quarto e embaixo da minha cama. Lia com extraordinária rapidez. "Diga-me o que você leu e eu direi quem você é." Isso pode ser verdade, mas era absolutamente impossível julgar Orlov pelo que lia. Era uma miscelânea comum. Filosofia, romances franceses, economia política, finanças, novos poetas e publicações da editora *Posrednik* – lia tudo com a mesma rapidez e a mesma expressão irônica nos olhos.

Depois das dez horas, ele se vestia cuidadosamente, muitas vezes em trajes noturnos, muito raramente em seu uniforme, e saía, voltando pela manhã.

Nossas relações eram tranquilas e pacíficas; nunca tivemos nenhum mal-entendido. Via de regra, ele não notava minha presença e, quando falava comigo, não havia expressão de ironia em seu rosto – evidentemente, não me via como um ser humano.

Só o vi zangado uma vez. Certo dia – fazia uma semana que eu estava a seu serviço – ele voltou de um jantar às nove horas; sua expressão era de mau humor e exaustão. Quando o segui até seu escritório para acender as velas, disse-me:

– Há um cheiro horrível no apartamento.

– Não, o ar está fresco – respondi.

— Estou lhe dizendo que há um cheiro ruim — retrucou, irritado.
— Eu abro as janelas todos os dias.
— Não discuta, idiota! — gritou ele.

Fiquei ofendido e estava a ponto de retrucar; só Deus sabe como teria acabado se Polia, que conhecia seu patrão melhor do que eu, não tivesse intervindo.

— Há realmente um cheiro desagradável — disse ela, erguendo as sobrancelhas. — De onde pode estar vindo? Stepan, abra a janela da sala de estar e acenda a lareira.

Com muito alvoroço e muitas exclamações, ela percorreu todos os quartos, roçando as saias pelo chão e pressionando o pulverizador com um som sibilante. Orlov ainda estava irritado e claramente se continha para não externar seu mau humor em altos brados. Estava sentado à mesa, escrevendo rapidamente uma carta. Depois de escrever algumas linhas, bufou com raiva e a rasgou. Depois começou a escrever novamente.

— Malditos sejam todos! — murmurou ele. — Julgam que eu tenha uma memória anormal!

Por fim, terminou a carta. Levantou-se da mesa e disse, voltando-se para mim:

— Vá até a rua Znamenski e entregue esta carta pessoalmente a Zinaida Fiodorovna Krasnovski. Mas antes pergunte ao porteiro se o marido dela — isto é, o senhor Krasnovski — já está de volta. Se tiver voltado, retorne sem entregar a carta. Espere um minuto!... Caso ela pergunte se há alguém aqui, diga-lhe que estou com dois cavalheiros desde as oito horas, redigindo algo.

Fui até a rua Znamenski. O porteiro me disse que o senhor Krasnovski ainda não havia chegado, e então subi até o terceiro andar. A porta foi aberta por um lacaio alto, corpulento, de cor parda e costeletas pretas que, com uma voz sonolenta, rude e apática, como só os lacaios usam para se dirigir a outros lacaios, me perguntou o que eu queria. Antes que tivesse tempo de responder, uma dama vestida de preto entrou apressadamente no vestíbulo. Olhou para mim apertando os olhos.

— Zinaida Fiodorovna está em casa? — perguntei.

— Sou eu — disse a dama.

— Uma carta de George Ivanitch.

Ela rasgou o envelope com impaciência e, segurando a carta com as duas mãos, de modo que se podiam ver seus brilhantes anéis de diamante, começou a ler. Distinguiam-se um rosto pálido com linhas suaves, um queixo proeminente e longos cílios escuros. Por sua aparência, não diria que a senhora tivesse mais de 25 anos.

— Transmita-lhe meus agradecimentos e minhas saudações — disse ela, ao terminar de ler a carta. — Há alguém com George Ivanitch? — perguntou ela, com voz suave e alegre, como se envergonhada de sua desconfiança.

— Dois cavalheiros — respondi. — Estão redigindo algo.

— Transmita-lhe minhas saudações e agradecimentos — repetiu ela, inclinando a cabeça para o lado e, relendo a carta enquanto caminhava, retirou-se silenciosamente. Naquela época eu tinha contato com poucas mulheres, mas essa senhora, que vi só de relance, me impressionou. Enquanto caminhava para casa, lembrei-me de seu rosto e de sua fragrância delicada, e comecei a sonhar acordado. Quando cheguei em casa, Orlov já tinha saído.

II

Minhas relações com meu patrão eram, portanto, tranquilas e pacíficas, mas ainda assim o elemento sujo e degradante, que eu tanto temia ao me tornar um lacaio, era evidente e se fazia sentir todos os dias. Não me dava bem com Polia. Essa mulher era uma malvada, bem alimentada e mimada, que adorava Orlov, porque era um cavalheiro, e me desprezava, porque eu era um lacaio. Provavelmente, do ponto de vista de um verdadeiro lacaio ou cozinheiro, ela era fascinante, com suas faces coradas, seu nariz arrebitado, seus olhares coquetes e o aspecto rechonchudo — quase se poderia dizer gorducho — de seu corpo. Ela maquiava o rosto, pintava os lábios e as sobrancelhas, usava espartilho e anquinha, e exibia um bracelete feito de moedas. Caminhava com passos curtos e esplêndidos; ao andar, balançava ou, como dizem, retorcia os ombros e as costas. O farfalhar de suas saias, o rangido de seu espartilho, o tilintar de seu bracelete e o aroma vulgar do bálsamo labial, do vinagre de toucador e do perfume roubado do patrão despertavam em mim, enquanto eu e ela arrumávamos os quartos pela manhã, uma sensação de que nós tomávamos parte em alguma abominação.

Ou porque eu não roubava como ela ou porque não demonstrava nenhum desejo de me tornar seu amante, o que ela provavelmente considerava um insulto, ou talvez porque sentia que eu era um homem de uma classe diversa, passou a me odiar desde o primeiro dia. Minha inexperiência, minha aparência – tão diferente da de um lacaio – e minha enfermidade pareciam-lhe lamentáveis e despertavam seu desgosto. Naquela época, eu estava com uma tosse forte e às vezes isso a impedia de dormir, pois nossos quartos eram separados apenas por uma divisória de madeira, e todas as manhãs ela me dizia:

– Mais uma vez, você não me deixou dormir. Deveria estar no hospital em vez de estar trabalhando.

Ela acreditava tão piamente que eu não me assemelhava a um ser humano, mas a algo infinitamente inferior a ela, que, como as matronas romanas que não se envergonhavam de tomar banho diante de seus escravos, ela às vezes andava em minha presença apenas de camisola.

Certa vez, quando eu estava bem-disposto e de ótimo humor, perguntei-lhe no jantar (todos os dias, recebíamos sopa e carne assada de um restaurante):

– Polia, você acredita em Deus?

– Ora, claro!

– Então – continuei – você acredita que haverá um dia de julgamento e que teremos de prestar contas a Deus por toda má ação?

Ela não me respondeu; fez simplesmente uma careta de desprezo e, olhando naquele momento para seus olhos frios e para expressão de pessoa superalimentada, percebi que, para sua personalidade completa e acabada, nenhum Deus, nenhuma consciência, nenhuma lei existia, e que, se eu precisasse atear fogo à casa, matar ou roubar, não poderia ter encontrado melhor cúmplice.

Me senti muito desconfortável em meu novo ambiente durante a primeira semana na casa de Orlov, antes de me acostumar a ser chamado de "senhor" e a ter de contar mentiras constantemente (dizendo "Meu patrão não está em casa", quando estava). Em minha libré de lacaio, sentia-me como se usasse uma armadura. Mas com o tempo me acostumei. Como um genuíno lacaio, servia à mesa, arrumava os quartos, corria e saía para incumbências de todos os tipos. Quando Orlov não queria ir a um encontro marcado com Zinaida Fiodorovna ou quando esquecia que havia prometido vê-la, dirigia-me até a rua Znamenski, entregava a ela uma carta e mentia. E o resultado de tudo isso era bem diferente do que esperava quando me tornei lacaio. Cada dia dessa minha nova vida era para mim e para minha causa desperdiçado, visto que Orlov nunca falava do pai dele nem de seus visitantes, e tudo o que eu pude descobrir dos feitos do estadista foi, como antes, o que podia colher dos jornais ou da correspondência com meus camaradas. As centenas de notas e papéis que costumava encontrar no escritório e ler não tinham a mais remota conexão com o que eu procurava. Orlov não tinha interesse algum no trabalho político do pai, e parecia até mesmo nunca ter ouvido falar dele ou que ele já tinha morrido há muito tempo.

III

Todas as quintas-feiras recebíamos visitas.

Pedi um pedaço de rosbife no restaurante e telefonei para Eliseiev e solicitei que nos mandasse caviar, queijo, ostras e assim por diante. Comprei um baralho. Polia passou o dia todo ocupada preparando o chá e o serviço de jantar. Para dizer a verdade, esse surto de atividades veio como uma agradável mudança em nossa vida ociosa, e as quintas-feiras eram para nós os dias mais interessantes.

Apenas três visitantes costumavam vir. O mais importante e talvez o mais interessante era aquele chamado Pekarski — homem alto e magro de 45 anos, de nariz comprido e aduncо, com uma grande barba preta e uma clareira calva na cabeça. Seus olhos eram grandes e proeminentes e sua expressão era grave e pensativa como a de um filósofo grego. Estava no conselho de administração de uma ferrovia e também tinha um cargo num banco; era advogado consultor numa importante instituição governamental e mantinha relações comerciais com um grande número de entidades privadas nas funções de fiduciário, presidente de comitês e assim por diante. No serviço detinha apenas uma baixa patente e, modestamente, referia-se a si mesmo como advogado, mas tinha vasta influência. Um bilhete ou um cartão dele era suficiente para fazer um médico famoso, um diretor de ferrovia ou um grande dignitário atender a qualquer um sem demora; dizia-se que, por meio de sua proteção, um indivíduo poderia obter até mesmo um posto de suma importância e abafar qualquer tipo de situação desagradável. Era considerado um homem muito inteligente, mas sua inteligência era estranha e peculiar. Era capaz de multiplicar 213 por 373 de cabeça instantaneamente, ou transformar libras inglesas em marcos alemães sem a ajuda de lápis ou papel; entendia tudo de finanças e de negócios ferroviários, e a máquina da administração russa não tinha segredos para ele; era o mais hábil defensor em processos civis e não era fácil ganhar dele em questões de justiça. Mas essa inteligência excepcional não conseguia atinar com coisas triviais que são compreendidas até mesmo por pessoas tolas. Por exemplo, ele era absolutamente incapaz de entender por que as pessoas ficam deprimidas, por que choram, atiram em si mesmas e até matam outras pessoas; por que se preocupam com coisas que não as afetam pessoalmente, e por que riem quando leem Gogol[1] ou Shchedrin[2] ... Todo elemento abstrato, tudo o que pertencia ao domínio do pensamento e do sentimento, era para ele enfadonho e incompreensível, como música para alguém que não tem ouvido para ela. Encarava

---

(1) Nikolai Vassilievitch Gogol (1808-1852), romancista e ensaísta russo, deixou vasta obra em que disseca, analisa e critica a sociedade russa de sua época; entre seus escritos, destacam-se *Almas mortas, Vigílias da Ucrânia, Arabescos, O diário de um louco, O nariz, O capote* (N.T.).
(2) Mikhail Evgrafovitch Saltykov (1826-1889), mais conhecido como Saltykov-Shchedrin, escritor russo; em suas obras, com um estilo satírico, permeado de nuances sombrias e pessimistas, tece duras críticas à sociedade russa. Entre seus escritos, merecem destaque *A família Goloviev, Histórias de Pochekhonie, História de uma cidade* (N.T.).

as pessoas simplesmente pelo ponto de vista do negócio e as dividia em competentes e incompetentes. Nenhuma outra classificação existia para ele. Honestidade e retidão eram apenas sinais de competência. Bebida, jogatina e libertinagem eram aceitáveis, desde que não interferissem nos negócios. Acreditar em Deus era bastante estúpido, mas a religião deveria ser preservada, pois as pessoas comuns devem ter algum princípio para refreá-las, do contrário não trabalhariam. A punição só é necessária como um impedimento. Não havia necessidade de sair de férias, uma vez que nada havia de melhor que permanecer na cidade. E assim por diante. Era viúvo e não tinha filhos, mas vivia em grande estilo, como se tivesse uma família, e pagava três mil rublos por ano por seu apartamento.

O segundo visitante, Kukushkin, conselheiro civil de fato, apesar de jovem, era baixo e chamava atenção por sua aparência extremamente desagradável, o que se devia à desproporção entre seu corpo gordo e inchado e seu rosto magro. Seus lábios eram suavemente franzidos e seus pequenos bigodes aparados pareciam ter sido fixados com cola. Era um homem com maneiras de um lagarto. Não andava, mas, por assim dizer, rastejava com leves passos, contorcendo-se e rindo, e quando ria mostrava os dentes. Era um escriturário em comissões especiais e não fazia nada, embora recebesse um bom salário, especialmente no verão, quando encontravam tarefas especiais e lucrativas para ele. Era um homem ambicioso, não apenas até a medula dos ossos, mas algo muito mais amplo – até a última gota de seu sangue; mas mesmo em suas ambições era mesquinho e não confiava em si mesmo; estava construindo sua carreira com base no favor ocasional dispensado por seus superiores. Para obter alguma condecoração estrangeira ou para que seu nome fosse mencionado nos jornais por ter estado presente em algum serviço especial na companhia de outras grandes personalidades, estava sempre pronto a se submeter a qualquer tipo de humilhação, a implorar, lisonjear e prometer. Bajulava Orlov e Pekarski por covardia, porque pensava que eram poderosos; elogiava Polia e a mim porque estávamos a serviço de um homem poderoso. Sempre que eu lhe tirava o casaco de pele, ele ria e me perguntava: "Stepan, você é casado?" E depois se seguiam vulgaridades impróprias – só para me demonstrar atenção especial. Kukushkin lisonjeava as fraquezas de Orlov, divertia-se com seus modos corrompidos e seu jeito *blasé*; para agradá-lo, afetava zombarias maliciosas e ateísmo, e em sua companhia criticava pessoas diante das quais, em outros lugares, se rebaixaria servilmente. Quando, no jantar, falavam de amor e de mulheres, ele fingia ser sutil e voluptuoso. Via de regra, pode-se dizer, os libertinos de Petersburgo gostam de falar sobre seus gostos anormais. Um jovem conselheiro civil de fato, por exemplo, se mostra perfeitamente satisfeito com os abraços de seu cozinheiro ou de algum infeliz transeunte da avenida Niévski, mas, ao ouvi-lo, poderia-se pensar que ele foi contaminado por todos os vícios do Oriente e do Ocidente combinados, que era membro honorário de uma dúzia de sociedades secretas iníquas e que já fora perseguido pela polícia. Kukushkin mentia sobre si mesmo de maneira inescrupulosa, e seus ouvintes não chegavam a desacreditá-lo, mas não davam muita atenção a suas incríveis histórias.

    O terceiro visitante era Gruzin, filho de um general honrado e culto; tinha a idade de Orlov, cabelos longos e olhos míopes e usava óculos dourados. Lembro-me de seus longos dedos brancos, que pareciam de um pianista; e, de fato, havia um certo ar de músico, de um virtuose, em toda a sua figura. Os primeiros violinos de uma orquestra são exatamente dessa forma. Costumava tossir, sofria de enxaqueca e parecia enfermiço e frágil. Provavelmente, em casa, vestiam-no e despiam-no como uma criança. Havia concluído a Faculdade de Direito e, a princípio, serviu no Departamento de Justiça, depois foi transferido para o Senado; deixou esse posto e, por apadrinhamento, recebeu um cargo no Departamento de Propriedades do Estado, do qual logo depois desistiu. Na minha época, ele servia no departamento de Orlov; era seu secretário-geral, mas disse que logo deveria ser retransferido para o Departamento de Justiça. Assumia suas funções e sua transferência de um cargo a outro com excepcional leveza; quando as pessoas falavam seriamente diante dele sobre cargos no trabalho, promoções, salários, ele sorria com bom humor e repetia o aforisma de Prutkov[3]: "É somente no serviço governamental que se pode conhecer a verdade." Sua esposa era de baixa estatura, rosto enrugado, ciumenta, e tinha cinco filhos magros e debilitados. Ele era infiel à esposa, só gostava dos filhos quando os via e, de modo geral, era bastante indiferente à família e zombava dela. Ele e sua família subsistiam de crédito, contraindo empréstimos onde podiam e em todas as oportunidades, até mesmo de seus superiores de repartição e dos porteiros das casas das pessoas. Tinha o corpo flácido; era tão preguiçoso que não se importava com o que aconteceria com ele e seguia adiante sem perceber para onde ou por que estava indo. Ia para onde era levado. Se o levassem para algum lugar escuso, ele ia; se punham vinho à sua frente, bebia – se não o punham, se abstinha; se as esposas eram ofendidas em sua presença, ele ofendia a sua própria, declarando que havia arruinado a vida dele – quando as esposas eram elogiadas, ele elogiava a sua e dizia com toda a sinceridade: "Gosto demais dela, coitadinha!" Não tinha casaco de pele e sempre usava uma manta de viagem, que cheirava como um berçário. Quando estava à mesa para a ceia, fazia bolas de miolo de pão e bebia muito vinho tinto, absorto em pensamentos; é estranho dizer, mas eu estava certo de que havia algo nele de que talvez ele próprio tivesse uma vaga noção, embora na azáfama e na vulgaridade de seu dia a dia não tivesse tempo para compreender e apreciar. Tocava piano razoavelmente. Às vezes, tocava um ou dois acordes e começava a cantar suavemente: "O que o próximo dia trará para mim?" Mas imediatamente, como se estivesse assustado, ele se levantava e se afastava do instrumento.

Os visitantes geralmente chegavam em torno das dez horas. Jogavam cartas no escritório de Orlov, e Polia e eu lhes servíamos chá. Era somente nessas ocasiões que eu conseguia avaliar a plena doçura da vida de um lacaio. Ficar quatro ou cinco horas na porta, cuidando para que nenhum copo ficasse vazio, trocando os cinzeiros, correndo até a

---

(3) Kozma Petrovitch Prutkov é um pseudônimo coletivo que o poeta e escritor russo Aleksei Konstantinovich Tolstoi (1817-1875) e seus primos e poetas Aleksei, Vladimir e Aleksander Zhemchuzhnikov utilizavam para assinar e publicar seus textos, que compreendiam paródias, fábulas, aforismas e sátiras (N.T.).

mesa para apanhar o giz ou uma carta quando caísse e, principalmente, ficar de pé, esperando, sendo atencioso sem me aventurar a falar, tossir, sorrir – é mais difícil, garanto-lhe, é mais difícil do que o mais árduo trabalho de campo. Cheguei a ficar de guarda no mar por quatro horas seguidas nas tempestuosas noites de inverno e, a meu ver, é uma tarefa infinitamente mais fácil.

Costumavam jogar cartas até as duas, às vezes até as três horas da madrugada e, depois, alongando-se, iam para a sala de jantar para a ceia ou, como dizia Orlov, para um pequeno lanche. Durante a ceia, entabulavam uma conversa. Geralmente começava quando Orlov falava, com olhos sorridentes, de algum conhecido, de algum livro que estivera lendo recentemente, de uma nova nomeação ou um novo plano do governo. Kukushkin, sempre insinuante, caía no mesmo tom e o que se seguia era para mim, em meu estado de espírito da época, uma exibição revoltante. A ironia de Orlov e de seus amigos não conhecia limites e não poupava ninguém nem nada. Se falavam de religião, era com ironia; se falavam de filosofia, do significado e do objetivo da vida, usavam ironia novamente; se um deles começasse a falar dos camponeses, era em um tom irônico.

Há em Petersburgo uma espécie de homens cuja especialidade é zombar de todos os aspectos da vida; não podem passar nem mesmo por um homem faminto ou por um suicida sem dizer algo vulgar. Mas Orlov e seus amigos não zombavam nem faziam piadas, apenas falavam ironicamente. Costumavam dizer que Deus não existe e que a personalidade humana desapareceria completamente com a morte; para eles, os imortais só existiam na Academia Francesa. O bem real não existia nem poderia possivelmente existir, pois sua existência dependia da perfeição humana, o que era uma contradição da lógica. A Rússia era um país tão pobre e enfadonho quanto a entediante Pérsia. A *intelligentsia* estava em desespero; na opinião de Pekarski, a esmagadora maioria de seus integrantes era composta de pessoas incompetentes, que não serviam para nada. O povo era constituído de um bando de bêbados, preguiçosos, ladrões e degenerados. Não tínhamos ciência, nossa literatura era grosseira, nosso comércio tinha por base a fraude – "Não vender sem trapacear". E toda a conversa seguia nesse estilo e tudo era motivo de riso.

Perto do final da ceia, o vinho os deixava mais bem-humorados e eles passavam a uma conversa mais animada. Riam da vida familiar de Gruzin, das conquistas de Kukushkin, ou de Pekarski, que tinha, segundo diziam, uma página intitulada "Caridade" e outra chamada "Necessidades fisiológicas" em seu livro de contas. Diziam que nenhuma esposa era fiel; que não havia esposa de quem não se pudesse, com certa prática, obter carícias sem precisar sair da sala de estar de sua casa, enquanto o marido se encontrava no escritório contíguo à sala; que garotas na adolescência eram pervertidas e sabiam de tudo. Orlov guardava uma carta de uma estudante de 14 anos: no caminho da escola para casa ela "fisgou um oficial na avenida Niévski", que, ao que parece, a levou para a casa dele e só a deixou ir embora tarde da noite; e ela se apressou em escrever sobre essa aventura a uma amiga da escola para compartilhar sua alegria pelo feito. Sustentavam que não havia e nunca houvera essa tal de pureza moral, a qual era evidentemente desnecessária; a humanidade tinha sobrevivido até agora muito bem sem ela. O dano causado pelo assim chamado vício era, sem dúvida, exagerado. Os vícios punidos por nosso código legal não impediram Diógenes[4] de ser filósofo e professor. César e Cícero[5] eram perdulários e, ao mesmo tempo, grandes homens. Catão[6], em sua velhice, se casou com uma jovem, mas mesmo assim era considerado um grande asceta e um pilar de moralidade.

Às três ou quatro horas, a festa acabava ou eles saíam juntos da cidade ou se dirigiam à rua dos Oficiais, para a casa de certa Varvara Ossipovna, enquanto eu me retirava para meus aposentos e ficava acordado por muito tempo com tosse e dor de cabeça.

---

(4) Diógenes (404-c.323 a.C.), filósofo grego (N.T.).
(5) Caius Julius Caesar (101-44 a.C.), general, escritor e imperador romano; suas obras mais conhecidas são *De Bello Gallico* (Da Guerra Gálica) e *De Bello Civili* (Da guerra civil).
– Marcus Tullius Cicero (106-43 a.C.), orador, jurisconsulto, político e filósofo romano; entre suas obras, podem ser destacadas *As Catilinárias, Das leis, Da República, Dos fins, Da natureza dos deuses, Os deveres* (N.T.).
(6) Marcus Porcius Cato (234-149 a.C.), dito Catão, o Antigo ou o Censor; cônsul e censor romano, lutou contra o luxo, baniu os senadores considerados indignos e combateu o helenismo para privilegiar uma moral mais austera (N.T.).

IV

Três semanas depois de me colocar a serviço de Orlov – era domingo de manhã, recordo muito bem –, alguém tocou a campainha. Ainda não eram onze horas e Orlov estava dormindo. Fui abrir a porta. Pode imaginar meu espanto quando encontrei parada diante da porta uma dama com um véu.

– George Ivanitch já se levantou? – perguntou ela.

Pela voz dela, reconheci Zinaida Fiodorovna, a quem havia levado cartas na rua Znamenski. Não recordo se tive tempo ou autocontrole para responder – fiquei muito surpreso ao vê-la. E, de fato, ela não esperou por minha resposta. Num piscar de olhos, passou por mim e, enchendo o vestíbulo com a fragrância de seu perfume, do qual me lembro até hoje, foi avançando até que seus passos se extinguiram mais adiante. Não ouvi nada por pelo menos uma hora. Mas novamente alguém tocou a campainha. Dessa vez, estava à porta uma moça bem vestida, que parecia uma criada de família abastada, acompanhada por nosso porteiro. Ambos estavam sem fôlego, carregando dois baús e uma cesta de roupas.

– São para Zinaida Fiodorovna – disse a moça.

E então desceu sem dizer mais nada. Tudo isso era misterioso e fez com quem Polia, que tinha profunda admiração pelas travessuras de seus superiores, sorrisse dissimuladamente para si mesma; parecia querer dizer: "Então é para isso que servimos", e passou a andar o tempo todo na ponta dos pés. Por fim, ouvimos passos; Zinaida Fiodorovna entrou rapidamente no vestíbulo e, ao me ver na porta de meu quarto, disse:

– Stepan, leve as coisas de George Ivanitch.

Quando entrei no quarto de Orlov com suas roupas e botas, ele estava sentado na cama com os pés sobre o tapete de pele de urso. Em seu semblante havia um ar de constrangimento. Não notou minha presença e minha humilde opinião tampouco o interessava; estava evidentemente perturbado e envergonhado diante de si mesmo, diante de sua consciência. Ele se vestiu, se lavou e usou seus pentes e escovas silenciosa e deliberadamente, como para ganhar tempo de pensar e refletir sobre sua situação; mesmo de costas, podia-se ver que estava perturbado e insatisfeito consigo mesmo.

Eles tomaram café juntos. Zinaida Fiodorovna serviu café para ela e para Orlov, depois apoiou os cotovelos sobre a mesa e riu.

– Ainda não consigo acreditar – disse ela. – Depois que se passa longo tempo viajando e finalmente se chega a um hotel, é difícil acreditar que não é necessário prosseguir. É agradável respirar livremente.

Com a expressão de uma criança que deseja muito ser travessa, ela suspirou de alívio e riu novamente.

– Vai me desculpar – disse Orlov, apontando para o café. – Ler no café da manhã é um hábito que não consigo abandonar. Mas posso fazer duas coisas ao mesmo tempo... Ler e escutar.

– Pode ler... Deve manter seus hábitos e sua liberdade. Mas por que parece tão solene? Você é sempre assim pela manhã ou é só hoje? Não está contente?

– Sim, estou. Mas devo admitir que estou um pouco aturdido.

– Por quê? Você teve muito tempo para se preparar para a minha chegada aqui. Estive ameaçando vir todos os dias.

– Sim, mas eu não esperava que cumprisse sua ameaça justo hoje.

– Eu mesma não esperava, mas assim é melhor. Melhor ainda, meu querido. Deve-se cortar o mal pela raiz e ponto final.

– Sim, claro.

– Oh, meu querido – disse ela, fechando os olhos –, tudo está bem quando acaba bem; mas antes desse final feliz, quanto sofrimento! Meu riso não significa nada; estou contente, estou feliz, mas sinto-me mais propensa a chorar do que a rir. Ontem tive de travar a derradeira batalha – continuou ela em francês. – Só Deus sabe como estava arrasada. Mas rio porque não posso acreditar nisso. Continuo imaginando que estar aqui tomando café com você não é real, mas um sonho.

Então, ainda falando francês, ela descreveu como havia rompido com o marido no dia anterior, e seus olhos estavam alternadamente cheios de lágrimas e sorridentes enquanto olhava extasiada para Orlov. Disse-lhe que o marido há muito suspeitava dela, mas evitava pedir explicações; tinham brigas frequentes e, geralmente, no momento mais acalorado, ele subitamente ficava em silêncio e ia para o escritório, temendo que, em sua exasperação, pudesse dar vazão a suas suspeitas ou que ela própria começasse a falar abertamente. E ela se sentia culpada, sem coragem, incapaz de dar um passo ousado e sério, e isso a fazia odiar a si mesma e odiar ainda mais o marido; tinha sofrido os tormentos do inferno. Mas no dia anterior, durante uma briga, ele exclamou com voz chorosa: "Meu Deus, quando isso vai acabar?" E se retirou para o escritório. Ela foi correndo atrás dele como um gato atrás de um rato e, impedindo-o de fechar a porta, gritou que o odiava com toda a sua alma. Então ele a deixou entrar e ela lhe contou tudo, confessou que amava outra pessoa, que essa outra pessoa era seu verdadeiro e legítimo marido, e que acreditava ser seu dever ir embora naquele mesmo dia, independentemente do que lhe pudesse acontecer, mesmo que levasse um tiro por causa disso.

– Há um aspecto muito romântico em você – interrompeu Orlov, mantendo os olhos fixos no jornal.

Ela riu e continuou falando, sem tocar no café. Suas faces brilhavam, ficou um pouco envergonhada com isso e olhou confusa para Polia e eu. Segundo suas palavras, soube que seu marido havia respondido com ameaças, repreensões e, finalmente, lágrimas, e que teria sido mais correto dizer que ela, e não ele, fora a parte agressora.

– Sim, meu querido, enquanto eu estava agitada, tudo corria bem – disse ela a Orlov. – Mas caiu a noite e meu ânimo soçobrou. Você não acredita em Deus, *George*, mas eu acredito um pouco e temo sua punição. Deus exige de nós paciência, magnanimidade, sacrifício, e aqui estou eu me recusando a ser paciente e querendo remodelar minha vida para me sentir bem. Isso está certo? E se do ponto de vista divino estiver errado? Às duas horas da madrugada, meu marido veio até mim e disse: "Não ouse ir embora. Vou buscar você com a ajuda da polícia e vou fazer um escândalo". E logo depois eu o vi como uma sombra à minha porta. "Tenha piedade de mim! Sua fuga pode me prejudicar no serviço." Essas palavras me fizeram ter uma sensação ruim, e uma rigidez tomou conta de meu corpo. Senti como se a punição divina já estivesse em curso; passei a chorar e a tremer de terror. Tive a sensação de que o teto desabaria sobre mim, de que poderia ser arrastada imediatamente para a delegacia, de que você começaria a me tratar friamente – todo o tipo de coisa se passou pela minha mente! Pensei que iria para um convento ou que me tornaria enfermeira e desistiria de toda aspiração por felicidade, mas então me lembrei de que você me amava, e que eu não tinha o direito de dispor de mim mesma sem seu conhecimento; e tudo em minha mente estava confuso... Estava em desespero e não sabia o que fazer ou pensar. Mas o sol despontou e fiquei mais feliz. Assim que amanheceu, corri para você. Ah, o que passei, meu querido! Há duas noites que não durmo!

    Ela estava cansada e agitada. Estava com sono e, ao mesmo tempo, queria conversar sem parar, rir e chorar, e ir almoçar num restaurante para desfrutar de sua liberdade.

    – Você tem um apartamento aconchegante, mas temo que seja pequeno para nós dois – disse ela, andando rapidamente por todos os quartos quando terminaram o café da manhã. – Que quarto vai me dar? Gosto deste, porque é ao lado do seu escritório.

    À uma hora, trocou de vestido no quarto ao lado do escritório, que desde então passara chamar de seu, e saiu com Orlov para almoçar. Jantaram também num restaurante e passaram o longo intervalo entre o almoço e o jantar fazendo compras. Até tarde da noite fiquei abrindo a porta para mensageiros e entregadores das lojas. Compraram, entre outras coisas, um esplêndido espelho, uma penteadeira, uma cabeceira de cama e um deslumbrante serviço de chá, de que não precisávamos. Compraram uma coleção regular de panelas de cobre, as quais enfileiramos na prateleira de nossa cozinha fria e vazia. Enquanto desempacotávamos o serviço de chá, os olhos de Polia brilhavam e ela olhava para mim duas ou três vezes com ódio e medo de que eu, e não ela, fosse o primeiro a roubar uma dessas xícaras encantadoras. Veio também uma escrivaninha, muito cara e inconveniente. Era evidente que Zinaida Fiodorovna pensava em se estabelecer para sempre conosco e pretendia fazer do apartamento seu lar.

    Ela voltou com Orlov entre nove e dez horas. Plenamente consciente e orgulhosa de que havia feito algo ousado e fora do comum, profundamente apaixonada e, como supunha, apaixonadamente amada, exausta, ansiosa por um sono doce e profundo, Zinaida Fiodorovna se deleitava com sua nova vida. No auge da alegria, apertou as mãos, afirmou que tudo era maravilhoso e jurou que amaria Orlov para sempre; e esses votos, e a confiança ingênua, quase infantil, de que ela também era profundamente amada e seria amada para sempre fizeram-na parecer pelo menos cinco anos mais jovem. Falava bobagens encantadoras e ria de si mesma.

– Não há outra bênção maior do que a liberdade! – disse ela, obrigando-se a dizer algo sério e edificante. – Como é absurdo quando você começa a pensar nisso! Não damos valor à nossa própria opinião, mesmo quando é sábia, mas trememos diante da opinião de todos os tipos de estúpidos. Até o último minuto eu estava com medo do que as outras pessoas iriam dizer, mas assim que decidi seguir meu próprio instinto e meu próprio caminho, meus olhos se abriram, superei meus medos tolos e agora estou feliz e gostaria que todos pudessem ser tão felizes como eu!

Mas seus pensamentos mudaram imediatamente de direção e ela começou a falar de outro apartamento, de papel de parede, de cavalos, de uma viagem à Suíça e à Itália. Orlov estava cansado dos restaurantes e das lojas e ainda sentia o mesmo mal-estar que eu havia notado pela manhã. Ele sorriu, mais por educação do que por prazer, e quando ela falava sobre qualquer coisa séria, ele concordava ironicamente: "Oh, sim".

– Stepan, apresse-se e encontre um bom cozinheiro para nós – disse-me ela.

– Não há necessidade de muita pressa com os arranjos da cozinha – disse Orlov, olhando para mim com frieza. – Precisamos primeiramente nos mudar para outro apartamento.

Nunca havíamos comido algo preparado na própria casa ou mantido cavalos, porque, como ele dizia, "não gostava de desordem perto dele" e só tolerava que Polia e eu ficássemos em seu apartamento por necessidade. O assim chamado lar doméstico, com suas alegrias cotidianas e seus cuidados mesquinhos, ofendia seu gosto como se fosse vulgaridade; estar esperando um filho, ou ter filhos e falar sobre eles, era coisa de pequeno burguês. E comecei a ficar muito curioso para ver como essas duas criaturas se dariam juntas num apartamento – ela, caseira e amante do lar com suas panelas de cobre e seus sonhos de ter uma boa cozinheira e cavalos; e ele, que gostava de dizer aos amigos que o apartamento de um homem decente e ordeiro não deveria, tal como um navio de guerra, ter nada de supérfluo – nada de mulheres, nem de filhos, nem de trapos, nem de utensílios de cozinha.

V

Então vou contar o que aconteceu na quinta-feira posterior. Nesse dia, Zinaida Fiodorovna almoçou no Content's ou no Donon's. Orlov voltou para casa sozinho e Zinaida Fiodorovna, como soube depois, foi com sua governanta para o lado norte de Petersburgo passar as horas em que os visitantes ficavam conosco. Orlov não teve a fineza de apresentá-la aos amigos. Percebi-o no café da manhã, quando ele começou a assegurá-la de que, para o bem de sua própria paz de espírito, era essencial que ela renunciasse às noites de quinta-feira.

Como de costume, os visitantes chegaram quase ao mesmo tempo.

– Sua patroa está em casa também? – perguntou-me Kukushkin, num sussurro.

– Não, senhor – respondi.

Ele entrou com uma expressão maliciosa e melosa nos olhos, sorrindo misteriosamente e esfregando as mãos geladas por causa do frio intenso.

– Tenho a honra de felicitá-lo – disse ele a Orlov, estremecendo com uma risada insinuante e obsequiosa. – Que cresça e se multiplique como os cedros do Líbano.

Os visitantes entraram no quarto e fizeram comentários jocosos por causa de um par de chinelos femininos, do tapete que havia sido colocado entre as duas camas e de um robe cinza que pendia ao pé do estrado da cama. Acharam engraçado que o homem obstinado, que desprezava todos os detalhes corriqueiros do amor, tivesse caído nas armadilhas femininas de maneira tão simples e desavisada.

— Aquele que apontava o dedo com desprezo dobrou os joelhos em sinal de submissão — repetiu Kukushkin várias vezes. Ele tinha, e aqui abro um parêntese, o desagradável hábito de enfeitar sua conversa com textos em eslavo eclesiástico. — Sh-sh! — fazia ele, enquanto iam do quarto para a sala ao lado do escritório. — Sh-sh! Aqui Gretchen está sonhando com seu Fausto[7].

E caiu na gargalhada, como se tivesse dito algo muito engraçado. Observei Gruzin, acreditando que sua alma musical não suportaria aquela risada, mas me enganei. Seu rosto magro e afável brilhava de prazer. Quando se sentaram para jogar cartas, ele, balbuciando e engasgando de tanto rir, disse que tudo o que o "querido *George*" queria para completar sua felicidade doméstica era um cachimbo de cerejeira e um violão. Pekarski riu calmamente, mas por sua expressão séria ficava claro que o novo caso de amor de Orlov era desagradável para ele, que não entendia exatamente o que havia acontecido.

— Mas e o marido? — perguntou ele, perplexo, depois de terem jogado três partidas.

— Não sei — respondeu Orlov.

Pekarski cofiava sua grande barba com os dedos e mergulhou em pensamentos; não voltou a falar até a hora da ceia. Quando estavam sentados ceando, começou a dizer deliberadamente, com fala arrastada:

— Em suma, desculpem-me por dizer isso, mas não entendo nenhum de vocês. Podem amar-se e violar o sétimo mandamento à vontade... Isso eu entendo. Sim, isso é compreensível. Mas por que fazer do marido parte de seus segredos? Era necessário isso?

— Mas isso faz alguma diferença?

— Hum!... — meditou Pekarski. — Bem, então, deixe-me dizer uma coisa, meu amigo — continuou ele, pensando seriamente. — Se eu me casar de novo e você pensar em seduzir minha esposa, por favor, faça isso de modo que eu não o perceba. É muito mais honesto enganar um homem do que arruinar sua vida familiar e prejudicar sua reputação.

---

(7) Referência à passagem da obra *Fausto*, de Johann Wolfgang von Goethe (1749-1832), em que o autor descreve a paixão de Gretchen por Fausto (N.T.).

Entendo. Ambos imaginam que, vivendo juntos abertamente, estão fazendo algo excepcionalmente honrado e avançado, mas não posso concordar com essa... Como devo chamá-la?... Atitude romântica.

Orlov não respondeu. Estava mal-humorado e sem vontade de falar. Pekarski, ainda perplexo, tamborilou na mesa com os dedos, pensou um pouco e disse:

— Mesmo assim, não consigo entendê-lo. Você não é um estudante e ela não é uma costureira. Vocês dois são pessoas com recursos. Eu poderia até pensar que você arrumaria um apartamento separado para ela.

— Não, não posso. Leia Turgenev[8].

— Por que deveria lê-lo? Já o li.

— Turgenev nos ensina em seus romances que toda garota exaltada e magnânima deve seguir o homem que ama até os confins da terra e servir ao ideal dele — disse Orlov, franzindo os olhos ironicamente. — Os confins da terra são mera licença poética; a terra e todos os seus extremos podem ser reduzidos ao plano do homem que ela ama... E assim, não viver no mesmo apartamento com a mulher que o ama é negar-lhe sua exaltada vocação e recusar-se a compartilhar seus ideais. Sim, meu caro camarada, Turgenev escreveu e eu tenho de sofrer por isso.

— O que Turgenev tem a ver com isso, eu não entendo — disse Gruzin suavemente, dando de ombros. — Você se lembra, George, como em "Três encontros" ele caminhava tarde da noite em algum lugar da Itália, e de repente ouve *Vieni pensando a me segretamente* [9]— cantarolou Gruzin. — É ótimo.

— Mas ela não veio ficar com você forçadamente — disse Pekarski. — Foi você que assim o quis.

— Mais essa! Longe de desejar isso, nunca imaginei que fosse realmente acontecer. Quando ela disse que viria morar comigo, achei que fosse apenas uma brincadeira graciosa da parte dela.

Todos riram.

---

(8) Ivan Sergeievitch Turgenev (1818-1883), escritor russo, é considerado um clássico por sua linguagem; entre suas obras, destacam-se *Pais e filhos*, *Recordações de um caçador*, *Rudin*, *Fumaça*, *Terras virgens* (N.T.).
(9) Vem pensando em mim secretamente, verso de canção italiana (N.T.).

— Eu não poderia ter desejado uma coisa dessas — disse Orlov, no tom de voz de um homem impelido a se justificar. — Não sou um herói de Turgenev e, se algum dia quisesse libertar a Bulgária, não precisaria da companhia de uma dama. Considero o amor primordialmente uma necessidade de minha natureza física, degradante e antagônica a meu espírito; deve ser satisfeita com discrição ou rejeitada completamente, do contrário trará para a vida elementos tão impuros quanto ela própria. Pois, para que se torne um prazer e não um tormento, tento torná-la bela e cercá-la de inúmeras ilusões. Nunca correria atrás de uma mulher, a menos que tivesse certeza de antemão de que ela fosse linda e fascinante; e só correria atrás dela se realmente a desejasse. E somente dessa maneira conseguimos enganar um ao outro e imaginar que estamos apaixonados e felizes. Mas poderia eu desejar panelas de cobre e cabelo desgrenhado ou gostar de ser visto quando estou sujo ou mal-humorado? Zinaida Fiodorovna, na simplicidade de seu coração, quer que eu ame o que tenho evitado durante toda a minha vida. Quer que meu apartamento cheire a cozinha e a louça lavada; quer todo o rebuliço de se mudar para outro apartamento, de andar de carruagem com seus próprios cavalos; quer conferir minha roupa e zelar pela minha saúde; quer se intrometer em minha vida pessoal a cada instante e cuidar de cada passo que dou; e ao mesmo tempo ela me garante ingenuamente que meus hábitos e minha liberdade permanecerão intocados. Está convencida de que, como um jovem casal, em breve partiremos para a lua de mel... Isto é, quer estar comigo o tempo todo nos trens e nos hotéis, enquanto eu gosto de ler durante a viagem e não suporto falar em trens.

— Você deveria conversar com ela — disse Pekarski.

— O quê! Você acha que ela me entenderia? Ora, pensamos de forma tão diferente! Na opinião dela, deixar o papai, a mamãe ou o marido pelo homem que se ama é o cúmulo da virtude cívica, enquanto eu tomo isso por uma infantilidade. Apaixonar-se e fugir com um homem significa para ela o início de uma nova vida, enquanto para mim isso não significa absolutamente nada. Amor e homem constituem o principal interesse da vida dela, a qual é regida possivelmente pela filosofia do inconsciente. Tente fazê-la acreditar que o amor é apenas uma simples necessidade física, como a necessidade de obter comida ou de usar roupas; que não significa o fim do mundo se esposas e maridos não se dão bem; que um homem pode ser um perdulário e um libertino e, apesar disso, um homem honrado e um gênio; e que, por outro lado, podemos nos abster dos prazeres do amor e ao mesmo tempo sermos animais estúpidos e cruéis! O homem civilizado de hoje, mesmo entre as classes mais baixas – por exemplo, o trabalhador francês –, gasta dez soldos com jantar, cinco soldos com vinho e cinco ou dez soldos com mulher, e dedica seu cérebro e seus nervos inteiramente ao trabalho. Mas Zinaida Fiodorovna atribui ao amor não tantos soldos, mas toda a sua alma. Eu poderia conversar com ela, mas ela emitiria um lamento estridente em resposta e declararia com toda a sinceridade que eu a havia arruinado, que ela não tinha mais nenhum motivo para viver.

– Não diga nada a ela – opinou Pekarski. – Apenas lhe arranje um apartamento separado, só isso.

– É muito fácil dizê-lo.

Houve um breve silêncio.

– Mas ela é encantadora – disse Kukushkin. – Ela é fenomenal. Essas mulheres imaginam que estarão apaixonadas para sempre e se abandonam com trágica intensidade.

– Mas é preciso manter a cabeça no lugar – replicou Orlov. – É preciso ser razoável. Toda a experiência adquirida na vida cotidiana e transmitida em inúmeros romances e peças de teatro confirma indubitavelmente o fato de que o adultério e a coabitação de qualquer espécie, entre pessoas decentes, nunca dura mais do que dois ou, no máximo, três anos, por maior que possa ter sido o amor no início. Isso ela deveria saber. E assim, toda essa questão de mudança, de panelas, de esperanças de amor eterno e harmonia, nada mais é do que um desejo de iludir a si mesma e a mim. Ela é encantadora e fenomenal... Quem pode negá-lo? Mas virou minha vida de cabeça para baixo; o que antes considerei trivial e sem sentido, agora ela me força a elevar ao nível de um problema sério; sirvo a um ídolo que nunca havia enxergado como Deus. Ela é encantadora, fenomenal... Mas agora, por alguma razão, fico inquieto quando estou indo para casa, como se lá esperasse encontrar algo inconveniente, como operários fazendo o fogão em pedaços e bloqueando o local com pilhas de tijolos. Na verdade, não estou mais desistindo de amar um soldo, mas parte de minha paz de espírito e de meus nervos. E isso é muito ruim.

— E ela não ouve esse vilão! — suspirou Kukushkin. — Meu caro senhor — disse ele teatralmente —, vou libertá-lo da pesada obrigação de amar aquela criatura adorável! Vou arrancar Zinaida Fiodorovna de você!

— Pode fazê-lo... — disse Orlov, despreocupadamente.

Por meio minuto Kukushkin deu uma risadinha estridente, sacudindo o corpo todo, e então concluiu:

— Cuidado; estou falando sério! Não represente o Otelo depois!

Todos começaram a falar da infatigável energia de Kukushkin nos casos amorosos, de como ele era irresistível para as mulheres e do perigo que representava para os maridos; e como o diabo o castigaria no outro mundo por sua imoralidade neste. Ele fechou os olhos e permaneceu calado; e quando os nomes de damas conhecidas deles foram mencionados, ergueu o dedo mindinho, como se para dizer que não deveriam revelar os segredos dos outros.

Subitamente, Orlov olhou para o relógio.

Seus amigos compreenderam e começaram a se despedir. Lembro-me de que Gruzin, que estava um pouco embriagado, demorou muito para se retirar. Vestiu o casaco, que tinha um corte como o dos casacos de criança de famílias pobres, puxou a gola para cima e começou a contar uma história prolixa; então, vendo que não não prestavam atenção, jogou a manta que cheirava a berçário nos ombros e, com uma expressão de culpado e suplicante, pediu-me que encontrasse seu chapéu.

— George, meu anjo — disse ele, ternamente. — Faça como lhe estou dizendo, caro garoto, venha para a cidade conosco!

— Você pode ir, mas eu não vou. Encontro-me na posição de homem casado agora.

— Ela é boa, não vai ficar zangada. Meu caro chefe, venha! Está um tempo magnífico; há neve e geada... Palavra de honra, você precisa de um pouco de agito; está mal-humorado. Não sei o que diabos está acontecendo com você...

Orlov espreguiçou-se, bocejou e olhou para Pekarski.

— Você vai? — disse ele, hesitando.

— Não sei. Talvez.

— Será que vou me embriagar? Tudo bem, eu vou — disse Orlov, depois de alguma hesitação. — Espere um minuto; vou buscar um pouco de dinheiro.

Entrou no escritório e Gruzin se esgueirou para dentro também, arrastando a manta atrás de si. Um minuto depois, os dois voltaram para o vestíbulo. Gruzin, um pouco embriagado e muito satisfeito, amassava uma nota de dez rublos nas mãos.

— Acertaremos amanhã — disse ele. — E ela é boa, não vai ficar zangada... É madrinha de minha Lisotchka; gosto muito dela, coitadinha! Ah, meu caro camarada! — riu ele, alegremente, encostando a testa nas costas de Pekarski. — Ah, Pekarski, minha querida alma! *Advocatissimus*[10]... Tão seco como um biscoito, mas pode apostar que ele gosta de mulheres...

— Gordas — disse Orlov, vestindo o casaco de pele. — Mas vamos sair, senão vamos encontrá-la na porta.

— *Vieni pensando a me segretamente* [11]— murmurou Gruzin.

Por fim, partiram. Orlov não dormiu em casa e voltou no dia seguinte à hora do jantar.

VI

Zinaida Fiodorovna havia perdido seu relógio de ouro, um presente de seu pai. Essa perda a surpreendeu e assustou. Passou metade do dia percorrendo os quartos, olhando impotente em todas as mesas e em todas as janelas. Mas o relógio havia desaparecido completamente.

---

(10) Advocatissimus, superlativo latino de advocatus (advogado); poderia ser traduzido por "advocatíssimo", com o provável sentido de ótimo, excelente advogado (N.T.).
(11) Vem pensando em mim secretamente, verso de canção italiana (N.T.).

Três dias depois, Zinaida Fiodorovna, ao entrar, deixou a bolsa no vestíbulo. Para a minha sorte, naquela ocasião não tinha sido eu quem a ajudara a tirar o casaco, mas Polia. Quando ela deu pela falta da bolsa, já não se encontrava mais no vestíbulo.

— Estranho — disse Zinaida Fiodorovna, perplexa. — Lembro-me perfeitamente de que a apanhei para pagar o cocheiro... E de que depois a coloquei aqui perto do espelho. É muito estranho!

Eu não a tinha furtado, mas me sentia como se o tivesse feito e fora flagrado no ato. Lágrimas correram de meus olhos. Quando eles estavam sentados para jantar, Zinaida Fiodorovna disse a Orlov, em francês:

— Parece que há espíritos no apartamento. Perdi minha bolsa no vestíbulo hoje e agora, veja só, está sobre minha mesa. Mas não é bem um truque desinteressado dos espíritos. Tiraram uma moeda de ouro e vinte rublos em cédulas.

— Você está sempre perdendo alguma coisa; primeiro é o relógio, e depois, o dinheiro... — disse Orlov. — Por que nada disso acontece comigo?

Um minuto depois, Zinaida Fiodorovna já havia esquecido o truque dos espíritos e contava, com uma risada, que na semana anterior havia ordenado um pouco de papel de carta e esqueceu de dar seu novo endereço; então, a loja enviou o papel para sua antiga casa, onde o marido teve de pagar doze rublos pela encomenda. E de repente ela voltou os olhos para Polia e a fitou com atenção. Ela corou ao fazer isso e ficou tão atarantada que começou a falar de outra coisa.

Quando levei o café para o escritório, Orlov estava de pé, de costas para a lareira, e ela estava sentada numa poltrona, de frente para ele.

— Não estou de mau humor — dizia ela, em francês. — Mas estive juntando as peças e agora percebo claramente. Posso lhe dar o dia e a hora em que ela roubou meu relógio. E a bolsa? Não pode haver dúvida a respeito disso. Oh! — riu ela, enquanto apanhava o café de minhas mãos. — Agora entendo por que estou sempre perdendo meus lenços e luvas. Não importa o que diga, vou dispensar essa ladra amanhã e mandar Stepan buscar minha Sofia. Ela não é desonesta nem tem essa aparência tão repulsiva.

— Você está de mau humor. Amanhã se sentirá diferente e verá que não pode dispensar pessoas simplesmente porque suspeita delas.

— Não é suspeita; é certeza — disse Zinaida Fiodorovna. — Enquanto suspeitei daquele seu camareiro de rosto infeliz e aparência pobre, eu não disse nada. Não é nada delicado de sua parte não acreditar em mim, George.

— Se pensarmos diferente sobre qualquer coisa, não quer dizer que eu não acredito em você. Você pode estar certa — disse Orlov, virando-se e jogando a ponta do cigarro no fogo —, mas não há necessidade de ficar nervosa por causa disso. Na realidade, devo dizer, nunca esperava que meus humildes aposentos lhe trariam tão sérios aborrecimentos e alvoroços. Não importa se você perdeu uma moeda de ouro... Você pode ter uma centena das minhas; mas mudar meus hábitos, arrumar uma nova criada, esperar até que ela se acostume com o lugar... Tudo isso é um aborrecimento, uma chateação, e não combina comigo. Nossa criada atual é de fato gorda e tem, talvez, um fraco por luvas e lenços, mas é perfeitamente bem comportada, bem treinada e não faz escândalo quando Kukushkin a belisca.

— Quer dizer que não pode abrir mão dela? Por que você não diz isso?

— Está com ciúmes?

— Sim, estou — disse Zinaida Fiodorovna, decididamente.

— Obrigado.

— Sim, estou com ciúmes — repetiu ela, e as lágrimas brilharam em seus olhos. — Não, é algo pior, algo difícil de nomear. — Ela pressionou as mãos nas têmporas e continuou num átimo. — Vocês, homens, são tão repugnantes! É horrível!

— Não vejo nada de horrível nisso.

— Não tive uma comprovação disso; não sei; mas dizem que vocês, homens, começam com as criadas quando ainda são rapazes e se acostumam tanto a isso que não sentem repugnância. Não sei, não sei, mas eu realmente li... George, claro que você tem razão — disse ela, aproximando-se de Orlov e mudando para um tom carinhoso e suplicante. — Estou realmente de mau humor hoje. Mas, deve entender, não posso evitar. Ela me me faz sentir repugnância e temor. Fico infeliz só em vê-la.

— Com toda a certeza você pode superar essa mesquinhez — disse Orlov, dando de ombros, perplexo, e se afastando do fogo. — Nada poderia ser mais simples: não dê atenção a ela e então ela não lhe causará repulsa, assim evitará transformar uma ninharia numa tragédia.

Saí do escritório e não sei que resposta Orlov recebeu. Qualquer que tenha sido, Polia permaneceu. Depois disso, Zinaida Fiodorovna nunca mais pediu qualquer coisa a ela e, evidentemente, tentou dispensar seus serviços. Quando Polia lhe entregava algo ou até mesmo passava por ela, balançando seu bracelete e arrastando suas saias, ela estremecia.

Acredito que, se Gruzin ou Pekarski tivessem pedido a Orlov para dispensar Polia, ele o teria feito sem a menor hesitação, sem se preocupar com nenhuma explicação. Como todas as pessoas indiferentes, ele era facilmente persuadido. Mas em suas relações com Zinaida Fiodorovna ele exibia, por alguma razão, mesmo em ninharias, uma obstinação que às vezes era quase irracional. Eu sabia de antemão que qualquer coisa que agradasse Zinaida Fiodorovna certamente não agradaria a Orlov. Quando, ao voltar das compras, ela se apressava em mostrar-lhe com orgulho alguma nova aquisição, ele olhava para ela e dizia com frieza que, quanto mais objetos desnecessários houvesse no apartamento, menos arejado ficaria. Às vezes acontecia que, depois de se vestir para sair para algum lugar e de se despedir de Zinaida Fiodorovna, mudava repentinamente de ideia e permanecia em casa por pura perversidade. Cheguei até a pensar que ele ficava em casa simplesmente para se sentir incomodado.

— Por que vai ficar? — perguntou Zinaida Fiodorovna, com uma demonstração de vexame, embora ao mesmo tempo estivesse radiante de alegria. — Por quê? Você não está acostumado a passar as noites em casa e não quero que altere seus hábitos por minha causa. Saia como sempre, se não quer que eu me sinta culpada.

— Ninguém está culpando você — disse Orlov.

Com ar de vítima, ele se estirou na poltrona do escritório e, protegendo os olhos com a mão, tomou um livro. Mas logo o livro caiu de suas mãos e ele girou pesadamente na cadeira e novamente protegeu os olhos como se fosse do sol. Agora se sentia aborrecido por não ter saído.

— Posso entrar? — diria Zinaida Fiodorovna, entrando irresoluta no escritório. — Você está lendo? Eu me senti enfastiada sozinha e vim só por um minuto... Para dar uma espiada em você.

Lembro-me de uma noite em que ela entrou assim, irresoluta e inadequadamente, e desmoronou no tapete aos pés de Orlov; e por seus suaves e tímidos movimentos, era possível perceber que ela não entendia o estado de espírito dele e estava assustada.

— Você está sempre lendo... — disse ela, de modo insinuante, evidentemente querendo bajulá-lo. — Você sabe, George, qual é o segredo de seu sucesso? Você é muito inteligente e culto. Que livro você tem aí?

Orlov respondeu. Seguiu-se um silêncio de alguns minutos, que me pareceu muito longo. Eu estava na sala de estar, de onde podia vigiá-los, e receava tossir.

— Há uma coisa que eu queria lhe dizer — começou Zinaida Fiodorovna, e riu. — Posso? Muito provavelmente você vai rir e dizer que estou me gabando. Você sabe que eu quero terrivelmente acreditar que você vai ficar em casa esta noite por minha causa... Para que possamos passar a noite juntos. Sim? Posso pensar assim?

— Pode — disse ele, protegendo os olhos. — O homem realmente feliz é aquele que pensa não só no que é, mas também no que não é.

— Essa é uma de suas frases longas que não compreendo muito bem. Você quer dizer que as pessoas felizes vivem na própria imaginação delas. Sim, é verdade. Adoro sentar-me em seu escritório à noite e deixar meus pensamentos me levarem para muito, muito longe... É agradável sonhar às vezes. Vamos sonhar em voz alta, George.

— Nunca estive num colégio interno para meninas; nunca aprendi essa arte.

— Você está de mau humor? — perguntou Zinaida Fiodorovna, segurando a mão de Orlov. — Diga-me por quê. Quando você está assim, fico receosa. Não sei se você está com dor de cabeça ou se está zangado comigo...

Houve novamente um silêncio que durou longos minutos.

— Por que você mudou? — perguntou ela, suavemente. — Por que nunca é tão carinhoso ou tão alegre como costumava ser na rua Znamenski? Estou com você há quase um mês, mas me parece como se não tivéssemos ainda começado a viver juntos e como se ainda não tivéssemos falado de alguma coisa como deveríamos. Você sempre me responde com piadas ou então com uma longa e fria palestra, como um professor. E há algo frio em suas piadas... Por que desistiu de falar seriamente comigo?

— Eu sempre falo sério.

— Então vamos conversar. Pelo amor de Deus, George... Vamos?

— Certamente, mas sobre o quê?

— Vamos falar de nossa vida, de nosso futuro — replicou Zinaida Fiodorovna, com ar sonhador. — Eu continuo fazendo planos para nossa vida, planos e mais planos... E gosto de fazer isso! George, vou começar com esta pergunta: quando vai desistir de seu posto?

— Para quê? — perguntou Orlov, tirando a mão da testa.

— Com suas opiniões, você não pode permanecer no serviço. Está fora de lugar ali.

— Minhas opiniões? — repetiu Orlov. — Minhas opiniões? Por convicção e temperamento, sou um funcionário comum, como um dos heróis de Shchedrin [12]. Você me toma por algo diferente, atrevo-me a lhe dizer.

— Está brincando de novo, George!

— Nem um pouco. O serviço não me satisfaz, talvez; mas, de qualquer maneira, é melhor para mim do que qualquer outra coisa. Estou acostumado a ele e nele encontro homens de meu tipo; estou em meu lugar e o acho tolerável.

— Você odeia o serviço e ele te revolta.

— É mesmo? Se eu renunciar a meu posto, me puser a sonhar em voz alta e me deixar levar para outro mundo, acha que esse mundo seria menos odioso para mim do que o serviço?

— Você está pronto para caluniar a si mesmo para me contradizer. — Zinaida Fiodorovna ficou ofendida e se levantou. — Lamento ter começado essa conversa.

---

(12) Ver nota 2 à página 138.

— Por que está zangada? Eu não estou zangado com você por não ser uma funcionária. Cada um vive como melhor lhe aprouver.

— Ora, você vive como bem quer? É livre? Passar a vida escrevendo documentos que se opõem às suas próprias ideias — continuou Zinaida Fiodorovna, desesperada, apertando as mãos. — Submeter-se à autoridade, felicitar seus superiores no Ano-Novo e depois jogar cartas, e nada além de jogar cartas; e o pior de tudo, estar trabalhando para um sistema que deve ser desagradável para você... Não, George, não! Você não deveria fazer essas piadas de mau gosto. É terrível. Você é um homem de ideias, e deveria trabalhar por suas ideias e nada mais.

— Você realmente me considera uma pessoa bem diferente do que sou — suspirou Orlov.

— Diga simplesmente que não deseja falar comigo. Você não gosta de mim, é isso — disse Zinaida Fiodorovna, entre lágrimas.

— Olhe aqui, minha querida — disse Orlov, em tom de admoestação, aprumando-se na cadeira. — Você se comprazia em observar que sou um homem inteligente e culto, e querer ensinar algo a alguém que já detém o conhecimento só pode causar transtorno. Conheço muito bem todas as ideias, grandes e pequenas, a que se refere quando me chama de homem de ideias. Se eu preferir o serviço e cartas a essas ideias, pode ter certeza de que tenho bons motivos para isso. Isso é uma coisa. Em segundo lugar, você, até onde sei, nunca teve um posto em um serviço e só pode ter extraído suas ideias de como funciona o serviço governamental de historietas e de romances sem importância. Assim, não faria mal fazermos um pacto, de uma vez por todas, de não falar de coisas que já sabemos ou de coisas sobre as quais não temos competência para falar.

— Por que fala assim comigo? — perguntou Zinaida Fiodorovna, recuando como se estivesse horrorizada. — Para quê? George, pelo amor de Deus, pense no que está dizendo!

Sua voz estremeceu e cessou; ela estava evidentemente tentando conter as lágrimas, mas de repente começou a soluçar.

— George, meu querido, estou desolada! — disse ela em francês, abaixando-se diante de Orlov e apoiando a cabeça nos joelhos dele. —

Estou arrasada, estou exausta. Não aguento, não aguento... Em minha infância, minha odiosa e depravada madrasta, depois meu marido, agora você... Você!... Você recebe meu amor furioso com frieza e ironia... E aquela criada horrível e insolente – continuou ela, soluçando. – Sim, sim, entendo: não sou sua esposa nem sua amiga, mas uma mulher que você não respeita, porque se tornou sua amante... Vou me matar!

Eu não esperava que suas palavras e lágrimas causassem tal impressão em Orlov. Ele enrubesceu, moveu-se inquieto na cadeira e, em vez de ironia, seu rosto tinha uma expressão de consternação estúpida de colegial.

– Minha querida, você me entendeu mal – murmurou ele, impotente, tocando o cabelo e os ombros dela. – Perdoe-me, eu imploro. Fui injusto e me odeio.

– Eu o insulto com minhas lamentações e reclamações. Você é um homem verdadeiro, generoso... Raro... Estou ciente disso a cada minuto; mas tenho estado terrivelmente deprimida nos últimos dias...

Zinaida Fiodorovna impulsivamente abraçou Orlov e o beijou no rosto.

– Só, por favor, não chore – disse ele.

– Não, não... Já chorei e agora estou melhor.

– Quanto à criada, vai partir amanhã – disse ele, ainda se mexendo inquieto na cadeira.

– Não, ela deve ficar, George! Está me ouvindo? Não tenho mais receio dela... É preciso superar as ninharias e não ficar imaginando coisas tolas. Você tem razão! Você é uma pessoa rara e maravilhosa!

Logo parou de chorar. Com as lágrimas brilhando nos cílios, aninhada no colo de Orlov, disse-lhe em voz baixa algo comovente, algo como uma reminiscência da infância e da juventude. Acariciou-lhe o rosto, beijou-o e examinou cuidadosamente as mãos dele com os anéis e os pendurilhados da corrente de seu relógio. Ela se deixou levar pelo que estava dizendo e, por estar próxima do homem que amava e provavelmente porque as lágrimas desanuviaram e refrescaram sua alma, havia uma nota de maravilhosa candura e sinceridade em sua voz. E Orlov brincava com os cabelos castanhos dela e beijava suas mãos, pressionando-as silenciosamente contra os lábios.

Em seguida, tomaram chá no escritório e Zinaida Fiodorovna leu em voz alta algumas cartas. Logo depois da meia-noite, foram para a cama. Eu sentia uma dor terrível na lateral do corpo naquela noite e não consegui me aquecer ou dormir até de manhã. Pude ouvir Orlov saindo do quarto e indo para o escritório. Depois de ficar ali por cerca de uma hora, tocou a campainha. Na minha dor e exaustão, esqueci de todas as regras e convenções e fui para o escritório com minha roupa de dormir, descalço. Orlov, de roupão e usando um gorro, estava parado na porta, esperando por mim.

– Quando for chamado, deve vir vestido – disse ele, severamente. – Traga algumas velas novas.

Eu estava prestes a me desculpar, mas de repente comecei a tossir violentamente e me segurei na lateral da porta para não cair.

– Está doente? – perguntou Orlov.

Creio que foi a primeira vez, desde que nos conhecemos, que ele se dirigiu a mim de modo informal... Só Deus sabe por quê. Provavelmente, com minhas roupas de dormir e com o rosto distorcido pela tosse, eu desempenhei mal meu papel, e isso não era conveniente para um lacaio.

– Se está doente, por que está trabalhando? – perguntou ele.

– Para não morrer de fome – respondi.

– Realmente, como isso é desgostoso! – disse ele, em voz baixa, voltando para sua mesa.

Enquanto vestia meu casaco às pressas, acendi algumas velas novas e as coloquei no devido lugar. Ele estava sentado à mesa, com as pernas esticadas sobre uma cadeira baixa, abrindo um livro.

Deixei-o neste estado profundamente absorto e o livro não caiu de suas mãos, como havia acontecido à noite.

VII

Agora que escrevo essas linhas, sou refreado por aquele pavor de parecer sentimental e ridículo, sobre o qual fui advertido desde a infância; quando quero ser afetuoso ou dizer algo com ternura, não soa natural. E é esse pavor, somado à falta de prática, que me impede de expressar com perfeita clareza o que se passava em minha alma naquele momento.

Eu não estava apaixonado por Zinaida Fiodorovna, mas no sentimento que eu nutria por ela havia muito mais juventude, frescor e alegria do que no amor de Orlov.

Enquanto trabalhava pela manhã, limpando botas ou varrendo os quartos, esperava com emoção pelo momento em que ouviria a voz e os passos dela. Ficar olhando para ela enquanto ela tomava café ou almoçava, segurar o casaco de pele para ela no vestíbulo e colocar as galochas nos pezinhos dela enquanto ela descansava a mão em meu ombro; depois, esperar até que o porteiro tocasse a campainha para me chamar, encontrá-la na porta, gelada e rosada, empoada de neve, ouvir suas breves exclamações sobre a geada ou o cocheiro... Se soubesse quanto tudo isso significava para mim! Ansiava por estar apaixonado, por ter uma esposa e um filho meu. Eu desejava que minha futura esposa tivesse exatamente esse rosto, essa voz. Sonhava com isso durante o almoço, na rua quando era enviado para alguma incumbência e quando ficava acordado à noite. Orlov rejeitava com desgosto crianças, culinária, panelas de cobre e bugigangas femininas, e eu reunia todas elas, acariciava-as ternamente em meus sonhos, amava-as e suplicava por elas como parte de meu destino. Tinha visões de uma esposa, de um berçário, de uma casinha com jardim cheio de trilhas...

Eu sabia que, se a amasse, nunca ousaria esperar o milagre de ela corresponder a meu amor, mas esse pensamento não me preocupava. Em meu sentimento sereno e modesto, semelhante ao afeto comum, não havia qualquer ciúme de Orlov nem mesmo inveja dele, pois percebia que, para um náufrago como eu, a felicidade só se encontraria em sonhos.

Quando Zinaida Fiodorovna ficava acordada, noite após noite, por causa de seu George, olhando imóvel para um livro sem nunca virar uma página dele, ou quando estremecia e empalidecia por causa da passagem de Polia pela sala, eu sofria com ela, e então me ocorreu a ideia de abrir essa ferida purulenta o mais rápido possível, informando-a do que era dito aqui no jantar das quintas-feiras; mas... Como deveria fazê-lo? Eu via cada vez mais suas lágrimas. Durante as primeiras semanas, ela ria e cantava para si mesma, até quando Orlov não estava em casa, mas no segundo mês passou a haver uma lamentável quietude em nosso apartamento, rompida apenas nas noites de quinta-feira.

Ela bajulava Orlov e, para arrancar dele um falso sorriso ou beijo, estava pronta a se prostrar de joelhos diante dele e agradá-lo como um cachorrinho. Mesmo quando seu coração estava mais pesado, não resistia a olhar para um espelho, quando passava por um, e a alisar o cabelo. Pareceu-me estranho que ela ainda pudesse se interessar por roupas e entrar em êxtase por causa de suas compras. Não parecia condizer com sua dor genuína. Prestava atenção na moda e encomendava vestidos caros. Para quê? Por causa de quem? Lembro-me particularmente de um vestido que custou 400 rublos. Dar 400 rublos por um vestido supérfluo e inútil, enquanto mulheres, pelo árduo trabalho de um dia, ganham apenas 20 copeques, sem alimentação, e as rendeiras de Veneza e de Bruxelas recebem apenas meio franco por dia, porque supõe-se que podem ganhar o resto com a imoralidade! E pareceu-me estranho que Zinaida Fiodorovna não tivesse consciência disso, o que me irritava. Mas bastava ela sair de casa para eu encontrar desculpas e explicações para tudo e ficar esperando ansiosamente que o porteiro me chamasse.

Ela me tratava como um lacaio, um ser de ordem inferior. Pode-se dar um tapinha num cachorro e ainda assim lhe dispensar maior atenção; eu recebia ordens e me perguntavam de tudo, mas minha presença não era percebia. Meu patrão e minha patroa achavam impróprio dizer-me mais do que normalmente se diz aos criados; se, durante a espera pelo almoço, eu tivesse rido ou me intrometido na conversa, certamente teriam pensado que eu enlouquecera e teriam me dispensado. Mesmo assim, Zinaida Fiodorovna era gentil comigo. Quando me mandava para uma incumbência ou me explicava o funcionamento de uma nova lâmpada ou qualquer coisa do gênero, seu rosto era extraordinariamente afável, franco e cordial, e seus olhos me olhavam diretamente no rosto. Nesses momentos, sempre imaginava que ela se lembrava com gratidão de como eu costumava levar as cartas para a rua

Znamenski. Quando ela tocava a campainha, Polia, que me considerava o preferido de Zinaida, e que me odiava por isso, costumava dizer com um sorriso zombeteiro:

— Pode ir, *sua* patroa quer ver você.

Zinaida Fiodorovna me considerava um ser de classe inferior e não suspeitava que era ela quem estava numa posição mais degradante naquela casa. Não sabia que eu, um lacaio, estava infeliz por causa dela e costumava me perguntar vinte vezes ao dia o que lhe estava reservado e como tudo isso acabaria. As coisas estavam piorando visivelmente, dia após dia. Depois da noite em que falaram do trabalho oficial dele, Orlov, que não suportava lágrimas, começou inequivocamente a evitar conversar com ela; sempre que Zinaida Fiodorovna começava a discutir ou suplicar, ou quando parecia a ponto de chorar, ele dava uma desculpa plausível e se retirava para o escritório ou saía. Era cada vez mais raro dormir em casa e, mais raro ainda, jantar em casa; às quintas-feiras ele era o primeiro a sugerir uma visita aos amigos. Zinaida Fiodorovna ainda sonhava em cozinhar em casa, se mudar para um novo apartamento, viajar para o exterior, mas seus sonhos continuavam sendo apenas sonhos. O almoço era enviado do restaurante. Orlov pediu a ela que não abordasse a questão da mudança até que eles tivessem voltado do exterior e, a propósito dessa viagem, declarou que não poderiam ir até que o cabelo dele tivesse crescido, visto que não se podia andar de hotel em hotel e apresentar-se sem cabelos compridos.

Em adição a tudo isso, na ausência de Orlov, Kukushkin começou a visitar o apartamento à noite. Não havia nada de excepcional em seu comportamento, mas eu nunca pude me esquecer da conversa em que ele se ofereceu a Orlov para livrá-lo de seu fardo. Ela lhe oferecia chá e vinho tinto; ele sorria e, ansioso por dizer algo agradável, declarava que uma união livre era superior em todos os aspectos ao casamento legal, e que todas as pessoas decentes deveriam, na verdade, se achegar a Zinaida Fiodorovna e cair a seus pés.

VIII

O Natal foi triste, parecendo antecipar não poucas desilusões. Na véspera do Ano-Novo, Orlov anunciou inesperadamente, no café da manhã, que havia sido convocado para prestar assistência a um senador, integrante de uma comissão revisora em determinada província.

– Não queria ir, mas não consigo encontrar uma desculpa para me eximir – disse ele, irritado. – Devo ir; não há nada a fazer.

Essa notícia fez com que os olhos de Zinaida Fiodorovna ficassem instantaneamente vermelhos. – É por muito tempo? – perguntou ela.

– Cinco dias, mais ou menos.

– Fico contente que tenha de ir – disse ela, depois de pensar um momento. – Vai ser uma boa mudança. Vai se apaixonar por alguém no caminho e me contar sobre isso depois.

Em todas as oportunidades possíveis, tentava fazer com que Orlov sentisse que ela não restringia sua liberdade de forma alguma e que ele podia fazer exatamente o que bem quisesse, mas essa estratégia simples e transparente não enganava ninguém; só reforçava desnecessariamente a Orlov que ele não era livre.

– Partirei hoje à noite – disse ele, e começou a ler o jornal.

Zinaida Fiodorovna queria despedir-se dele na estação, mas ele a dissuadiu, dizendo que não estava indo para a América e não ficaria fora cinco anos, mas apenas cinco dias... Possivelmente menos.

A despedida ocorreu entre as sete e as oito horas. Ele a enlaçou com um braço e a beijou nos lábios e na testa.

– Seja uma boa menina e não fique deprimida enquanto eu estiver fora – disse ele, calorosa e afetuosamente, o que comoveu até a mim. – Que Deus a guarde!

Ela o fitou avidamente no rosto, para guardar em sua memória as caras feições dele; depois envolveu os braços graciosamente em torno de seu pescoço e apoiou a cabeça em seu peito.

– Perdoe-me por nossos mal-entendidos – disse ela, em francês. – Marido e mulher não podem deixar de discutir quando eles se amam, e eu o amo loucamente. Não se esqueça de mim... Telegrafe para mim com frequência e detalhadamente.

Orlov a beijou mais uma vez e, sem dizer palavra, saiu aturdido. Quando ouviu o clique da fechadura da porta que se trancava, estacou no meio da escada, hesitante, e olhou para cima. Pareceu-me que, caso algum som viesse de lá naquele momento, ele teria voltado. Mas tudo estava quieto. Endireitou o casaco e desceu as escadas irresolutamente.

Os trenós estavam esperando na porta havia muito tempo. Orlov subiu em um deles e eu entrei em outro com duas malas. A geada era densa e havia fogueiras fumegando nas encruzilhadas. O vento frio cortava meu rosto e minhas mãos e me tirava o fôlego enquanto dirigíamos rapidamente; ao fechar os olhos, pensei sobre a mulher esplêndida que ela era. Como ela o amava! Até mesmo o lixo inútil recolhido nos pátios hoje em dia é usado com algum propósito; mesmo o vidro quebrado é considerado uma mercadoria com certa utilidade; mas algo tão precioso, tão raro, como o amor de uma mulher refinada, jovem, inteligente e boa, é totalmente rejeitado e desperdiçado. Um dos primeiros sociólogos considerava toda má paixão uma força que, por meio de uma administração judiciosa, poderia ser transformada em algo bom, enquanto entre nós até mesmo uma paixão nobre brota e morre na impotência, sem valor, incompreendida ou vulgarizada. Por que isso?

Os trenós pararam inesperadamente. Abri os olhos e vi que tínhamos parado na rua Sergievski, perto de uma casa grande onde morava Pekarski. Orlov saiu do trenó e desapareceu na entrada. Cinco minutos depois, o lacaio de Pekarski saiu, com a cabeça descoberta e, zangado com a geada, gritou para mim:

— Você é surdo? Pague o cocheiro e suba. Estão solicitando sua presença!

Completamente desorientado, fui ao primeiro andar. Já estivera no apartamento de Pekarski antes — isto é, estivera no vestíbulo olhando para a sala de estar, que me havia impressionado pelo brilho de seus quadros, de seus bronzes e pelos móveis caros. Hoje, em meio a esse esplendor, vi Gruzin, Kukushkin e, depois de um minuto, Orlov.

— Veja bem, Stepan — disse ele, aproximando-se de mim. — Vou ficar aqui até sexta-feira ou sábado. Se chegar alguma carta ou telegrama, deve trazê-los para cá todos os dias. Em casa, é claro que vai dizer que fui embora e que envio minhas saudações. Agora pode ir.

Quando cheguei em casa, Zinaida Fiodorovna estava deitada no sofá da sala de estar, comendo uma pera. Havia apenas uma vela acesa no candelabro.

– Vocês chegaram a tempo de tomar o trem? – perguntou Zinaida Fiodorovna.

– Sim, senhora. O senhor envia saudações.

Entrei em meu quarto e também me deitei. Não tinha nada para fazer e não me apetecia ler. Não estava surpreso nem indignado. Só fiquei matutando sobre por que esse engano teria sido necessário. Só os rapazes na adolescência enganam as amantes dessa maneira. Como é que um homem que pensava e lia tanto não conseguia imaginar nada mais sensato? Devo confessar que não tinha, de forma alguma, uma opinião negativa sobre a inteligência dele. Acredito que, se tivesse que enganar o ministro ou qualquer outra pessoa influente, teria investido muita habilidade e energia para fazê-lo; mas para enganar uma mulher, a primeira ideia que lhe ocorreu era evidentemente bastante boa. Se tiver sucesso – muito bem; caso contrário, não haveria mal algum – poderia contar outra mentira com a mesma rapidez e simplicidade, sem nenhum esforço mental.

À meia-noite, quando as pessoas no andar de cima moviam as cadeiras e davam boas-vindas ao Ano-Novo, Zinaida Fiodorovna tocou a campainha para me chamar da sala ao lado do escritório. Abatida por ter permanecido tanto tempo deitada, estava sentada à mesa, escrevendo algo num pedaço de papel.

– Devo enviar um telegrama – disse ela, com um sorriso. – Vá até o posto o mais rápido que puder e peça que o enviem imediatamente.

Saindo para a rua, li no pedaço de papel:

"Que o Ano-Novo traga nova felicidade. Telegrafe logo; sinto terrivelmente sua falta. Parece uma eternidade. Só lamento não poder mandar mil beijos e meu próprio coração por telégrafo. Divirta-se, meu querido. - ZINA."

Enviei o telegrama e, na manhã seguinte, entreguei a ela o recibo.

IX

O pior de toda essa situação foi que Orlov, sem pensar, tinha deixado Polia descobrir o seu embuste, ao pedir que levasse as camisas dele para a rua Sergievski. Depois disso, ela olhava para Zinaida Fiodorovna com uma alegria e um ódio malignos que eu não conseguia entender, e nunca se cansava de exclamar de alegria em seu quarto e no vestíbulo.

– Suas boas-vindas já estão ultrapassadas; está na hora de ela se mandar! – diria ela com entusiasmo. – Ela própria deveria perceber isso...

Ela já adivinhava por instinto que Zinaida Fiodorovna não ficaria muito mais tempo conosco e, para não perder a chance, tomava tudo em que punha os olhos – frascos aromatizadores, grampos de cabelo de casco de tartaruga, lenços, sapatos! No dia seguinte ao Ano-Novo, Zinaida Fiodorovna me chamou ao quarto e me disse, em voz baixa, que dera por falta do vestido preto. E então ela revistou todos os cômodos, com uma expressão pálida, assustada e indignada, falando consigo mesma:

– É muita coisa! Foi longe demais. Ora, é uma insolência inaudita!

No jantar, ela tentou se servir da sopa, mas não conseguiu – suas mãos tremiam. Seus lábios também tremiam. Olhou desamparada para a sopa e para as tortinhas, esperando que o tremor passasse e, de repente, não resistiu e olhou para Polia.

– Você pode ir, Polia – disse ela. – Stepan, sozinho, é suficiente.

– Eu vou ficar; não me importo – respondeu Polia.

– Você não precisa ficar. De qualquer jeito, terá que ir embora – continuou Zinaida Fiodorovna, levantando-se, muito agitada. – Pode procurar outro lugar. Vá imediatamente.

– Não posso ir embora sem receber ordens do patrão. Foi ele que me contratou. Devo seguir o que ele ordena.

– Você pode receber ordens minhas também! Eu sou a patroa aqui! – disse Zinaida Fiodorovna, enrubescendo.

– Você pode ser a patroa, mas só o patrão pode me dispensar. Foi ele que me contratou.

– Não ouse ficar aqui mais um minuto! – gritou Zinaida Fiodorovna, batendo no prato com a faca. – Você é uma ladra! Está ouvindo?

Zinaida Fiodorovna jogou o guardanapo sobre a mesa e, com uma expressão deplorável e sofrida, saiu rapidamente da sala. Soluçando ruidosamente e emitindo um lamento indistinto, Polia também foi embora. A sopa e o tetraz esfriaram. E, por alguma razão, todas as iguarias do restaurante na mesa me pareceram pobres, desonestas, como Polia. Duas tortas num prato tinham um ar particularmente miserável e culpado. "Seremos levadas de volta ao restaurante hoje", pareciam estar dizendo, "e amanhã seremos postas novamente à mesa de algum oficial ou de um cantor famoso".

— Ela é uma dama refinada, não resta dúvida — ouvi Polia dizer no quarto. — Há muito tempo eu poderia ter sido uma dama como ela, mas tenho um pouco de amor-próprio! Veremos qual de nós será a primeira a ir embora!

Zinaida Fiodorovna tocou a campainha. Ela estava sentada no canto do quarto, como se estivesse cumprindo uma punição.

— Não chegou nenhum telegrama? — perguntou ela.

— Não, minha senhora.

— Pergunte ao porteiro; talvez haja um telegrama. E não saia da casa — gritou ela, atrás de mim. — Tenho medo de ficar sozinha.

Depois disso, tive de correr quase de hora em hora para perguntar ao porteiro se havia chegado um telegrama. Devo admitir que foi um período terrível! Para não deparar com Polia, Zinaida Fiodorovna fazia as refeições e tomava o chá no quarto; também dormia ali, deitada num sofá curto com um formato de meia-lua, e arrumava a própria cama. Nos primeiros dias, eu expedia os telegramas; mas, não obtendo resposta, ela perdeu a confiança em mim e começou a expedi-los ela própria. Olhando para ela, eu também comecei a esperar impacientemente por um telegrama. Esperava que ele inventasse algum engodo, tomasse providências, por exemplo, para que um telegrama fosse enviado a ela de alguma estação. Se ele estivesse muito entretido com o jogo de cartas ou tivesse se sentido atraído por outra mulher, pensei que Gruzin e Kukushkin o fariam lembrar-se de nós. Mas nossas expectativas eram vãs. Eu ia cinco vezes por dia falar com Zinaida Fiodorovna, com a intenção de lhe contar a verdade. Mas seus olhos pareciam comoventes como os de uma corça, seus ombros pareciam caídos, seus lábios se moviam, e então eu ia embora novamente sem dizer uma palavra. Pena e simpatia pareciam me roubar toda a virilidade. Polia, alegre e satisfeita consigo mesma como se nada tivesse acontecido, arrumava o escritório do patrão e o quarto, remexia nos armários e fazia a louça tilintar e, ao passar pela porta de Zinaida Fiodorovna, cantarolava alguma coisa e tossia. Estava satisfeita com fato de sua patroa estar se escondendo dela. À noite saía para algum lugar e aparecia às duas ou três da madrugada, e eu tinha de abrir a porta para ouvir comentários sobre a minha tosse. Imediatamente depois, ouvia outro toque; corria para o quarto contíguo ao escritório e Zinaida Fiodorovna, pondo a cabeça para fora da porta, perguntava "Quem tocou?", enquanto olhava para minhas mãos para ver se eu tinha algum telegrama.

Por fim, quando a campainha tocou lá embaixo, no sábado, e ela ouviu a voz familiar na escada, ficou tão entusiasmada que começou a soluçar. Correu ao encontro dele, abraçou-o, beijou-o no peito e nas mangas, disse algo ininteligível. O porteiro trouxe as malas; a voz alegre de Polia foi ouvida. Era como se alguém tivesse retornado para casa após as férias.

– Por que não telegrafou? – perguntou Zinaida Fiodorovna, ofegante de alegria. – Por quê? Eu estive tão miserável; não sei como consegui suportar isso... Oh, meu Deus!

– Muito simples! Voltei com o senador para Moscou no primeiro dia e não recebi seus telegramas – disse Orlov. – Depois do jantar, meu amor, vou lhe fazer um relato completo de meus afazeres, mas agora devo dormir o máximo que puder... Estou exausto dessa viagem.

Era evidente que tinha passado a noite toda acordado; provavelmente esteve jogando cartas e bebendo à vontade. Zinaida Fiodorovna o levou até a cama e todos ficamos andando nas pontas dos pés o dia todo. O jantar correu de forma bastante satisfatória, mas quando entraram no escritório e tomaram café, as explicações tiveram início. Zinaida Fiodorovna começou a falar de algo em voz baixa e rapidamente; falava em francês e suas palavras fluíam como uma torrente. Então ouvi um suspiro alto de Orlov e sua voz.

— Meu Deus! — disse ele, em francês. — Você realmente não tem nada melhor para me contar do que esse eterno relato dos erros de seus criados?

— Mas, meu querido, ela me roubou e, mais ainda, me insultou.

— Mas por que ela não rouba nem insulta a mim? Por que nunca dou atenção às criadas, nem aos porteiros, nem aos lacaios? Minha querida, você é simplesmente caprichosa e se deixa influenciar pelos outros... Eu realmente começo a suspeitar de que você tenha algum problema. Quando me ofereci para deixá-la ir, você insistiu para que ela ficasse, e agora quer que eu a dispense. Eu também posso ser obstinado nesses casos. Você quer que ela vá, mas eu quero que ela fique. Essa é a única maneira de curar você e seus nervos.

— Oh, muito bem, muito bem — disse Zinaida Fiodorovna, alarmada. — Não vamos mais falar sobre isso... Vamos adiar o caso até amanhã... Agora me fale sobre Moscou... O que há de novo em Moscou?

X

Depois do almoço, no dia seguinte — era sete de janeiro, dia de São João Batista —, Orlov vestiu o paletó preto e pôs sua condecoração para visitar o pai e felicitá-lo pelo dia de seu onomástico. Precisava ir às duas horas e era apenas uma e meia quando terminou de se vestir. O que faria naquela meia hora? Andou pela sala de visitas declamando alguns versos de congratulações, que havia recitado quando criança ao pai e à mãe.

Zinaida Fiodorovna, que se preparava para ir à costureira ou às compras, estava sentada, ouvindo-o com um sorriso. Não sei como a conversa entre eles começou, mas quando apanhei as luvas de Orlov, ele se postava diante dela com uma feição caprichosa e suplicante, dizendo:

— Pelo amor de Deus, em nome de tudo o que é sagrado, não fale de coisas tão banais! Que triste dom nossas damas intelectualmente pensantes têm para falar com entusiasmo e com ar de profundidade das coisas de que todo estudante já está farto de saber! Ah, se ao menos você excluísse de nossa vida conjugal todas essas questões sérias! Como lhe seria grato!

— Nós, mulheres, ao que parece, não podemos ousar ter opinião própria.

— Dou-lhe total liberdade para ser tão liberal quanto quiser e citar qualquer autor que preferir, mas me faça uma concessão — não discuta em minha presença sobre qualquer um desses dois assuntos: a corrupção das classes superiores e os males do sistema do casamento. Tente me entender, enfim. A classe alta é sempre criticada por se contrapor ao mundo dos comerciantes, padres, operários e camponeses, gente sem eira nem beira de todos os tipos. Detesto as duas classes, mas se eu tivesse de escolher honestamente entre as duas, sem hesitar, preferiria a classe alta, e não haveria falsidade ou afetação nisso, uma vez que todos os meus gostos vão nessa direção. Nosso mundo é trivial e vazio, mas, de qualquer forma, falamos francês decentemente, lemos alguma coisa, não esmurramos uns aos outros, mesmo em nossas brigas mais violentas, enquanto essa gente perdida e seus semelhantes usam no comércio expressões de cordialidade e gentileza, mas têm modos grosseiros, dignos de taberna, e são detentores da mais degradante superstição.

— Mas seu alimento depende do camponês e do comerciante.

— Sim, mas e daí? Isso não é só para o meu descrédito, mas para o deles também. Eles me alimentam e tiram seus chapéus para mim, então parece que não têm inteligência e honestidade para fazer o contrário. Não culpo nem elogio ninguém: só quero dizer que a classe superior e a classe inferior são igualmente ruins. Meus sentimentos e minha inteligência se opõem a ambas, mas meus gostos vão mais em direção da primeira. Bem, agora em relação aos males do casamento — continuou Orlov, olhando para o relógio. — Está na hora de você entender que não há males no sistema em si; o que importa é que vocês mesmas não sabem o que querem do casamento. O que é que vocês querem? Na coabitação legal e ilegal, em todo tipo de união e coabitação, bom ou mau, a realidade subjacente é a mesma. Vocês, damas, vivem apenas em função dessa realidade subjacente: para vocês ela é tudo; sua existência não teria sentido sem ela. Não querem nada além dela, e conseguem o que querem; mas, desde que começaram a ler romances, se envergonham disso: vocês correm de um lado para o outro, imprudentemente trocam de homens e, para justificar essa turbulência, começaram a falar dos males do casamento. Uma vez que não podem nem se dispõem a renunciar ao que está por trás de tudo isso, seu principal inimigo, seu diabo... Desde que vocês se submetem servilmente a ele, de que adianta discutir a questão seriamente? Tudo o que você pode me dizer será falsidade e afetação. Não posso levá-la a sério.

Fui verificar com o porteiro se o trenó estava à porta e, quando voltei, descobri que a conversa havia se transformado numa briga. Como dizem os marinheiros, uma tempestade se armou.

– Vejo que hoje você deseja me abalar com seu cinismo – disse Zinaida Fiodorovna, andando pela sala, profundamente atordoada. – Me revolta ouvi-lo. Sou pura diante de Deus e dos homens e não tenho nada do que me arrepender. Deixei meu marido e vim até você, e me orgulho disso. Juro por minha honra que estou orgulhosa por isso!

– Bem, então está tudo certo!

– Se você é um homem decente e honesto, você também deve se orgulhar do que fiz. Isso nos coloca acima de milhares de pessoas que gostariam de fazer o que fizemos, mas não se atrevem por covardia ou mesquinha prudência. Mas você não é um homem decente. Você tem medo da liberdade e zomba dos impulsos do sentimento genuíno, com medo de que algum ignorante possa suspeitar de que você seja sincero. Tem medo de me mostrar a seus amigos; não há maior tormento para você do que andar comigo na rua... Não é verdade? Por que não me apresentou a seu pai ou à sua prima durante todo esse tempo? Por quê? Enfim, estou farta disso tudo – gritou Zinaida Fiodorovna, batendo os pés. – Exijo o que é meu por direito. Você deve me apresentar a seu pai.

– Se quiser conhecê-lo, vá e se apresente. Ele recebe visitas todas as manhãs das dez às dez e meia.

– Como você é vil! – disse Zinaida Fiodorovna, torcendo as mãos em desespero. – Mesmo que não seja sincero e não diga o que pensa, posso odiá-lo por sua crueldade. Oh, como você é vil!

– Continuamos dando voltas e mais voltas e nunca alcançamos o âmago da questão. O cerne disso tudo é que você cometeu um erro e não vai reconhecê-lo em voz alta. Você imaginava que eu era um herói e que tinha algumas ideias e ideais extraordinários, e descobriu que sou apenas um funcionário comum, um jogador de cartas que não tem preferência por ideias de qualquer tipo. Sou um representante digno do mundo deteriorado do qual você fugiu, porque se revoltou com sua trivialidade e seu vazio. Reconheça-o e seja justa: não se indigne comigo, mas consigo mesma, pois o erro é seu, e não meu.

— Sim, admito que errei.

— Bem, está tudo bem, então. Chegamos finalmente a essa conclusão, graças a Deus. Agora ouça mais uma coisa, por favor: não posso me elevar a seu nível, pois sou muito depravado para tanto; e você também não pode se rebaixar a meu nível, porque é elevada demais. Assim, só há uma coisa a fazer...

— O quê? — perguntou Zinaida Fiodorovna rapidamente, prendendo a respiração e ficando subitamente branca como uma folha de papel.

— Usar a lógica em nosso auxílio...

— George, por que está me torturando? — perguntou Zinaida Fiodorovna, subitamente em russo, com voz entrecortada. — Para que isso? Pense em minha dor e sofrimento...

Orlov, com receio das lágrimas, adentrou rapidamente o escritório, e, não sei por que — se desejava lhe infligir mais dor ou se lhe ocorreu que era isso que geralmente se fazia nesses casos —, mas trancou a porta atrás de si. Ela gritou e correu atrás dele com as saias farfalhando.

— O que significa isso? — gritou ela, batendo na porta. — O que... O que significa isso? — repetiu ela, com voz estridente, entrecortada de indignação. — Ah, então é essa a sua atitude! Então lhe digo que o odeio, o desprezo! Tudo acabou entre nós agora.

Ouvi um choro histérico misturado com riso. Algum objeto pequeno na sala de estar caiu da mesa e se quebrou. Orlov foi para o vestíbulo por outra porta e, olhando em volta apreensivo, vestiu apressadamente o sobretudo e saiu.

Meia hora se passou, uma hora, e ela ainda estava chorando. Lembrei-me de que ela não tinha pai nem mãe, nem parentes, e aqui estava ela vivendo com um homem que a odiava e Polia, que a roubava — e como sua vida parecia lastimável para mim! Sem saber explicar o motivo, fui até ela na sala de estar. Debilitada e indefesa, parecendo com seus lindos cabelos uma personificação de ternura e graciosidade, ela estava angustiada, como se estivesse doente; deitada num sofá e escondendo o rosto, seu corpo inteiro tremia.

– Senhora, não deveria chamar um médico? – perguntei afavelmente.

– Não, não há necessidade... Não é nada – disse ela, e olhou para mim com os olhos marejados. – Estou com um pouco de dor de cabeça... Obrigada.

Saí e, à noite, ela estava escrevendo uma carta depois da outra e me mandou primeiro para Pekarski, depois para Gruzin, depois para Kukushkin e, finalmente, para qualquer lugar que eu desejasse, se ao menos pudesse encontrar Orlov e lhe entregar a carta. Toda vez que eu retornava ainda com a carta em mãos, ela me repreendia, implorava, me entregava dinheiro – como em um frenesi febril. E não dormiu a noite toda, permanecendo, em vez disso, sentada na sala, falando sozinha.

Orlov voltou para o jantar do dia seguinte e eles se reconciliaram.

Na primeira quinta-feira depois desse acontecimento, Orlov se queixou aos amigos sobre a vida intolerável que levava; fumava muito e disse com irritação:

– Isso não é vida; é tortura. Lágrimas, lamentações, conversas intelectuais, súplicas por perdão, novamente lágrimas e lamentações; e, para resumir tudo isso, o caso é que não me sinto mais dono de meu próprio apartamento. Estou infeliz e a deixo infeliz. Certamente não vou poder viver assim mais um mês ou dois. Como? Vou ter que dar um jeito.

– Por que você não fala, então? – disse Pekarski.

– Tentei, mas não consigo. Pode-se dizer com ousadia a verdade, seja ela qual for, a um homem racional e independente; mas, nesse caso, trata-se de uma criatura que não tem vontade própria, nem força de caráter, nem lógica. Não suporto lágrimas; elas me desarmam. Quando ela chora, estou pronto para jurar amor eterno e chorar eu mesmo.

Pekarski não compreendia; coçou sua larga testa, perplexo, e disse:

– Realmente, o melhor que poderia fazer seria arrumar outro apartamento para ela. É tão simples!

— Ela quer a mim, e não o apartamento. Mas de que adianta falar? — suspirou Orlov. — Eu só ouço conversas intermináveis, mas nenhuma proposta para sair dessa situação. Certamente, é um caso de "ser culpado sem ter culpa". Não sou nenhum paladino, mas ela parece mesmo assim me colocar num pedestal. A última coisa que desejava era ser um herói. Nunca consegui suportar os romances de Turgenev, e agora, de repente, como se fosse para me irritar, fui forçado a um heroísmo. Garanto-lhe por minha honra que não sou um herói, dou provas irrefutáveis disso, mas ela não acredita em mim. Por que não acredita em mim? Acho que realmente devo ter algo da essência de um herói.

— Faça uma viagem de inspeção nas províncias — disse Kukushkin, rindo.

— Sim, essa é a única coisa que me resta.

Uma semana depois dessa conversa, Orlov anunciou que tinha recebido novas ordens de prestar assistência ao senador e, na mesma noite, partiu com sua valise para a casa de Pekarski.

XI

Um velho de 60 anos, com um longo casaco de pele que ia até o chão e um gorro de castor, estava parado à porta.

— George Ivanitch está em casa? — perguntou ele.

De início, pensei que fosse um dos agiotas, credores de Gruzin, que às vezes costumavam vir à casa de Orlov para pequenos acertos de conta; mas quando ele entrou no vestíbulo e abriu o casaco, vi as sobrancelhas grossas e os característicos lábios comprimidos, que eu conhecia tão bem pelas fotografias, e duas fileiras de estrelas no uniforme. Eu o reconheci: era o pai de Orlov, o ilustre estadista.

Respondi que George Ivanitch não estava em casa. O velho apertou os lábios com força e olhou ao redor, mergulhado em pensamentos e exibindo-me seu perfil seco e desdentado.

— Vou deixar um bilhete — disse ele. — Deixe-me entrar.

Descalçou as galochas no vestíbulo e, sem tirar o longo e pesado casaco de pele, foi para o escritório. Ali se sentou à mesa e, antes de tomar a caneta, ponderou por três minutos, protegendo os olhos com a mão, como se fosse do sol – exatamente como fazia o filho quando estava mal-humorado. Seu rosto estava triste, absorto, com aquela expressão de resignação que só havia visto nos rostos dos velhos e dos religiosos. Fiquei de pé atrás dele, contemplando sua careca e sua nuca, e para mim estava claro como a luz do dia que aquele velho frágil estava agora em meu poder. Não havia ninguém no apartamento, com exceção do meu inimigo e eu. Teria de usar somente um pouco de violência física, depois agarrar seu relógio para disfarçar a motivação do crime, e então sair pelo caminho dos fundos, e com isso eu teria ganhado infinitamente mais do que poderia imaginar ser possível quando assumi o papel de lacaio. Achei que dificilmente conseguiria uma oportunidade melhor. Mas, em vez de agir, olhei despreocupadamente, primeiro para sua cabeça nua e depois para seu casaco de pele, e refleti calmamente sobre a relação desse homem com seu único filho e sobre o fato de que pessoas corrompidas pelo poder e pela riqueza provavelmente não desejam morrer...

– Você está há muito tempo a serviço de meu filho? – perguntou ele, escrevendo com uma letra grande no papel.

– Três meses, sua excelência.

Ele terminou de escrever a carta e se levantou. Ainda havia tempo. Instiguei a mim mesmo e cerrei os punhos, tentando arrancar de minha alma algum traço de meu antigo ódio; lembrei-me do ódio apaixonado, implacável e obstinado que tinha sentido por ele pouco tempo atrás... Mas é difícil acender um fósforo se o riscarmos numa pedra que se esfarela. O rosto triste e velho e o brilho frio das estrelas de seu uniforme despertaram em mim nada mais que pensamentos mesquinhos, baratos e desnecessários sobre a transitoriedade de tudo o que é terreno e a proximidade da morte...

– Bom dia, irmão – disse o velho. Repôs o gorro e saiu.

Não restava dúvida: eu havia experimentado uma mudança; tinha me tornado uma pessoa diferente. Para me convencer disso, comecei a vasculhar minhas lembranças, mas imediatamente me senti inquieto, como se tivesse acidentalmente ido parar em um canto escuro e úmido. Lembrei-me de meus camaradas e amigos, e meu primeiro pensamento foi de como coraria de constrangimento se um dia encontrasse algum deles. O que eu era agora? O que eu tinha de pensar e fazer? Para onde deveria ir? Para que eu estava vivendo?

Não conseguia compreender nada. Só sabia de uma coisa: que precisava me apressar para arrumar minhas coisas e partir. Antes da visita do velho, minha posição de lacaio tinha algum significado; agora, era um absurdo. Lágrimas caíam em minha mala aberta; eu me sentia insuportavelmente triste; mas como eu desejava viver! Estava pronto para abraçar e incluir em minha curta vida cada possibilidade aberta ao homem. Eu queria falar, ler, martelar em alguma grande fábrica, ficar de guarda e arar. Ansiava pela avenida Niévski, pelo mar e pelos campos – por cada lugar para onde minha imaginação me levasse. Quando Zinaida Fiodorovna entrou, corri para lhe abrir a porta e, com uma ternura peculiar, tirei seu casaco de pele. Pela última vez!

Recebemos mais duas visitas naquele dia além da do velho. À noite, quando já estava bastante escuro, Gruzin veio buscar alguns papéis para Orlov. Abriu a gaveta da mesa, tirou os papéis necessários e, enrolando-os, disse-me que os colocasse no vestíbulo, ao lado do gorro, enquanto ele entrava para ver Zinaida Fiodorovna. Ela estava deitada no sofá da sala de estar, com os braços atrás da cabeça. Cinco ou seis dias já se haviam passado desde que Orlov tinha partido em sua viagem de inspeção, e ninguém sabia quando voltaria, mas dessa vez ela não mandou telegramas nem esperava recebê-los. Parecia não notar a presença de Polia, que ainda morava conosco. "Que assim seja, então", foi o que pude ler em seu rosto impassível e muito pálido. Como Orlov, ela queria ser infeliz por obstinação. Ficou dias seguidos no sofá desprezando a si mesma e a tudo no mundo, desejando e esperando para si nada além do mal. Provavelmente, estava imaginando a volta de Orlov e as inevitáveis brigas com ele; depois, a crescente indiferença dele para com ela, as infidelidades; e então, como haveriam de se separar; talvez esses pensamentos agonizantes a deixassem satisfeita. Mas o que teria dito se descobrisse a verdade nua e crua?

— Eu a amo, madrinha — disse Gruzin, cumprimentando-a e beijando sua mão. — Você é tão amável! E o tão querido George foi embora — mentiu ele. — Foi embora, esse patife!

Ele se sentou com um suspiro e acariciou ternamente a mão dela.

— Deixe-me passar uma hora com você, minha querida — disse ele. — Não quero ir para casa e é muito cedo para ir visitar os Birshov. Os Birshov estão comemorando o aniversário de Katia hoje. Ela é uma criança linda!

Levei-lhe um copo de chá e uma garrafa de conhaque. Ele tomou o chá lentamente e com evidente relutância; ao me devolver o copo, perguntou timidamente:

— Você pode me trazer... Algo para comer, meu amigo? Não jantei.

Não tínhamos nada no apartamento. Fui ao restaurante e trouxe-lhe o jantar normal.

— À sua saúde, minha querida — disse ele a Zinaida Fiodorovna, e virou um copo de vodca. — Minha menina, sua afilhada manda lembranças. Pobre criança! Ela é frágil. Ah, crianças, crianças! — suspirou ele. — Não importa o que diga, madrinha, é bom ser pai. O querido George não consegue entender esse sentimento.

Bebeu um pouco mais. Pálido e magro, com o guardanapo sobre o peito como um aventalzinho, comia com avidez e, erguendo as sobrancelhas, ficou olhando com ar culpado, como um garotinho, primeiro para Zinaida Fiodorovna e depois para mim. Parecia que começaria a chorar se eu não lhe tivesse dado o tetraz ou a geleia. Depois de saciar a fome, ficou mais animado e começou a rir, contando alguma história sobre a casa dos Birshov; percebendo, porém, que era enfadonha e que Zinaida Fiodorovna não estava rindo, parou. E então uma súbita sensação de monotonia se alastrou entre eles. Depois de terminar o jantar, sentaram-se na sala de estar à luz de uma única lamparina e permaneceram calados; era doloroso para ele mentir para ela, e ela queria lhe perguntar algo, mas não conseguia fazê-lo. Assim se passou meia hora. Gruzin olhou para o relógio.

— Acho que está na hora de ir.

— Não, fique um pouco mais... Precisamos conversar.

E de novo ficaram em silêncio. Ele se sentou ao piano, montou um acorde, depois começou a tocar e cantar baixinho: "O que o próximo dia me trará?" Mas, como sempre, levantou-se num átimo e balançou a cabeça.

– Toque alguma coisa – pediu-lhe Zinaida Fiodorovna.

– O que devo tocar? – perguntou ele, dando de ombros. – Esqueci tudo. Já desisti há muito tempo.

Olhando para o teto como se tentasse se lembrar, tocou duas peças de Tchaikovski[13] com uma expressão requintada, com tanto ardor, tanta perspicácia! Seu rosto estava como de costume – nem estúpido, nem inteligente – e me parecia uma maravilha perfeita que um homem que eu me acostumara a ver nos mais degradantes e impuros ambientes fosse capaz de tal pureza, de chegar a um sentimento tão elevado, tão além de meu alcance. O rosto de Zinaida Fiodorovna brilhou, e ela caminhava pela sala emocionada.

– Espere um pouco, madrinha; se me lembrar, vou tocar uma canção para você – disse ele. – Eu ouvi alguém tocá-la no violoncelo.

Começando timidamente e escolhendo as notas, depois ganhando confiança, ele tocou a "Canção do cisne", de Saint-Saëns[14]. Tocou-a por inteiro e depois ainda uma segunda vez.

– É linda, não é? – disse ele.

Comovida pela música, Zinaida Fiodorovna postou-se ao lado dele e perguntou:

– Diga-me honestamente, como amigo, o que pensa de mim?

– O que devo dizer? – replicou ele, soerguendo as sobrancelhas. – Eu a amo e só penso bem de você. Mas se deseja que eu fale de maneira geral sobre a questão que lhe interessa – continuou ele, esfregando a manga perto do cotovelo e franzindo a testa –, então, minha querida, você sabe... Seguir livremente os anseios do coração nem sempre traz felicidade às pessoas boas. Para se sentir livre e ao mesmo tempo ser feliz, não se deve esquecer

---

(13) Piotr IlitchTchaikovski (1840-1893), célebre compositor russo de música clássica (N.T.).
(14) Camille Saint-Saëns (1835-1921), compositor francês de música clássica (N.T.).

de que a vida é árdua, cruel e impiedosa em seu conservadorismo, e deve-se estar sempre pronto a apelar para a retaliação, quando for o caso... Isto é, ser firme e implacável na luta pela própria liberdade. Isso é o que eu acho.

— Isso está além de minhas forças — disse Zinaida Fiodorovna, com um sorriso triste. — Já estou exausta. Estou tão exausta que não seria capaz de mexer um dedo por minha própria salvação.

— Vá para um convento.

Ele disse isso em tom de brincadeira, mas, depois de dizê-lo, as lágrimas brilharam nos olhos de Zinaida Fiodorovna e depois nos dele.

— Bem — disse ele —, estivemos aqui sentados por muito tempo e agora devemos ir. Adeus, querida madrinha. Que Deus lhe dê saúde.

Ele beijou as duas mãos dela e, acariciando-as com ternura, disse que certamente voltaria a vê-la dentro de um ou dois dias. No vestíbulo, enquanto vestia o sobretudo, que parecia uma peliça de criança, remexeu nos bolsos à procura de uma gorjeta para mim, mas não encontrou nada.

— Adeus, meu caro amigo — disse ele, com tristeza, e foi embora.

Jamais me esquecerei da sensação que esse homem deixou.

Zinaida Fiodorovna ainda caminhava pela sala, agitada. O fato de estar andando, e não deitada, era bom sinal. Eu queria aproveitar esse clima para falar abertamente com ela e depois ir embora, mas mal tinha visto Gruzin sair quando ouvi um toque da campainha. Era Kukushkin.

— George Ivanitch está em casa? — perguntou ele. — Voltou? Você disse que não? Que pena! Nesse caso, vou entrar e beijar a mão de sua patroa. Zinaida Fiodorovna, posso entrar? — chamou ele. — Quero beijar sua mão. Desculpe por vir tão tarde.

Não ficou muito tempo na sala de estar, não mais de dez minutos, mas senti como se fosse ficar ainda uma eternidade e nunca fosse embora. Mordi os lábios de indignação e aborrecimento, e já odiava Zinaida Fiodorovna. "Por que ela não o expulsa?", pensei revoltado, embora fosse evidente que ela estava entediada na companhia dele.

Quando lhe estendi o casaco de pele, ele me perguntou, em um sinal de especial boa-vontade, como eu conseguia viver sem uma esposa.

— Mas suponho que você não perde tempo — disse ele, rindo. — Não tenho dúvida de que Polia e você são como unha com carne... Seu patife!

Apesar de minha experiência de vida, sabia muito pouco sobre a humanidade naquela época, e é provável que muitas vezes exagerei aquilo que era de pouca importância e deixei de observar o que era importante. Parecia-me que não era sem motivo que Kukushkin ria e me elogiava. Será que ele esperava que eu, como lacaio, fosse mexericar em outros locais e nos aposentos das criadas sobre o fato de ele nos visitar à noite, quando Orlov estava fora, e ficar com Zinaida Fiodorovna até tarde? E quando meus mexericos chegassem aos ouvidos de seu conhecido, ele haveria de baixar os olhos, confuso, sem saber o que dizer. E não iria ele, pensei, olhar para o rostinho meloso de seu amigo durante o jogo de cartas, nesta mesma noite, fingir e talvez declarar que já havia conquistado Zinaida Fiodorovna?

Aquele ódio que me havia fugido ao meio-dia, quando o velho pai chegara, agora tomava conta de mim. Kukushkin finalmente foi embora e, enquanto eu ouvia o arrastar de suas galochas de couro, senti-me mais do que tentado a atirar atrás dele, como um tiro de despedida, alguma palavra grosseira e ofensiva, mas me contive. E quando os passos sumiram na escada, voltei para o vestíbulo e, mal tendo consciência do que estava fazendo, apanhei o rolo de papéis que Gruzin havia deixado para trás e corri escada abaixo. Sem gorro ou sobretudo, desci correndo para a rua. Não estava frio, mas grandes flocos de neve caíam e ventava muito.

– Sua excelência! – gritei, alcançando Kukushkin. – Sua excelência!

Ele parou sob um poste de luz e olhou ao redor, surpreso. "Sua excelência!", eu disse, sem fôlego. "Sua excelência!"

E, incapaz de pensar em algo para dizer, bati duas ou três vezes no rosto dele com o rolo de papel. Completamente desnorteado e sem atinar com nada – eu o havia apanhado totalmente de surpresa –, ele apoiou as costas no poste e ergueu as mãos para proteger o rosto. Naquele momento, um médico do exército passou e viu como eu estava batendo no homem, mas só nos olhou com surpresa e seguiu adiante. Fiquei envergonhado e corri de volta para a casa.

XII

Com a cabeça molhada pela neve e ofegante, corri para meu quarto e imediatamente tirei meu uniforme, vesti uma jaqueta e um sobretudo e carreguei minha maleta para o corredor. Tenho de ir embora! Mas, antes de ir, apressadamente me sentei e passei a escrever a Orlov:

"Deixo-lhe meu passaporte falso", comecei. "Imploro-lhe que o guarde como lembrança, seu homem falso, seu funcionário de Petersburgo!"

"Entrar furtivamente na casa de outro homem com nome falso, vigiar sob a máscara de um lacaio a vida íntima dessa pessoa, ouvir tudo, ver tudo em detalhes, sem ser convidado, acusar um homem de mentir... Tudo isso, dirá você, está no mesmo nível do roubo. Sim, mas já não me importo com os bons sentimentos. Já suportei dezenas de seus jantares e ceias quando você dizia e fazia o que bem queria e eu tinha de ouvir, olhar e me calar. Não quero lhe conceder a dádiva de meu silêncio. Além disso, se não houver uma alma viva por perto que ouse lhe dizer a verdade sem lisonja, deixe seu lacaio Stepan fazê-lo por você."

Não gostei desse começo, mas não me preocupei em alterá-lo. Além disso, que diferença fazia?

As grandes janelas com cortinas escuras, a cama, o casaco amarfanhado no chão e minhas pegadas úmidas pareciam sinais sombrios e ameaçadores. E uma quietude peculiar reinava ali.

Possivelmente porque eu tinha saído correndo para a rua sem meu gorro e minhas galochas, eu estava com febre alta. Meu rosto queimava, minhas pernas doíam... Minha cabeça pesada pendia sobre a mesa e havia aquele tipo de divisão em meu pensamento quando cada ideia no cérebro parece ser perseguida por sua sombra.

"Estou doente, debilitado, moralmente abatido", continuei. "Não posso lhe escrever como gostaria. Desde o primeiro momento tive vontade de insultá-lo e humilhá-lo, mas agora não sinto que tenha o direito de fazê-lo. Você e eu caímos e nenhum de nós vai se levantar, nunca mais; e mesmo que minha carta fosse eloquente, terrível e apaixonada, ainda assim pareceria como bater na tampa de um caixão: por mais que alguém bata nela, não vai acordar o morto! Nenhum esforço pode aquecer seu maldito sangue-frio, e você sabe disso melhor do que eu. Por que escrever? Mas minha mente e meu coração estão em chamas e continuo escrevendo; por alguma razão, estou comovido como se esta carta ainda pudesse salvar você e eu. Estou tão febril que meus pensamentos estão desconectados e minha caneta risca o papel sem um sentido claro; mas a pergunta que quero lhe fazer está diante de mim, tão clara como se fosse escrita em letras de fogo.

"Por que estou prematuramente fraco e decaído é algo que não é difícil de explicar. Como Sansão na antiguidade, pus os portões de Gaza nos ombros para carregá-los até o topo da montanha, e somente quando estava exausto, quando a juventude e a saúde estavam extintas em mim para sempre, percebi que aquele fardo não era para meus ombros e que eu havia enganado a mim mesmo. Além disso, tenho sofrido dores cruéis e contínuas. Tenho suportado frio, fome, doença e perda de liberdade. Sei que da felicidade nada conheci. Não tenho casa, minhas memórias são amargas e minha consciência muitas vezes tem receio delas. Mas por que você caiu? Que causas fatais e diabólicas impediram sua vida de florescer plenamente? Por que, quase antes de começar a vida, você teve tanta pressa de abandonar a imagem e semelhança de Deus e se tornar uma besta covarde que afasta e assusta os outros, por também ter medo? Você tem medo da vida – tanto medo quanto um oriental que fica o dia inteiro sentado numa almofada fumando narguilé. Sim, você lê muito e um casaco europeu lhe assenta bem, mas ainda assim é com um cuidado extremo, puramente oriental, semelhante a um paxá, que você se protege da fome, do frio, do esforço físico, da dor e do mal-estar! Quão rapidamente sua alma se acomodou ao roupão! Que papel covarde você desempenhou em relação à vida real e à natureza, com o qual todo homem saudável e normal luta! Que tenro, agradável, caloroso, sociável – e enfadonho você é! Sim, é um aborrecimento mortal, que não é aliviado pelo menor raio de luz, como no confinamento solitário; mas você procura se esconder daquele inimigo também, joga cartas durante oito das vinte e quatro horas.

"E sua ironia? Oh, como a entendo bem! O pensamento livre, ousado e vivo procura e domina; para uma mente indolente e preguiçosa, é intolerável. Para não perturbar sua paz, como milhares de seus contemporâneos, você se apressou na juventude para colocá-la sob controle. Sua irônica atitude em relação à vida, ou como quer que você deseje chamá-la, é sua armadura; e seu pensamento, acorrentado e assustado, não ousa pular a cerca que você impôs em volta dele; e quando você zomba de ideias, sobre as quais finge saber tudo, você é como o desertor fugindo do campo de batalha e, para abafar sua vergonha, zomba da guerra e da coragem. O cinismo sufoca a dor. Num romance de Dostoiévski[15], um velho pisa no retrato de sua querida e amada filha por ter sido injusto com ela, e você desagua suas zombarias sujas e vulgares contra as ideias de bondade e de verdade, porque não tem força para segui-las. Você tem medo de cada indício honesto e verdadeiro da degradação que o domina e, de propósito, se cerca de pessoas que não fazem nada além de bajular suas fraquezas. E você pode muito bem, pode muito bem temer a visão de lágrimas!

"A propósito, sua atitude para com as mulheres. A falta de vergonha foi transmitida em nossa carne e sangue, e somos treinados para a falta de vergonha; mas é para isso que somos homens – para subjugar a besta que existe em nós. Quando você alcançou a virilidade e *todas* as ideias se tornaram familiares para você, não poderia ter deixado de ver a verdade; você a conhecia, mas não a obedeceu; teve medo dela e, para enganar sua consciência, começou a se assegurar em voz alta de que não era você, mas a mulher que era culpada, que ela era tão degradada quanto a atitude que você tinha para com ela. Suas anedotas frias e escabrosas, seu riso grosseiro, todas as suas inúmeras teorias sobre a realidade subjacente do casamento e as exigências suscitadas por ele, relativas aos dez *soldos* que o trabalhador francês dá à mulher; seus eternos ataques à lógica feminina, suas mentiras, sua fraqueza e assim por dian-

---

(15) Fiódor Mikháilovitch Dostoiévski (1821-1881), romancista russo; entre suas obras, destacam-se *Crime e castigo*, *Os irmãos Karamázov*, *Memórias do subsolo*, *Recordações da casa dos mortos*, *Humilhados e ofendidos*, *Um jogador*, *O eterno marido* (N.T.).

te – tudo isso não lhe parece um desejo a todo custo de forçar a mulher a cair na lama para que ela possa se rebaixar ao mesmo nível de sua atitude para com ela? Você é uma pessoa fraca, infeliz, desagradável!"

Zinaida Fiodorovna começou a tocar piano na sala de estar, tentando se lembrar da canção de Saint-Saëns que Gruzin havia tocado. Fui deitar em minha cama, mas, lembrando-me de que era hora de partir, com esforço consegui me levantar e, com a cabeça pesada e latejando, voltei para a mesa.

"Mas essa é a questão", continuei. "Por que estamos exaustos? Por que somos, de início, tão apaixonados, tão ousados, tão nobres e tão cheios de fé, e completamente falidos aos 30 ou 35 anos? Por que um desperdiça tudo no consumo, outro enfia uma bala nos miolos, um terceiro busca o esquecimento com o auxílio de vodca e jogo de cartas, enquanto o quarto tenta abafar seu medo e sua miséria pisoteando cinicamente a imagem pura de sua bela juventude? Por que será que, uma vez caídos, não tentamos nos levantar de novo e, perdendo uma coisa, não procuramos outra? Por quê?

"O ladrão pregado na cruz poderia recuperar a alegria de viver e a coragem da esperança confiante, embora talvez não tivesse mais do que uma hora de vida. Você tem muitos anos pela frente e eu, provavelmente, não hei de morrer tão cedo. Como seria se, por um milagre, o presente se transformasse num sonho, num pesadelo horrível, e acordássemos renovados, puros, fortes, orgulhosos de nossa retidão? Doces visões me inflamam e estou quase sem fôlego de emoção. Tenho um desejo terrível de viver. Anseio para que nossa vida seja sagrada, elevada e majestosa como o céu acima de nós. Vamos viver, pois! O sol não nasce duas vezes ao dia e a vida não nos é dada novamente – agarre-se ao que sobrou de sua vida e salve-a..."

Não escrevi mais nenhuma palavra. Uma infinidade de pensamentos percorria minha mente, mas não conseguia conectá-los e colocá-los no papel. Sem terminar a carta, assinei-a indicando meu nome e posição e fui para o escritório. Estava escuro. Procurei a mesa e coloquei a carta sobre ela. No escuro, devo ter tropeçado nos móveis e feito barulho.

— Quem está aí? — ouvi uma voz alarmada na sala de estar.

E, nesse momento, o relógio sobre a mesa bateu suavemente uma hora.

XIII

Por pelo menos meio minuto, tateei a porta no escuro, procurando a maçaneta; então a abri lentamente e entrei na sala de estar. Zinaida Fiodorovna estava deitada no sofá e, apoiada no cotovelo, olhou para mim. Incapaz de me obrigar a falar, passei vagarosamente e ela me seguiu com os olhos. Fiquei de pé por um breve momento na sala de jantar e depois passei por ela novamente; ela me olhou atentamente e com perplexidade, até mesmo alarmada. Por fim, parei e, com esforço, disse:

— Ele não vai voltar.

Ela se levantou rapidamente e olhou para mim, sem entender.

— Ele não vai voltar — repeti, e meu coração bateu violentamente. — Ele não vai voltar porque não saiu de Petersburgo. Está hospedado na casa de Pekarski.

Ela entendeu e acreditou em mim — pude percebê-lo por sua palidez repentina e pela maneira como colocou os braços sobre o peito em uma atitude de terror e súplica. Num instante, tudo o que tinha acontecido recentemente passou por sua mente; refletiu e, com clareza impiedosa, viu toda a verdade. Mas, ao mesmo tempo, se lembrou de que eu era um lacaio, um ser de classe inferior... Um estranho casual, com o cabelo despenteado, com o rosto corado de febre, talvez embriagado, num sobretudo comum, que estava se intrometendo grosseiramente na vida íntima dela; e isso a ofendeu. E ela me disse, com severidade:

— Não é de sua conta; vá embora.

— Oh, acredite em mim! — exclamei impetuosamente, estendendo minhas mãos para ela. — Eu não sou um lacaio; sou tão livre quanto você.

Disse meu nome e, falando muito rapidamente para que ela não me interrompesse ou fosse embora, expliquei quem eu era e por que estava ali. Essa nova descoberta a impressionou mais do que a primeira. Até então, ela esperava que seu lacaio tivesse mentido, cometido um erro ou sido um tolo, mas agora, depois de minha confissão, ela não tinha mais dúvidas. Pela expressão de seus infelizes olhos e rosto, que subitamente perderam a suavidade e a beleza e pareceram mais velhos, vi que ela estava insuportavelmente infeliz e que a conversa não traria nada de bom; mas eu continuei impetuosamente:

– O senador e a viagem de inspeção foram inventados para enganá-la. Em janeiro, como agora, ele não viajou, mas ficou na casa de Pekarski e eu o via todos os dias e participava do embuste. Ele estava cansado de você, odiava sua presença aqui, zombava de você... Se pudesse ouvir como ele e seus amigos zombavam de você e de seu amor, não teria permanecido aqui um minuto! Vá embora daqui! Vá embora.

– Bem – disse ela com a voz trêmula, passando a mão pelo cabelo. – Bem, que assim seja.

Seus olhos estavam cheios de lágrimas, seus lábios tremiam e todo o seu rosto estava extremamente pálido e distorcido pela raiva. A mentira grosseira e mesquinha de Orlov a revoltava e parecia-lhe desprezível, ridícula; ela sorriu e eu não gostei daquele sorriso.

– Bem – repetiu ela, passando a mão pelos cabelos novamente –, que assim seja. Ele imagina que vou morrer de humilhação e, em vez disso, estou... Achando isso divertido. Não há necessidade de ele se esconder. – Afastou-se do piano e disse, dando de ombros: – Não há necessidade... Teria sido mais simples abrir-se comigo, em vez de ficar se escondendo na casa de outras pessoas. Tenho olhos; eu vi com meus próprios olhos, há muito tempo... Só estava esperando que ele voltasse para resolver as coisas de uma vez por todas.

Então ela se sentou numa cadeira baixa ao lado da mesa e, apoiando a cabeça no braço do sofá, chorou amargamente. Na sala de estar havia apenas uma vela acesa no candelabro e a cadeira em que se sentava estava às escuras; mas eu vi como sua cabeça e ombros chacoalhavam, e como seus cabelos, escapando de seus grampos, cobriam seu pescoço, seu rosto, seus braços... Seu choro silencioso e constante, que não era histérico, mas o choro comum de uma mulher, transmitia uma sensação de insulto, de orgulho ferido, de injúria e de algo desfeito, sem esperança, que não se podia consertar e a que não conseguia se acostumar. Suas lágrimas agitaram meu coração atribulado e sofredor; esqueci minha enfermidade e todo o resto do mundo; andei pela sala de estar e murmurei distraidamente:

– Isso é vida?... Oh, não se pode continuar vivendo assim, não se pode... Oh, é loucura, maldade, isso não é vida.

– Que humilhação! – disse ela, em meio às lágrimas. – Viver comigo, sorrir para mim no momento em que eu era incômoda, ridícula aos olhos dele! Oh, que humilhação!

Levantou a cabeça e, olhando para mim com os olhos marejados, através dos cabelos embebidos de lágrimas, e empurrando-os para trás, pois a impediam de me ver, perguntou:

– Eles riam de mim?

– Para esses homens, você era risível... Você e seu amor e Turgenev; diziam que suas ideias eram dominadas por ele. E se nós dois morrêssemos ao mesmo tempo em desespero, isso os divertiria também; fariam disso uma anedota engraçada e a contariam em seu velório. Mas por que falar deles? – disse eu, impaciente. – Temos que sair daqui... Não posso ficar aqui nem mais um minuto.

Ela começou a chorar de novo, enquanto eu caminhei até o piano e me sentei.

– O que estamos esperando? – perguntei, desanimado. – São duas horas.

– Não estou esperando nada – disse ela. – Estou totalmente perdida.

– Por que fala assim? É melhor pensarmos juntos no que fazer. Nenhum de nós dois pode permanecer aqui. Para onde pretende ir?

De repente, alguém tocou a campainha. Meu coração parou. Seria Orlov, que talvez tivesse ouvido queixas de Kukushkin sobre mim? Como deveríamos nos encontrar? Fui abrir a porta. Era Polia. Entrou sacudindo a neve da peliça e foi diretamente para o quarto, sem me dizer uma palavra. Quando voltei para a sala de estar, Zinaida Fiodorovna, pálida como a morte, estava parada no meio do cômodo, olhando para mim com olhos esbugalhados.

– Quem era? – perguntou ela, em voz baixa.

— Polia — respondi.

Passou a mão pelos cabelos e fechou os olhos, extenuada.

— Vou embora imediatamente — disse ela. — Você poderia fazer a gentileza de me levar para o lado norte de Petersburgo? Que horas são agora?

— Quinze para as três.

XIV

Quando, pouco depois, saímos da casa, a rua estava escura e deserta. Nevava e um vento úmido açoitava nosso rosto. Lembro-me de que era início de março; havia ocorrido um degelo e, por alguns dias, os cocheiros estavam usando carruagens em vez de trenós. Sob influência da impressão causada pela escada dos fundos, pelo frio, pela escuridão da meia-noite e pelo porteiro em seu casaco de pele de carneiro, que nos interrogou no portão antes de nos deixar sair, Zinaida Fiodorovna estava totalmente abatida e desanimada. Quando entramos na carruagem e o capô foi levantado, tremendo, ela começou de imediato a expressar toda a sua gratidão para comigo.

— Não duvido de sua boa-vontade, mas me sinto envergonhada por se incomodar comigo — murmurou ela. — Oh, entendo, entendo... Quando Gruzin esteve aqui hoje, percebi que ele estava mentindo e escondendo alguma coisa. Bem, que seja. Mas, de qualquer maneira, estou envergonhada por ver que você se incomoda comigo.

Ela ainda tinha suas dúvidas. Para dissipá-las finalmente, pedi ao cocheiro que dirigisse pela rua Sergievski; fazendo-o parar na porta da casa de Pekarski, saí da carruagem e toquei a campainha. Quando o porteiro atendeu, perguntei em voz alta, para que Zinaida Fiodorovna ouvisse, se George Ivanitch estava em casa.

— Sim — foi a resposta —, faz meia hora que ele chegou. Agora deve estar na cama. O que você quer?

Zinaida Fiodorovna não conseguiu se conter e pôs a cabeça para fora.

— George Ivanitch está hospedado aqui há muito tempo? — perguntou ela.

– Há quase três semanas.
– E ele não esteve viajando?
– Não – respondeu o porteiro, olhando para mim com surpresa.
– Diga-lhe, amanhã bem cedo – disse eu –, que a irmã dele chegou de Varsóvia. Até logo.

Então seguimos em frente. A carruagem não tinha proteção lateral, a neve caía sobre nós em grandes flocos e o vento, especialmente no rio Nievá, nos trespassava até os ossos. Comecei a me sentir como se estivéssemos viajando há muito tempo, como se estivéssemos sofrendo há milênios e há séculos eu ouvisse a respiração trêmula de Zinaida Fiodorovna. Em semidelírio e parcialmente adormecido, rememorei minha vida estranha e incoerente e, por algum motivo, me lembrei de um melodrama, "Os mendigos parisienses", que havia visto uma ou duas vezes na infância. E quando, para me livrar daquele semidelírio, espiei para fora da carruagem e vi o amanhecer, todas as imagens do passado e meus pensamentos nebulosos por alguma razão se uniram a um pensamento distinto e avassalador: tudo estava irrevogavelmente acabado para Zinaida Fiodorovna e para mim. Era uma convicção tão firme quanto a de que o frio céu azul encerra em si uma profecia, mas um minuto depois eu já estava pensando de outra maneira e acreditava em algo diferente.

– O que sou agora? – questionou Zinaida Fiodorovna, com a voz rouca pelo frio e a umidade. – Para onde devo ir? O que devo fazer? Gruzin me disse que deveria ir para um convento. Oh, eu iria! Mudaria meu vestido, meu rosto, meu nome, meus pensamentos... Tudo, tudo, e me esconderia para sempre. Mas eles não me levarão para um convento. Estou esperando um filho.

– Iremos juntos para o exterior amanhã – disse eu.
– Isso é impossível. Meu marido não me dará o passaporte.
– Vou levá-la sem passaporte.

O condutor parou à porta de uma casa de madeira de dois andares, pintada com uma cor escura. Toquei a campainha. Tomando de mim a pequena e leve cesta – a única bagagem que levávamos conosco –, Zinaida Fiodorovna deu um sorriso irônico e disse:

– Essas são minhas joias.

Mas estava tão fraca que não conseguia carregar sequer essas joias. Demorou muito até que a porta se abrisse. Depois do terceiro ou quarto toque, uma luz brilhou nas janelas e pôde-se ouvir o som de passos, tosse e sussurros; por fim, a chave rangeu na fechadura e uma camponesa corpulenta de rosto corado e assustado apareceu à porta. A alguma distância atrás dela encontrava-se uma velhinha magra de cabelo grisalho curto, segurando uma vela na mão. Zinaida Fiodorovna correu para a entrada e se jogou nos braços da velha senhora.

– Nina, fui enganada – soluçou ela, bem alto. – Fui enganada grosseiramente, vilmente enganada! Nina, Nina!

Entreguei a cesta à camponesa. A porta se fechou, mas ainda ouvi seus soluços e o grito "Nina!"

Entrei na carruagem e disse ao homem que dirigisse devagar até a avenida Niévski. Tinha de pensar num alojamento para passar a noite.

No dia seguinte, ao anoitecer, fui rever Zinaida Fiodorovna. Estava terrivelmente mudada. Não havia vestígios de lágrimas em seu rosto pálido e profundamente encovado, e sua expressão era diferente. Não sei se era porque a via agora em ambiente diverso, longe do luxo, e porque nossas relações eram distintas, ou talvez porque a dor intensa já havia deixado suas marcas nela; mas ela não me parecia mais tão elegante e bem vestida como antes. Parecia mais baixa; havia uma brusquidão e um nervosismo excessivo nela, como se estivesse com pressa, e não havia a mesma suavidade em seu sorriso. Eu estava vestindo um terno caro, que havia comprado durante o dia. Ela olhou primeiro para aquele terno e para o chapéu em minha mão, depois lançou um olhar impaciente e perscrutador para meu rosto, como se o estudasse.

– Sua transformação ainda me parece uma espécie de milagre – disse ela. – Perdoe-me por olhá-lo com tanta curiosidade. Você é um homem extraordinário.

Disse-lhe novamente quem eu era e por que estava morando na casa de Orlov; e lhe falei mais longamente e com mais detalhes do que no dia anterior. Ela escutou com muita atenção e disse, sem me deixar terminar:

– Tudo acabou para mim. Você sabe que eu não poderia deixar de escrever uma carta. Aqui está a resposta.

Na folha que me entregou estava escrito, com a letra de Orlov:
"Não vou me justificar. Mas você deve admitir que foi erro seu, e não meu. Desejo-lhe felicidade e imploro que siga sua vida e esqueça. Sinceramente seu,
G. O."
"P. S . – Estou enviando suas coisas."
Os baús e cestos despachados por Orlov estavam no corredor e minha pobre maleta estava ao lado deles.
– Assim... – começou Zinaida Fiodorovna, mas não terminou.
Ficamos em silêncio. Ela tomou o bilhete e segurou-o por alguns minutos diante dos olhos e, durante esse tempo, seu rosto exibiu a mesma expressão altiva, desdenhosa, orgulhosa e severa do dia anterior, no início de nossa explicação; lágrimas surgiram em seus olhos – não lágrimas tímidas e amargas, mas lágrimas de orgulho e de raiva.
– Escute – disse ela, levantando-se abruptamente e indo até a janela para que eu não visse seu rosto. – Decidi ir para o exterior com você amanhã.
– Fico muito contente. Estou pronto para partir hoje.
– Aceite-me como recruta. Você leu Balzac?[16] – perguntou ela, de repente, virando-se para mim. – Leu? No final do romance *O pai Goriot*, o herói olha para Paris do alto de uma colina e ameaça a cidade: "Agora vamos acertar nossas contas", e depois disso ele começa uma nova vida. Assim, quando eu olhar pela janela do trem em Petersburgo pela última vez, direi: "Agora vamos acertar nossas contas!"
Dizendo isso, ela riu de sua brincadeira e, por algum motivo, estremeceu.

---

(16) Honoré de Balzac (1799-1850), renomando romancista francês, autor de *A comédia humana*, coletânea de 95 obras, dentre as quais se destacam os romances *A mulher de trinta anos*, *O lírio do vale*, *O pai Goriot*, *Ilusões perdidas*... (N.T.).

XV

Em Veneza, tive um ataque de pleurisia. Provavelmente, havia apanhado um resfriado à noite, quando estávamos indo da estação para o Hotel Bauer. Tive de me deitar e ficar de cama por quinze dias. Todas as manhãs, enquanto eu estava doente, Zinaida Fiodorovna saía de seu quarto para tomar café comigo e depois lia para mim em voz alta livros em francês e russo, que tínhamos comprado em Viena. Esses livros ou me eram muito, muito familiares, ou não me despertavam nenhum interesse, mas a meu lado havia o som de uma voz doce e amável, de modo que o significado de todos eles se resumia para mim em uma única coisa: eu não estava sozinho. Ela saía para passear e voltava em seu vestido cinza-claro, de chapéu de palha, alegre, aquecida pelo sol da primavera; e, sentada ao lado de minha cama, curvada sobre mim, me contava algo sobre Veneza ou lia aqueles livros – e eu estava feliz.

À noite, ficava com frio, me sentia enfermo e triste, mas durante o dia eu me regozijava com a vida – não consigo encontrar melhor expressão para isso. O sol quente e brilhante adentrando as janelas abertas e a porta da varanda, os gritos embaixo, o rumor dos remos, o toque de sinos, o estrondo prolongado do canhão ao meio-dia e a sensação de perfeita, perfeita liberdade, me proporcionavam emoções maravilhosas; eu me sentia como se estivesse criando asas largas e fortes que me conduziriam sabe lá Deus aonde. E que encanto, que alegria era pensar às vezes que outra vida estava tão perto da minha! Que eu era o servo, o guarda, o amigo, o indispensável companheiro de viagem de uma criatura jovem, bela, rica, mas frágil, solitária e insultada! É até agradável estar enfermo quando se sabe que há pessoas que anseiam por sua convalescença tanto quanto anseiam por suas férias. Um dia eu a ouvi sussurrando atrás da porta com meu médico, e então ela veio até mim com os olhos marejados de lágrimas. Era mau sinal, mas fiquei comovido e sentia uma leveza maravilhosa em meu coração.

Finalmente, tive permissão de sair para a varanda. O sol e a brisa do mar acariciavam e afagavam meu corpo enfermo. Olhei para as familiares gôndolas, que deslizavam com uma graça feminina, suave e majestosamente, como se estivessem vivas, e senti todo o luxo dessa civilização original e fascinante. O cheiro do mar me deliciava. Alguém tocava um instrumento de cordas e duas vozes cantavam. Como era delicioso! Como era diferente daquela noite em Petersburgo, quando a neve caía e açoitava tão rudemente nossos rostos. Olhando diretamente para o outro lado do canal, via-se o mar, e na vasta extensão em direção ao horizonte o sol brilhava na água de maneira tão deslumbrante que, ao fitá-lo, os olhos doíam. Minha alma ansiava por aquele fascinante mar, que me era tão próximo e íntimo e pelo qual havia renunciado à minha juventude. Eu desejava viver − viver − e nada mais.

Quinze dias depois, comecei a andar livremente. Adorava sentar-me ao sol, escutar os gondoleiros sem compreendê-los e, por horas a fio, olhar para a casinha onde, diziam, Desdêmona[17] vivia − uma casinha singela e triste, com uma expressão recatada, leve como renda, tão leve que parecia que se poderia levantá-la de seu lugar com uma das mãos. Fiquei muito tempo junto ao túmulo de Canova[18] e não conseguia tirar os olhos do leão melancólico. No Palácio Ducal, sempre era atraído para o canto onde o retrato do infeliz Marino Faliero[19] foi pintado de preto. "É bom ser artista, poeta, dramaturgo", pensei, "mas, uma vez que isso não me foi concedido, se ao menos pudesse me entregar ao misticismo! Se ao menos tivesse um grão de alguma fé para aumentar a paz e a serenidade inabaláveis que enchem a alma!"

À noite, comíamos ostras, tomávamos vinho e saíamos de gôndola. Lembro-me de que nossa gôndola negra balançava suavemente no mesmo lugar, enquanto a água gorgolejava levemente por baixo dela. Aqui e ali, o reflexo das estrelas e das luzes na margem estremecia e tremelicava. Não muito longe de nós, numa gôndola com lanternas coloridas penduradas, que se refletiam na água, havia gente cantando. Os sons

---

(17) Heroína de William Shakespeare (1564-1616), vítima inocente dos ciúmes de seu marido Otelo, ambos personagens da peça teatral *Otelo* (N.T.).
(18) Antonio Canova (1757-1822), célebre escultor italiano (N.T.).
(19) Marino Faliero (1274-1355) foi Doge da República de Veneza nos anos de 1354 e 1355; foi deposto e decapitado por ter fomentado um complô contra a constituição democrática republicana, pretendendo perpetuar-se no poder (N.T.).

de guitarras, violinos, bandolins, vozes masculinas e femininas, eram audíveis no escuro. Zinaida Fiodorovna, pálida, com expressão séria, quase severa, estava sentada a meu lado, comprimindo os lábios e apertando as mãos. Estava pensando em alguma coisa; não movia um cílio, tampouco ouvia o que eu dizia. Seu rosto, sua atitude e seu olhar fixo e inexpressivo, somados a suas memórias incrivelmente tristes, terríveis e gélidas, e as gôndolas ao seu redor, as luzes, a música, a canção com seu grito apaixonado e vigoroso de "Jammo ja! Jammo ja!"[20] – que contrastes na vida! Quando ela se sentava assim, com as mãos firmemente entrelaçadas, pétrea, abatida, eu costumava sentir como se nós dois fôssemos personagens de algum romance de estilo antiquado, chamado "O malfadado", "O abandonado" ou algo parecido. Nós dois: ela – a malfadada, a abandonada; e eu – o amigo fiel, devotado, sonhador, e, se preferir, o homem supérfluo, um falido incapaz de qualquer coisa, a não ser tossir e sonhar, e talvez me sacrificar.

Mas quem precisava de meus sacrifícios agora? E o que é que eu tinha para sacrificar?

Ao voltar à noite, sempre tomávamos chá no quarto dela e conversávamos. Não nos esquivávamos de tocar em feridas antigas não cicatrizadas – pelo contrário, por alguma razão sentia um prazer positivo em contar a ela sobre minha vida na casa de Orlov ou me referir abertamente a relações sobre as quais tinha conhecimento e que não poderiam ter sido escondidas de mim.

– Em alguns momentos cheguei a odiá-la – disse-lhe eu. – Quando ele era caprichoso, condescendente, contava mentiras, eu ficava maravilhado ao perceber que você não percebia, não compreendia, quando era tudo tão claro! Você beijava as mãos dele, ajoelhava-se diante dele, o adulava...

– Quando eu... Beijava as mãos dele e me ajoelhava diante dele, eu o amava... – disse ela, corando.

– Será que era tão difícil enxergar através dele? Uma bela esfinge!

---

(20) Referência à célebre canção napolitana intitulada *Funiculì, Funiculà*, em que aparece a exclamação "Jammo ja! Jammo ja!" (Vamos! Vamos!) (N.T.).

Uma esfinge, realmente! Eu não a reprovo por nada, Deus me livre disso — continuei, sentindo que estava sendo duro com ela, que não tinha o tato e a delicadeza tão essenciais quando se trata da alma de um semelhante; nos primeiros dias, antes de conhecê-la, não havia percebido esse defeito em mim. — Mas como é que você podia deixar de ver o que ele era — continuei falando, contudo com mais delicadeza e discrição.

— Você quer dizer que despreza meu passado e está certo — disse ela, profundamente comovida. — Você pertence a uma classe especial de homens que não podem ser julgados pelos padrões comuns; suas exigências morais são excepcionalmente rigorosas e eu entendo que você não pode perdoar certas coisas. Entendo-o e, se às vezes digo o contrário, não quer dizer que vejo as coisas de maneira diferente; falo as mesmas velhas bobagens simplesmente porque ainda não tive tempo de me despir de minhas velhas roupas e preconceitos. Eu também odeio e desprezo meu passado, Orlov e meu amor... O que foi esse amor? É absolutamente absurdo agora — disse ela, indo até a janela e olhando para o canal. — Todo esse amor só turva a consciência e confunde a mente. O sentido da vida só pode ser encontrado numa única coisa: a luta. Pôr o próprio calcanhar na vil cabeça da serpente e esmagá-la! Esse é o sentido da vida. Unicamente esse e nada mais.

Contei-lhe longas histórias de meu passado e descrevi minhas aventuras mais surpreendentes. Mas não disse uma palavra sobre a mudança que ocorrera em mim. Ela sempre me escutava com grande atenção e, em pontos interessantes, esfregava as mãos, como se irritada por não ter sido ainda seu destino passar por tantas aventuras, alegrias e terrores. Então, subitamente, mergulhava em meditações e ficava introspectiva, e eu podia ver em seu rosto que estava totalmente alheia ao que eu dizia.

Fechei as janelas que davam para o canal e perguntei se não devíamos acender a lareira.

— Não, não faz diferença. Não estou com frio — disse ela, sorrindo apaticamente. — Eu só me sinto fraca. Sabe, acho que fiquei muito mais sábia ultimamente. Tenho ideias extraordinárias e originais. Quando penso em meu passado, em minha vida de antes... Nas pessoas em geral... Na verdade, tudo se resume, para mim, à imagem de minha madrasta. Rude, insolente, desalmada, falsa, depravada e além disso viciada em morfina. Meu pai, que era frágil e sem vontade própria, casou-se com minha mãe pelo dinheiro e a levou à ruína, mas a sua segunda esposa, minha madrasta, ele amou apaixonada e insanamente... O que eu tive de suportar! Mas de que adianta falar! E assim, como eu digo, tudo se resume à imagem dela... E me aflige que minha madrasta esteja morta. Gostaria de encontrá-la agora!

– Por quê?

– Não sei – respondeu ela, com uma risada e um movimento gracioso da cabeça. – Boa noite. Você deve ficar bem. Assim que estiver melhor, retomaremos nosso trabalho... Está na hora de começar.

Depois que lhe desejei boa noite e pus a mão na maçaneta, ela disse:

– O que acha? Será que Polia ainda mora lá?

– Provavelmente.

E fui para meu quarto. Assim passamos um mês inteiro. Em uma manhã cinzenta, quando nós dois estávamos à minha janela, olhando para as nuvens que se moviam por cima do mar em direção ao canal, que escurecia, esperando a cada minuto que chovesse, e quando uma rajada espessa e estreita de chuva cobriu o mar como se fosse um véu de musselina, ambos nos sentimos subitamente tristes. No mesmo dia, partimos para Florença.

XVI

Era outono em Nice. Certa manhã, ao entrar no quarto dela, vi que estava sentada numa cadeira baixa, curvada e encolhida, com as pernas cruzadas e o rosto escondido entre as mãos. Chorava amargamente, soluçava, e seus longos cabelos despenteados caíam sobre os joelhos. A impressão que me deiraxa o extraordinário e maravilhoso mar, que eu acabara de ver e sobre o qual queria falar com ela, me deixou repentinamente, e senti o coração pesado.

– O que é isso? – perguntei; ela tirou uma das mãos do rosto e fez um gesto para que eu fosse embora. – O que é isso? – repeti, e, pela primeira vez desde nossa aproximação, beijei-lhe a mão.

– Não, não é nada, nada – disse ela, rapidamente. – Oh, não é nada, nada... Vá embora... Veja bem, não estou arrumada.

Saí dali deprimido. O calmo e sereno estado de espírito em que estivera por tanto tempo foi tomado pela compaixão. Eu tinha um apaixonado desejo de cair a seus pés e implorar-lhe que não chorasse na solidão, mas compartilhasse sua dor comigo; o monótono murmúrio do mar já ressoava como uma profecia sombria em meus ouvidos, e previ novas lágrimas, novos problemas e novas perdas no futuro. "Por que está chorando? O que será que houve?", eu me perguntava, relembrando de seu rosto e seu olhar agoniado. Lembrei-me de que estava grávida. Ela tentava esconder sua condição de outras pessoas e também de si mesma. Em casa, andava com um agasalho solto ou uma blusa com pregas extremamente esticadas sobre o peito, e quando saía para qualquer lugar, amarrava um laço na cintura com tanta força que, em duas ocasiões, desmaiou quando estávamos fora. Nunca me falava sobre sua condição e, quando sugeri que seria melhor consultar um médico, enrubesceu e não disse uma palavra.

Quando fui vê-la pouco depois, já estava vestida e com o cabelo penteado.

– Calma, calma – disse eu, vendo que estava prestes a chorar de novo. – É melhor irmos até o mar e conversar.

– Não posso conversar. Perdoe-me, estou num estado em que o que mais desejo é ficar sozinha. E, por favor, Vladimir Ivanitch, em outro momento, se quiser entrar em meu quarto, tenha a bondade de bater na porta.

Esse "tenha a bondade" soou de forma peculiar e nada feminina. Fui embora. Meu maldito estado de espírito de Petersburgo voltou e todos os meus sonhos foram destroçados e amassados como folhas pelo calor. Senti que estava sozinho de novo e que não havia proximidade entre nós. Para ela, eu não era mais do que uma teia de aranha para uma palmeira, que se prende a ela por acaso e depois será arrancada e levada pelo vento. Andei pela praça onde a banda tocava e entrei no cassino; ali, olhei para mulheres exageradamente vestidas e perfumadas, e cada uma delas olhou para mim como se dissese: "Você está sozinho, ótimo!" Em seguida, saí para o terraço e fiquei muito tempo olhando para o mar. Não havia nenhum barco a vela no horizonte. Na margem esquerda, onde se avistava uma névoa de cor lilás, havia montanhas, jardins, torres e casas, e o sol brilhava sobre tudo, mas era tudo estranho, indiferente, um emaranhado incompreensível.

XVII

Ela costumava entrar em meu quarto de manhã para tomar café, mas não jantávamos mais juntos, pois ela dizia que não estava com fome; e vivia apenas de café, chá e outras ninharias, como laranjas e caramelos.

E não conversávamos mais à noite. Não sei por que era assim. Desde o dia em que a encontrei banhada em lágrimas, ela passou a me tratar um tanto levianamente, às vezes descuidadamente, até mesmo ironicamente e, por alguma razão, me chamava de "meu bom senhor". O que antes parecera terrível, heroico e maravilhoso e despertara sua inveja e entusiasmo agora já não a tocava de forma alguma, e geralmente, depois de me ouvir, se espreguiçava e dizia:

— Sim, "grandes coisas foram feitas nos dias de outrora", meu bom senhor.

Às vezes acontecia até de eu ficar sem vê-la por vários dias. Eu batia à sua porta timidamente e com certo sentimento de culpa, mas não obtinha resposta; batia de novo — silêncio... Ficava perto da porta e tentava escutar; então a camareira passava e dizia friamente, em francês: "Madame est partie"[21]. Então eu andava pelos corredores do hotel, caminhava e caminhava... Ingleses, senhoras de seios fartos, garçons de libré... E, após ficar olhando para o longo tapete listrado que se estendia por todo o corredor, me ocorreu a ideia de que estava interpretando, na vida dessa mulher, um papel estranho, provavelmente falso, e que estava além de minha capacidade modificá-lo. Corro para o meu quarto e caio

---

(21) "A senhora saiu" (NT).

na cama, penso e repenso, mas não consigo chegar a nenhuma conclusão; a única coisa que está clara para mim é que quero viver e que quanto mais simples, fria e severa a expressão dela ficar, mais próxima de mim ela está e mais intensa e dolorosamente sinto nossa afinidade. Não importa o "meu bom senhor", não importa o tom leve e descuidado dela, não importa o que queira, só não me deixe, meu tesouro. Tenho medo de ficar sozinho.

Depois, saio de novo para o corredor, escuto, tomado de tremores... Não janto; não percebo a aproximação da noite. Por fim, por volta das onze, ouço passos familiares e, na curva perto da escada, aparece Zinaida Fiodorovna.

— Está passeando um pouco? — pergunta ela, ao passar por mim. — É melhor você sair ao ar livre... Boa noite!

— Mas não nos veremos de novo hoje?

— Acho que já é tarde. Mas como quiser.

— Diga-me, onde esteve? — perguntei, seguindo-a para o quarto.

— Onde? Em Monte Carlo. — Ela tirou dez moedas de ouro do bolso e disse: — Olha, meu bom senhor: ganhei na roleta.

— Bobagem! Como se você jogasse.

— Por que não? Vou de novo amanhã.

Imaginei-a em sua condição com o rosto doentio e mórbido, com a cintura fortemente apertada, de pé perto da mesa de jogo, em meio a uma multidão de cortesãs e de velhas senis que enxameiam ao redor do ouro como moscas em torno do mel. Lembrei-me de que ela tinha ido para Monte Carlo por algum motivo secreto.

— Não acredito em você — disse-lhe um dia. — Você não iria lá.

— Não se exaspere. Não tenho muito a perder.

— Não se trata daquilo que você perde — disse eu, irritado. — Nunca lhe ocorreu, enquanto estava lá jogando, que o brilho do ouro, todas essas mulheres, jovens e velhas, os crupiês, todo o ambiente — que tudo isso é um repugnante e vil escárnio da labuta do trabalhador, de seu suor de sangue?

— Se não se joga, o que se faz por aqui? — perguntou ela. — A labuta do trabalhador e seu suor de sangue — pode deixar toda essa eloquência para outro momento; mas agora, visto que você começou, deixe-me continuar. Deixe-me perguntar, sem rodeios: o que há para fazer aqui e o que devo fazer?

– O que há para fazer? – disse eu, dando de ombros. – Essa é uma pergunta que não pode ser respondida de chofre.

– Peço-lhe qe me responda honestamente, Vladimir Ivanitch – disse ela, aparentando estar zangada. – Uma vez que me propus a fazer-lhe essa pergunta, não quero escutar frases feitas. Estou lhe perguntando – continuou ela, batendo a mão na mesa, como para marcar o tempo – o que devo fazer aqui? E não só aqui em Nice, mas em geral?

Não falei nada, mas olhei através janela para o mar. Meu coração batia aceleradamente.

– Vladimir Ivanitch – disse ela, suavemente e sem fôlego; era difícil para ela falar. – Vladimir Ivanitch, se você mesmo não acredita na causa, se não pensa mais em retomar essa causa, por que... Por que me arrastou para fora de Petersburgo? Por que me fez promessas, por que despertou em mim esperanças tolas? Suas convicções mudaram; você se tornou um homem diferente e ninguém o culpa por isso... Nossas convicções não estão sempre sob nosso controle. Mas... Mas, Vladimir Ivanitch, pelo amor de Deus, por que você não é sincero? – continuou ela, suavemente, aproximando-se de mim. – Todos esses meses, enquanto estive sonhando em voz alta, delirando, entrando em êxtase com meus planos, remodelando minha vida num novo padrão, por que você não me disse a verdade? Por que ficou em silêncio ou me encorajou com suas histórias e se comportou como se tivesse total simpatia por mim? Por que isso? Por que era necessário tudo isso?

– É difícil reconhecer a própria falência – disse eu, virando-me, mas sem olhar para ela. – Pois é, eu não tenho fé. Estou exausto, perdi o ânimo... É difícil ser verdadeiro... Muito difícil, e eu segurei minha língua. Que Deus não queira que outro tenha que passar pelo que passei.

Senti que estava a ponto de chorar e parei de falar.

– Vladimir Ivanitch – disse ela, e tomou minhas duas mãos –, você já passou por tanto e viu tanto da vida, você sabe mais do que eu; pense seriamente e diga-me: o que devo fazer? Explique-me! Se não tem mais forças para seguir em frente e levar outros com você, pelo menos me mostre para onde ir. Afinal, sou um ser vivo, que sente, que pensa. Encontrar-me numa situação sem saída e desempenhar um papel absurdo é doloroso para mim. Não o recrimino, não o culpo; eu apenas lhe pergunto.

Trouxeram o chá.

– Bem? – disse Zinaida Fiodorovna, dando-me um copo. – O que me diz?

– Há mais coisas no mundo do que aquilo que vemos pela janela – respondi. – E há outras pessoas além de mim, Zinaida Fiodorovna.

– Então me diga quem são elas – insistiu ela, ansiosamente. – Isso é tudo o que lhe peço.

– E quero dizer também – continuei – que é possível servir a uma ideia em mais de uma vocação. Se alguém cometeu um erro e perdeu a fé em uma, pode encontrar outra. O mundo das ideias é grande e não pode ser exaurido.

– O mundo das ideias! – disse ela, e olhou sarcasticamente para o meu rosto. – Então é melhor pararmos de falar. De que adianta?

Ela enrubesceu.

– O mundo das ideias! – repetiu ela. Atirou o guardanapo para o lado e em seu rosto surgiu uma expressão de indignação e desprezo. – Todas as suas belas ideias, bem o vejo, levam a uma direção inevitável e essencial: eu devo me tornar sua amante. Isso é o que se espera. Ser inundada por ideias sem ser amante de um homem honrado e progressista é tão bom quanto não entender as ideias. É preciso começar com isso, isto é, me tornando sua amante, e o resto virá em seguida.

– Você está irritada, Zinaida Fiodorovna – disse eu.

– Não, sou sincera! – exclamou ela, respirando com dificuldade. – Sou sincera!

– Você é sincera, talvez, mas está errada, e me dói ouvi-la.

– Estou errada? – riu ela. – Qualquer um pode dizer isso, mas não você, meu caro senhor! Posso lhe parecer indelicada, cruel, mas não me importo: você me ama? Você me ama, não é?

Eu encolhi os ombros.

– Sim, encolha os ombros! – continuou ela, sarcasticamente. – Quando você estava doente, eu o ouvi em seu delírio, e desde então esses olhos adoradores, esses suspiros e conversas edificantes sobre amizade, sobre afinidade espiritual... Mas a questão é: por que não tem sido sincero? Por que escondeu o que é e falou sobre o que não é? Se você tivesse dito desde o início quais ideias exatamente o levaram a me arrastar para longe de Petersburgo, eu deveria saber. Eu deveria ter me envenenado então, tal como pretendia, e não teria havido essa farsa tediosa... Mas de que adianta falar!

Com um aceno de mão, ela se sentou.

– Você fala comigo como se suspeitasse de minhas intenções desonrosas – disse eu, ofendido.

– Oh, muito bem. De que adianta falar! Não suspeito de você por intenções, mas por não ter intenções. Se você tivesse alguma, eu deveria saber de imediato. Você não tinha nada além de ideias e amor. Para o presente, ideias e amor, e em perspectiva, eu como sua amante. Isso está conforme a ordem das coisas tanto na vida como nos romances... Nisso você foi pior que Orlov – disse ela, e bateu na mesa com a mão –, mas não se pode deixar de concordar com ele, que tem boas razões para desprezar essas ideias.

– Ele não despreza ideias; tem medo delas – exclamei. – Ele é um covarde e um mentiroso.

– Oh, muito bem. Ele é um covarde e um mentiroso, e me enganou. E você? Desculpe minha franqueza, mas e você, o que é? Ele me enganou e me deixou para ter nova chance em Petersburgo, e você me enganou e me abandonou aqui. Mas ele não misturou ideias com o engano dele, e você...

– Pelo amor de Deus, por que está dizendo isso? – exclamei, horrorizado, torcendo as mãos e me aproximando dela, rapidamente. – Não, Zinaida Fiodorovna, isso é cinismo. Você não deve ficar tão desesperada; escute-me – continuei, me agarrando a um pensamento que passou vagamente por mim e que me pareceu ainda poder salvar a nós dois. – Escute. Passei por tantas experiências em meu tempo que só de pensar nelas minha cabeça gira, e percebi com minha mente, com minha alma atormentada, que o homem encontra seu verdadeiro destino em nada senão no sacrifício do próprio amor pelo próximo. É para isso que devemos nos esforçar, e esse é o nosso destino! Essa é a minha fé!

Eu queria continuar a falar de misericórdia, de perdão, mas havia um tom insincero em minha voz e fiquei embaraçado.

– Eu quero viver! – disse eu, singelamente. – Viver, viver! Quero paz, tranquilidade; quero calor, esse mar, ter você por perto. Oh, como gostaria de poder despertar em você a mesma sede de vida! Você falou agora mesmo de amor, mas para mim seria suficiente ter você por perto, ouvir sua voz, ver seu rosto...!

Ela enrubesceu e, para impedir que eu falasse, disse rapidamente:

– Você ama a vida e eu a odeio. Assim, nossos caminhos se afastam.

Ela se serviu de um pouco de chá, mas não o tocou; em vez disso, foi para o quarto e se deitou.

– Imagino que é melhor interromper essa conversa – disse-me ela, de dentro do quarto. – Tudo acabou para mim e não desejo mais nada... O que há mais para dizer?

– Não, não acabou!

– Oh, muito bem!... Eu sei! Estou farta disso... Chega!

Levantei-me, dei uma volta de uma ponta à outra da sala e saí para o corredor. Quando, tarde da noite, fui até a porta dela e fiquei escutando, pude ouvir distintamente seu choro.

Na manhã seguinte, o garçom, entregando-me minhas roupas, me informou, com um sorriso, que a senhora do número treze estava em trabalho de parto. Eu me vesti apressadamente e, quase desmaiando de terror, corri para o quarto de Zinaida Fiodorovna. Ali encontrei um médico, uma parteira e uma senhora russa idosa de Harkov, chamada Daria Mihailovna. Era possível sentir cheiro de éter. Eu mal tinha cruzado a soleira da porta quando, de dentro do quarto onde ela estava deitada, ouvi um gemido baixo e queixoso e, como se tivesse sido carregado pelo vento da Rússia, pensei em Orlov, em sua ironia, em Polia, no rio Nievá, na neve caindo, depois na carruagem sem proteção, na previsão que imaginei distinguir no céu frio da manhã e no grito desesperado "Nina! Nina!"

— Entre e vá até ela — disse a senhora.

Entrei para ver Zinaida Fiodorovna, sentindo-me como se fosse o pai da criança. Ela estava deitada com os olhos fechados, parecendo magra e pálida, usando um chapéu branco com bordas de renda. Lembro-me de perceber duas expressões em seu rosto: uma era fria, indiferente, apática; a outra era um olhar de desamparo infantil, que lhe era conferido pelo chapéu branco. Não me ouviu entrar, ou talvez tenha ouvido, mas não deu atenção ao fato. Fiquei de pé olhando para ela e aguardei.

Mas seu rosto estava contorcido pela dor; abriu os olhos e olhou para o teto, como se perguntasse a si mesma o que estaria acontecendo com ela... Uma expressão de repugnância cobria seu rosto.

— É horrível... — sussurrou ela.

— Zinaida Fiodorovna. — Falei o nome dela suavemente. Ela olhou para mim de modo indiferente, lânguido, e fechou os olhos. Fiquei ali um pouco e depois fui embora.

À noite, Daria Mihailovna me informou que a criança, uma menina, nascera, mas que a mãe estava numa condição perigosa. Então ouvi barulho e agitação no corredor. Daria Mihailovna veio até mim novamente e, com uma expressão de desespero, torcendo as mãos, disse:

— Oh, isso é horrível! O médico suspeita que ela tomou veneno! Oh, como os russos se comportam mal por aqui!

E às doze horas do dia seguinte, Zinaida Fiodorovna morreu.

XVIII

Dois anos se passaram. As circunstâncias haviam mudado; eu tinha retornado a Petersburgo e podia morar aqui sem problemas. Não tinha mais medo de ser e parecer sentimental e me entreguei inteiramente ao sentimento paternal, ou melhor, idólatra, despertado em mim por Sônia, filha de Zinaida Fiodorovna. Alimentei-a com minhas próprias mãos, dei-lhe banho, coloquei-a na cama, passei noites seguidas sem tirar meus olhos dela e gritava quando me parecia que a ama-seca a deixaria cair. Minha sede por uma vida normal e ordinária se tornou mais forte e mais aguda com o passar do tempo, mas as visões mais amplas se detinham logo em Sônia, como se nela eu finalmente tivesse encontrado exatamente aquilo de que precisava. Amava loucamente a criança. Nela eu via a continuação de minha vida, e isso não era exatamente algo que eu imaginava, mas algo que eu sentia, quase acreditando que, por fim, quando tivesse abandonado meu corpo longo, ossudo e barbudo, haveria de continuar vivendo naqueles olhinhos azuis, naqueles cabelos sedosos e louros, naquelas mãos rosadas e rechonchudas que acariciavam meu rosto com tanto carinho e se enlaçavam em torno de meu pescoço.

O futuro de Sônia me trazia preocupações. Orlov era o pai; na certidão de nascimento, ela se chamava Krasnovski, e a única pessoa que sabia de sua existência e se interessava por ela – isto é, eu – estava às portas da morte. Tive de pensar seriamente no que fazer com ela.

Um dia depois de chegar a Petersburgo, fui ver Orlov. A porta me foi aberta por um velho corpulento de costeletas ruivas e sem bigode, que parecia um alemão. Polia, que estava arrumando a sala de estar, não me reconheceu, mas Orlov soube na hora quem eu era.

– Ah, senhor revolucionário! – disse ele, olhando para mim com curiosidade e rindo. – Que destino o trouxe?

Ele não tinha mudado nada: o mesmo rosto bem cuidado, desagradável, a mesma ironia. E um novo livro estava sobre a mesa exatamente como antes, com uma lâmina de marfim marcando as páginas. Evidentemente, estivera lendo antes de eu entrar. Ofereceu-me uma cadeira, um charuto e, com uma delicadeza só encontrada em pessoas bem-educadas, ocultando a desagradável sensação que meu rosto e meu corpo abatido despertavam nele, observava casualmente que eu não mudara nem um pouco e que ele teria me reconhecido em qualquer lugar, apesar de eu ter deixado crescer a barba. Conversamos sobre o tempo, sobre Paris. Para se livrar o mais rápido possível da questão opressiva e inevitável que pesava sobre ele e sobre mim, perguntou:

–Zinaida Fiodorovna morreu?

– Sim – respondi.

– **No parto?**

— Sim, no parto. O médico suspeitou de outra causa para a morte, mas... É mais reconfortante para você e para mim pensar que ela morreu no parto.

Ele suspirou decorosamente e ficou em silêncio. O anjo do silêncio passou por cima de nós, como se costuma dizer.

— Sim. E aqui tudo está como costumava estar... Sem mudanças — disse ele, bruscamente, vendo que eu olhava ao redor da sala. — Meu pai, como você sabe, deixou o serviço e se aposentou; eu ainda estou no mesmo departamento. Você se lembra de Pekarski? Continua exatamente o mesmo de sempre. Gruzin morreu de difteria há um ano... Kukushkin está vivo e fala de você com frequência. A propósito — disse Orlov, baixando os olhos com ar de reserva —, quando Kukushkin soube quem você era, começou a contar a todos que você o atacou e tentou matá-lo... E que ele mal conseguiu escapar com vida.

Eu permaneci calado.

— Velhos criados não esquecem seus patrões... É muito gentil da sua parte — disse Orlov jocosamente. — Quer um pouco de vinho e café? Vou pedir que o preparem.

— Não, obrigado. Vim falar com você sobre um assunto muito importante, George Ivanitch.

— Não gosto muito de assuntos importantes, mas ficarei contente em servi-lo. O que é que você deseja?

— Veja — comecei, cada vez mais agitado —, tenho aqui comigo a filha de Zinaida Fiodorovna... Até agora eu a criei, mas, como pode ver, dentro de pouco tempo serei um corpo inerte. Gostaria de morrer com o pensamento de que ela será muito bem criada.

Orlov corou levemente, franziu um pouco a testa e lançou um olhar rápido e sombrio para mim. Ficou desagradavelmente afetado, não tanto pelo "assunto importante", mas por minhas palavras sobre a morte, sobre me tornar um corpo inerte.

— Sim, deve-se pensar nisso — disse ele, protegendo os olhos como se fosse do sol. — Obrigado. Diz que é uma menina?

— Sim, uma menina. Uma criança maravilhosa!

— Sim. É claro, não é um cachorrinho de colo, mas um ser humano.

Entendo que devemos levar isso a sério. Estou pronto para fazer minha parte e sou-lhe muito grato.

Ele se levantou, caminhou roendo as unhas e se deteve diante de um quadro.

— Precisamos pensar sobre isso — disse ele com a voz oca, ficando de costas para mim. — Vou hoje mesmo à casa de Pekarski e pedirei a ele que vá à casa de Krasnovski. Não acho que criará caso para se dispor a cuidar da criança.

— Me desculpe, mas não vejo o que Krasnovski tem a ver com isso — disse eu, também me levantando e indo até um quadro do outro lado da sala.

— Mas ela leva o sobrenome dele, ora! — disse Orlov.

— Sim, ele pode ser legalmente obrigado a aceitar a criança, não sei. Mas eu não vim até você, George Ivanitch, para discutir as questões legais.

— Sim, sim, você tem razão — concordou ele, sem titubear. — Acho que estou falando bobagem. Mas não se irrite. Vamos decidir o assunto de modo a obter satisfação mútua. Se uma coisa não funcionar, tentaremos outra; e se essa outra não funcionar, tentaremos uma terceira... De uma maneira ou de outra, essa delicada questão será resolvida. Pekarski vai arranjar tudo. Tenha a bondade de me deixar seu endereço e eu o informarei imediatamente sobre o que decidirmos. Onde está morando?

Orlov anotou meu endereço, suspirou e, com um sorriso, disse:

— Oh, meu Deus, que trabalho dá ser pai de uma filhinha! Mas Pekarski vai arranjar tudo. Ele é um homem sensato. Você ficou muito tempo em Paris?

— Dois meses.

Ficamos em silêncio. Orlov evidentemente receava que eu começasse a falar da criança novamente, e, para desviar minha atenção para outra direção, disse:

— A essa altura, você provavelmente se esqueceu de sua carta. Mas eu a guardei. Compreendo seu humor naquela hora e, devo admitir, respeito essa carta. "Maldito sangue-frio", "oriental", "riso grosseiro"...

213

Foi cativante e característico – prosseguiu ele, com um sorriso irônico. – E o pensamento fundamental está talvez próximo da verdade, embora se possa discutir a questão indefinidamente. Isto é – hesitou ele –, não discutir o pensamento em si, mas sua atitude em relação à questão... Seu temperamento, por assim dizer. Sim, minha vida é anormal, corrompida, inútil para qualquer um, e o que me impede de começar uma nova vida é a covardia... Nisso você está mais que certo. Mas o fato de você levar isso tão a sério, de estar preocupado e reduzido ao desespero por isso... É irracional; nisso você está completamente errado.

– Um homem não pode evitar ficar perturbado e reduzido ao desespero quando vê que ele mesmo caminha para a ruína, bem como os outros a seu redor.

– Quem duvida disso! Não estou defendendo a indiferença; tudo o que peço é uma atitude objetiva diante da vida. Quanto mais objetiva, menor é o perigo de incorrer em erro. É preciso olhar para a raiz das coisas e tentar ver em cada fenômeno a causa de todas as causas. Nós crescemos e ficamos debilitados, fracos... Degradados, na verdade. Nossa geração é inteiramente composta de neurastênicos e chorões; não fazemos nada além de falar sobre fadiga e exaustão. Mas a culpa não é sua nem minha; somos muito insignificantes para afetar o destino de uma geração inteira. Para isso devemos supor causas maiores, mais gerais, com uma sólida "razão de ser" do ponto de vista biológico. Somos neurastênicos, frouxos, renegados, mas talvez isso tudo seja necessário e esteja a serviço das gerações que virão depois de nós. Nenhum fio de cabelo cai da cabeça sem a vontade do Pai celestial... Em outras palavras, nada acontece por acaso na natureza e no meio humano. Tudo tem sua causa e é inevitável. E se assim é, por que deveríamos nos preocupar e escrever cartas desesperadas?

– Está tudo muito bem – eu disse, refletindo um pouco. – Acredito que tudo será mais fácil e mais claro para as próximas gerações; nossa experiência estará a serviço delas. Mas queremos viver longe das gerações futuras e não só em função delas. A vida só nos é dada uma vez e queremos vivê-la com ousadia, com plena consciência e beleza. Queremos desempenhar um papel notável, independente e nobre; queremos fazer história para que essas gerações não tenham o direito de dizer de nenhum de nós que éramos nulidades ou algo pior... Acredito que o que se passa à nossa volta é inevitável e não sem propósito, mas o que tenho eu a ver com essa inevitabilidade? Por que meu ego deveria ser posto de lado?

— Bem, não adianta nada — suspirou Orlov, levantando-se e, por assim dizer, dando-me a entender que nossa conversa havia acabado.

Apanhei meu chapéu.

— Estivemos sentados aqui somente por meia hora e veja quantas questões resolvemos, se você pensar bem! — disse Orlov, vendo-me entrar no vestíbulo. — Assim, eu cuidarei desse assunto... Verei Pekarski hoje... Não se preocupe.

Ficou esperando enquanto eu colocava meu casaco e estava obviamente aliviado com o fato de eu estar indo embora.

— George Ivanitch, devolva minha carta — disse eu.

— Certamente.

Foi até o escritório e, um minuto depois, voltou com a carta. Agradeci e fui embora.

No dia seguinte, recebi uma carta dele. Congratulava-me pela satisfatória solução da questão. Pekarski conhecia uma dama, escreveu ele, que mantinha uma escola, algo como um jardim de infância, em que recebia crianças pequenas. A dama era de plena confiança, mas antes de tomar qualquer decisão seria de bom alvitre discutir o assunto com Krasnovski — era uma questão de formalidade. Aconselhou-me a ver Pekarski imediatamente e levar comigo a certidão de nascimento, se a tivesse. "Esteja certo do sincero respeito e admiração de seu humilde servo..."

Li essa carta enquanto Sônia se sentava sobre a mesa e me olhava atentamente sem piscar, como se soubesse que seu destino estava sendo decidido.

O Marido

No percurso das manobras, o regimento de cavalaria N... parou por uma noite na pequena cidade de K... Um evento como a visita de oficiais sempre tem efeito estimulante e inspirador nos habitantes de cidades de província. Os lojistas sonham em se livrar das salsichas bolorentas e das sardinhas da "melhor marca" que estavam encalhadas há dez anos nas prateleiras; as estalagens e os restaurantes ficam abertos a noite toda; o comandante militar, seu secretário e a guarnição local vestem seus melhores uniformes; a polícia anda furiosamente de um lado para o outro, enquanto o efeito nas mulheres está além de qualquer descrição.

As senhoras de K..., ouvindo o regimento se aproximar, abandonaram suas panelas de geleia fervente e foram para a rua. Esquecendo do roupão matinal e da desordem geral na casa, correram ofegantes e entusiasmadas para receber o regimento e escutar avidamente a banda tocando a marcha. Olhando para seus rostos pálidos e em êxtase, poder-se-ia pensar que aquelas canções vinham de algum coro celestial em vez dos simples instrumentos de uma banda militar.

– O regimento! – exclamavam elas, alegremente. – O regimento está chegando!

O que poderia significar para elas esse desconhecido regimento, que veio por acaso hoje e partiria amanhã ao amanhecer?

Mais tarde, quando os oficiais se encontravam no meio da praça e, com as mãos para trás, discutiam a questão do aquartelamento, todas as senhoras se reuniam em torno da mesa do juiz de instrução, disputando entre si as críticas ao regimento. Já sabiam, sabe Deus como, que o coronel era casado, mas não vivia com a mulher; que a esposa do oficial sênior tivera um bebê natimorto a cada ano; que o ajudante estava perdidamente apaixonado por uma condessa e até mesmo tinha tentado uma vez o suicídio. Sabiam de tudo. Quando um soldado bexiguento, de camisa vermelha, passou disparado pelas janelas, elas sabiam com certeza que era o ordenança do tenente Rimzov correndo pela cidade, tentando conseguir um pouco de cerveja inglesa amarga para seu superior. Elas mal tinham visto de relance as costas dos oficiais, mas já haviam concluído que não havia nenhum homem bonito ou interessante entre eles... Tendo falado até não poder mais, mandaram chamar o comandante militar e o comitê do clube e os convenceram a organizar um baile a qualquer custo.

Seus desejos foram atendidos. Às nove horas da noite, a banda militar estava tocando na rua, na frente do clube, enquanto lá dentro os oficiais dançavam com as senhoras de K... As senhoras se sentiam como se tivessem asas. Inebriadas pela dança, pela música e pelo clangor das esporas, elas se empenhavam de corpo e alma para travar conhecimento com seus novos parceiros e se esqueciam completamente de seus velhos amigos civis. Seus pais e maridos, obrigados temporariamente a ficar em segundo plano, aglomeravam-se em torno da magra mesa de refrescos no saguão de entrada. Todos esses funcionários, secretários, escriturários e superintendentes do governo – figuras envelhecidas, de aparência doentia e desajeitada – estavam perfeitamente cientes de sua inferioridade. Nem sequer entraram no salão de baile, mas se contentaram em observar à distância suas esposas e filhas dançando com os talentosos e graciosos oficiais.

Entre os maridos estava Shalikov, cobrador de impostos – alma mesquinha e desprezível, dado à bebida, de cabelo aparado rente e lábios grossos e protuberantes. Tinha educação universitária; houve um tempo em que costumava ler literatura progressista e cantar canções de estudantes, mas agora, como ele mesmo dizia, era um cobrador de impostos e nada mais.

Ficou de pé e encostado no batente da porta, de olhos fixos na esposa, Anna Pavlovna, mulher morena de 30 anos, nariz comprido e queixo pontudo. De cintura bem apertada e com o rosto cuidadosamente

O MARIDO

empoado, dançava sem parar nem para respirar – dançou até quase cair exausta. Mas, embora estivesse fisicamente exausta, seu espírito era inexaurível... Notava-se que, enquanto dançava, seus pensamentos estavam voltados para o passado, aquele passado distante quando costumava dançar na Escola Para Jovens Damas, sonhando com uma vida de luxo e de alegria e nunca duvidando de que seu marido pudesse ser um príncipe ou, na pior das hipóteses, um barão.

O cobrador de impostos observava, franzindo a testa com rancor...

Não eram ciúmes o que ele sentia. Estava mal-humorado – primeiro, porque a sala estava ocupada pela dança e não havia nenhum lugar onde pudesse jogar uma partida de cartas; em segundo lugar, porque não podia suportar o som de instrumentos de sopro; e, em terceiro lugar, porque imaginava que os oficiais tratavam os civis de maneira muito casual e desdenhosa. Mas o que o revoltava acima de tudo e o levava à indignação era a expressão de felicidade no rosto de sua esposa.

– Fico doente só de olhar para ela! – murmurou ele. – Já está perto dos 40 anos e não tem nada de que se orgulhar, mas ainda assim passa pó no rosto e se exibe de cintura bem apertada! E arruma o cabelo! Flerta e faz caretas, imaginando que está fazendo tudo com estilo! Ugh! Que bela figura, era só o que faltava!

Anna Pavlovna estava tão concentrada na dança que nem uma vez sequer olhou para o marido.

– Claro que não! Onde é que nós, pobres e rudes homens do campo, podemos nos apresentar?! – zombou o cobrador de impostos.

"Estamos desacreditados agora... Somos desajeitados, provincianos sem educação, e ela é a rainha do baile! Ela soube manter sua aparência à altura para agradar até mesmo aos oficiais... Eles não se oporiam a fazer amor com ela, atrevo-me a dizer!"

Durante a mazurca, o rosto do cobrador de impostos estremeceu de rancor. Um oficial de cabelos negros, olhos proeminentes e maçãs do rosto tártaras dançou a mazurca com Anna Pavlovna. Assumindo uma expressão severa, ele movia suas pernas com gravidade e sensibilidade, dobrava os joelhos de tal forma que parecia um dândi puxado por cordas, enquanto Anna Pavlovna, pálida e emocionada, curvava seu corpo languidamente e, revirando os olhos para cima, tentava dar a impressão de que mal tocava o chão e, evidentemente, sentia-se como se não estivesse no chão, no clube local, mas em algum lugar muito, muito distante – nas nuvens. Não apenas seu rosto, mas seu corpo todo era uma expressão viva de beatitude... O cobrador de impostos não aguentou mais; teve vontade de zombar daquela beatitude, de fazer com que Anna Pavlovna sentisse que havia se esquecido de si mesma, que a vida não era de forma alguma tão agradável quanto ela imaginava agora em sua empolgação...

– Espere; vou lhe mostrar como sorrir de modo tão feliz – murmurou ele. – Você não é uma senhorita de colégio interno, não é uma menina. Um velho apavorado deve perceber que ela é um pavor!

Sentimentos mesquinhos de inveja, vexame, vaidade ferida, daquela pequena misantropia provinciana engendrada em funcionários mesquinhos pela vodca e pela vida sedentária, se multiplicavam em seu coração como ratos. Esperando o fim da mazurca, ele foi para o saguão e caminhou até sua esposa. Anna Pavlovna estava sentada com seu parceiro e, flertando com seu leque e namoriscando com um baixar de pálpebras, estava descrevendo como ela costumava dançar em Petersburgo (seus lábios estavam franzidos como um botão de rosa e ela pronunciava "em casa em Pütürsburg").

– Aniuta, vamos para casa – resmungou o cobrador de impostos.

Ao ver o marido parado à sua frente, Anna Pavlovna estremeceu como se de repente se lembrasse do fato de que tinha marido; e corou de alto a baixo: sentiu-se envergonhada por ter um marido comum de aparência doentia e mal-humorado.

– Vamos para casa – repetiu o cobrador de impostos.

– Por quê? É muito cedo!

– Imploro-lhe que volte para casa! – disse o cobrador de impostos deliberadamente, com uma expressão rancorosa.

– Por quê? Aconteceu alguma coisa? – perguntou Anna Pavlovna, agitada.

– Não aconteceu nada, mas desejo que vá para casa imediatamente... Desejo-o e isso basta; sem mais conversa, por favor.

Anna Pavlovna não tinha medo do marido, mas sentia vergonha por causa de seu parceiro, que olhava para o marido dela com surpresa e divertimento. Ela se levantou e se afastou um pouco com o marido.

– Que ideia é essa? – começou ela. – Por que ir para casa? Ora, não são onze horas ainda.

– Eu quero e isso basta. Venha, e isso é tudo.

– Não seja bobo! Vá para casa sozinho, se quiser.

– Tudo bem; então vou fazer uma cena.

O cobrador de impostos viu a expressão de beatitude desaparecer gradualmente do rosto da esposa, viu como estava envergonhada e infeliz – e ele se sentiu um pouco mais animado.

– Por que me requisita de imediato? – perguntou a esposa.

– Eu não quero nada com você, mas quero que esteja em casa. Desejo isso, é tudo.

De início, Anna Pavlovna se recusou a ouvir, depois começou a implorar ao marido que a deixasse ficar apenas mais meia hora; então, sem saber por que, começou a pedir desculpas, a protestar – e tudo num sussurro, com um sorriso, para que os espectadores não suspeitassem de que estava brigando com o marido. Começou a lhe garantir que não ficaria muito, apenas mais dez minutos, apenas cinco minutos; mas o cobrador de impostos foi direta e obstinadamente ao ponto.

– Fique, se quiser – disse ele –, mas vou fazer uma cena se ficar.

E enquanto falava com o marido, Anna Pavlovna parecia mais magra, mais velha, mais simplória. Pálida, mordendo os lábios e quase chorando, ela foi até a entrada e começou a arrumar suas coisas.

– Você não vai dançar? – perguntaram as senhoras, com surpresa. – Anna Pavlovna, você não vai, querida?

– Ela está com dor de cabeça – disse, respondendo pela esposa, o cobrador de impostos.

Saindo do clube, o marido e a esposa andaram todo o caminho para casa em silêncio. O cobrador de impostos caminhava atrás da esposa e, observando sua pequena figura abatida, triste e humilhada, lembrou-se do olhar de beatitude que tanto o irritara no clube, e a consciência de que essa beatitude desaparecera encheu sua alma de triunfo.

Estava contente e satisfeito e, ao mesmo tempo, sentia falta de algo; gostaria de voltar ao clube e fazer com que todos se sentissem tristes e abatidos, para que todos soubessem como a vida é insossa e sem valor quando você caminha pelas ruas no escuro e ouve o ruído da lama sob seus pés e quando sabe que vai acordar na manhã seguinte sem nada para esperar além de vodca e jogo de cartas. Oh, como é horrível!

E Anna Pavlovna mal conseguia andar... Ela ainda estava sob a influência da dança, da música, da conversa, das luzes e do barulho; ela se perguntava, enquanto caminhava, por que Deus a afligia dessa maneira. Sentia-se miserável, insultada e sufocada de ódio ao ouvir os passos pesados do marido. Ficou em silêncio, tentando pensar na palavra mais ofensiva, mordaz e venenosa que poderia lançar contra ele e, ao mesmo tempo, tinha plena consciência de que nenhuma palavra seria suficiente para penetrar sua couraça de cobrador de impostos. O que lhe importavam as palavras? Seu pior inimigo não poderia ter planejado para ela uma situação mais desoladora.

E, enquanto isso, a banda tocava e a escuridão estava repleta com as mais empolgantes e inebriantes melodias de dança.

IMPRESSÃO E ACABAMENTO
GRÁFICA OCEANO